KB096250

한권으로 읽는
문학이론

한권으로 읽는 문학이론

소쉬르부터 버틀러까지

올리버 지몬스

임홍배 옮김

Oliver Simons

**Literaturtheorien
zur Einführung**

Changbi Publishers

옮긴이의 말

이 책은 미국의 컬럼비아 대학에 재직 중인 독문학자 올리버 지몬스(Oliver Simons) 교수의 『문학이론 입문』(*Literaturtheorien zur Einführung*, 초판 2009, 개정증보판 2014)을 번역한 것이다.

기존의 문학이론 입문서들은 대체로 해석학·정신분석·구조주의·포스트구조주의·페미니즘 등 문학연구의 내용과 주제에 따라 방법론을 분류하여 서술하는 것이 통례였다. 그와 달리 이 책은 우선 문학이론의 분류체계 자체가 매우 참신하다. 저자는 언어학과 기호학에서 이른바 '기호 삼각형'이라고 불리는 기호·의미·지시대상의 관계를 기본적인 분류기준으로 삼아 특정한 이론이 세 항목 중 어느 쪽에 비중을 두는가에 따라 크게 세 유형으로 나누고 있다. 이러한 분류방식은 특정한 이론의 위상과 강점, 그리고 한계와 취약점까지도 기호 삼각형이라는 시각적 모형에 따라 한눈에 볼 수 있는 장점이 있다. 그러면서도 저자는 기호 삼각형의 세 항목을 개별적으로 분리해서 고찰하지 않고 상호관련성을 면밀히 추직함으로써 일견 서로 배타적인 것처럼 보이는 이론들 사이의 상관관계를 입체적으로 조망하고 있다. 이 점 또한 종전의 문학이론 입문서에서는 찾아보기 힘든 이 책의 특장이다. 이 책의 서론에서 밝히고 있듯이 기호 삼각형은 기호와 의미 그리고 현실적 맥락 사이의 상호관계를 드러내기 때문에 20세기 문학이론의 형성과 역사적 전개를 개관하는 데 적합한 모형이라고 할 수 있다.

기존의 문학이론 입문서들은 대개 특정한 방법론의 주요 내용을 요약해서 독자의 쉽고 빠른 이해를 도모하는 경우가 많다. 그와 달리 이 책에서는 해당 사상가의 생각과 사고방식 그리고 특징적인 글쓰기 방식이 잘 녹아 있는 텍스트의 핵심부분을 직접 인용하면서 치밀하게 분석하여 독자로 하여금 해당 이론이 어떻게 형성되고 전개되는가를 발견하고 저자의 생각을 함께 따라갈 수 있도록 서술하고 있다. 이론 내용을 요약해서 작품분석의 도구로 써먹기 쉽게 정리한 교과서식 서술을 과감히 탈피하여 독자로 하여금 능동적으로 텍스트 읽기와 사고에 동참하도록 유도하고 있는 서술방식이 돋보인다.

'의미의 이론'이라는 제목을 붙인 제1부에서는 넓은 의미에서 해석학의 범주에 드는 사상가들을 다루고 있다. 여기서 길게 인용된 「아낙시만드로스의 잠언」에서 하이데거는 서양에서 가장 오래된 경구로 간주되는 아낙시만드로스의 잠언을 현대 독일어로 번역하는 일이 고대와 현대 사이를 갈라놓은 깊은 낭떠러지를 건너뛰어야 하는 아찔한 모험만큼이나 거의 불가능하다는 말을 하고 있다. 저자가 이 말을 인용하는 까닭은 이것이 아낙시만드로스의 잠언 번역과 해석에만 적용되는 예외적 경우가 아니라 문학작품에 대한 해석의 어려움으로 일반화될 수 있다고 보기 때문이다. 또한 하이데거의 형이상학 비판이 2부에서 다루어지는 라캉이나 데리다의 사고에 중요한 기반이 된다는 점을 미리 환기하기 위해서도 저자는 이 대목을 길게 인용하고 있다. 1부에서 짧게 다루어지는 페터 손디(Peter Szondi)는 독문학자가 아닌 한국의 문학전공자에겐 생소한 이름이긴 하지만, 여기서 인용된 손디의 슐라이어마허 해석을 보면 해석학의 창시자라고 할 수 있는 슐라이어마허의 사유가 20세기 구조주의의 발상과 근접한 측면이 있음을 알 수 있다. 이런 사례에서 보듯이 '의미'와 '기호'와 '지시'라는 다른 범주로 분류된 사상가들 사이에 어떤 상관성이 있는가를 생각하면서 이 책을 읽을 필요가 있다.

'기호의 이론'이라는 제목을 붙인 제2부는 정신분석과 구조주의 그리고 포스트구조주의 이론을 포괄하고 있다. 2부의 서술체계에서 프로이트를 맨 앞에 놓은 것은 단지 연대기적 순서 때문만은 아니다. 프로이트 자신은 소쉬르의 언어학을 몰랐지만, 꿈에 나타난 '그림 수수께끼'의 '원본'은 존재하지 않고 오로지 그 수수께끼에 대한 '해석'만 존재하며 원칙적으로 꿈 해석은 종결될 수 없다고 보았다. 프로이트의 이런 생각은 '기표'와 '기의'의 결합이 자의적이리는 소쉬르의 생가을 함축하는 동시에 나중에 라캉이 말한 '미끄러지는 기표'라든가 데리다가 말한 '차연(差延)' 개념을 선취한 통찰이라고 할 수 있다. 이 책의 저자는 한물 간 정신분석가로 치부되기도 하는 프로이트를 그런 이유에서 2부의 첫머리에 배치하고 있다. 서론 중 2014년도 개정판의 추가 부분에서 저자는 프로이트를 1부에 넣을 수도 있지 않을까 하는 의문을 덧붙이기도 하는데, 만약 그랬더라면 프로이트의 비중이 훨씬 축소되고 프로이트가 끼친 영향은 제대로 조명되지 못했을 것이다. 2부에서 다루어지는 이론들은 대개 복잡하고 난해한 이론으로 알려져 있는데, 여기서도 저자는 핵심문헌만 인용해 독서의 부담을 줄이면서 밀도있는 텍스트 읽기에 집중하도록 유도하고 있다.

　'지시의 이론'이라는 제목을 붙인 제3부에서는 기호 삼각형의 '지시대상' 즉 현실의 맥락을 아우르는 사회·문화·역사·육체·매체를 다루고 있다. 20세기 후반 이래로 문학연구는 이런 영역들을 두루 포괄하는 문화적 실천의 맥락에서 문학작품을 분석하는 경향이 두드러진다. 이 책의 3부에 지시의 이론을 배치한 것도 문학연구의 그런 추세를 반영한 것이라고 할 수 있다. 서론에서 저자는 소쉬르 이래로 '언어학적 전회'(linguistic turn)에 기초한 이론이 20세기 중반의 수십년 동안 득세한 이후 20세기 후반에 이르러 다시 사회역사적 맥락에 주목하는 연구방향이 설득력을 얻고 있다고 진단한다. 그런 설명을 염두에 두고 2부와 3부를 비교해보면, 3부에서 다루어지는 이론들은 대체로 2부의 마지막에 다루어진 포스트구조주의 이후 '현재진행형'으로 전개되고 있는 이론들이다. 이것 역시 단지 연대기적 순서가 아니라 3부에서 다루어지는 이론들이 더 활기찬 도전임을 시사한다. '매체'가 3부의 마지막에 배치된 것은 지금 가장 첨단의 이론으로 관심을 끌기 때문일 것이다. 그렇지만 저자는 첨단의 매체이론이 간과하는 맹점도 날카롭게 지적한다. 예컨대 매체이론의 선구자로 주목받는 키틀러(Kittler)는 주로 문학작품에서 매체의 효과가 드러나는 부분을 다루지만, 그럴 경우 문학작품은 단지 매체의 역사를 예시하는 증거자료로 활용될 뿐이고 문학의 문학성 자체는 관심 밖으로 밀려나게 된다고 저자는 비판한다. 백화제방의 이론들이 아무리 화려해 보여도 처음부터 끝까지 늘 관심을 기울여야 하는 것은 문학의 문학성을 되새기는 일이다. 현실의 변화를 예민하게 감지하고 이론을 탐구하되 무엇보다 문학이란 무엇인가 하는 물음이 늘 바탕에 살아 있어야 이론 공부도 내실이 있게 될 것이다.

맺음말 중 2014년도 개정판의 추가 부분에서 저자는 만약 소쉬르와 동시대의 언어학자 퍼스(Peirce)의 기호모형을 기반으로 삼는다면 20세기 이론의 역사는 전혀 다르게 서술될 거라고 말한다. 소쉬르가 지시대상과 해석자를 배제하는 이론모형을 전개한 반면에 퍼스는 현실적 지시대상과 해석자를 포함하는 기호모형을 제시했으므로 퍼스의 모형을 준거로 삼으면 이론의 지형도가 판이해질 거라는 말이다. 이로써 저자는 이 책의 출발점으로 삼는 기호 삼각형도 하나의 가설적 모형임을 고백하고 있는 셈이다. 나아가 이 책에서 다루는 다양한 이론들이 제각기 다른 주장을 하는 것처럼 보여도 그 저변에는 유사한 사고모델이 작동하고 있는 것이 아닐까 하는 문제를 제기하는 것이기도 하다. 이 책의 독일어 원서 표지에는 이론의 계보를 시각화한 다음과 같은 그림이 있다. 저자가 직접 그린 이 그림은 도식적 단순화의 우려성에도 불구하고 이 책에서 다루고 있는 수많은 사상가들의 영향관계를 일별하는 데 참고할 만하다.

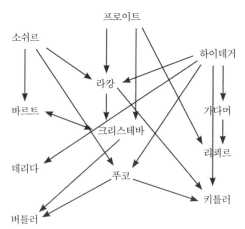

번역과 관련하여 몇가지 부연할 것이 있다. 이 책은 워낙 압축적으로 서술되어 있어서 독자의 이해를 돕기 위해 용어설명이나 부연설명이 필요한 경우 역주를 넣었다. 역자는 2016년 2학기 대학원 수업에서 이 책의 독일어 원서를 강독하면서 대학원생들과 함께 토론할 기회를 가졌다. 당시 수업에 참여한 대학원생들에게 고마운 마음을 전한다. 당시에는 2009년도 판을 가지고 강독을 했고 번역도 원래는 2009년도 판을 저본으로 삼았지만, 2014년도 개정판에서 추가되거나 수정된 내용을 모두 반영하였다.

2020년 6월

임홍배

차례

서론

이론은 흔히 접근하기 어렵다고 여겨진다. 이론을 소개하는 개론서들조차 흔히 이론서를 특이한 방식으로 다루는데, 대개는 이론서의 내용을 요약해서 설명할 뿐이지 이론텍스트 자체를 충실하게 다루는 경우는 드물다. 문학연구서는 이론을 다룰 때면 서술방식과 설명방식을 바꾼다. 그러다보니 입문서가 많이 있어도 이론서의 서술방식과 역사적 계보를 염두에 두고 이론서를 분석한 경우는 찾아보기 어렵다. 이 책에서는 이론을 그 역사적 계보와 서술방식에 따라 3부로 구성해서 소개할 것이다. 이 책의 목표는 중요한 이론적 저작을 선별하여 이론의 서술형식과 즐겨 사용하는 비유 그리고 특징적인 사고유형을 예로 들어 이론을 설명함으로써 독자로 하여금 구체적인 독서지침을 가지고 이론서에 접근할 수 있게 하는 것이다.

〔그림 1〕 기호 삼각형[1]

이 책에서 다루어지는 이론들은 기호 삼각형이라는 특수한 문제 맥락에 초점을 맞추어 소개될 것이다. 이 책은 이론적 개념들을 역사적 순서나 학파에 따라 배열하는 대신에 보다 추상적인 모형을 기초로 삼는다. 언어학에는 이른바 기호 삼각형이라는 시각적 모형이 있는데, 이 모형을 이용하여 고대 그리스 이래의 언어 개념을 도식으로 일목요연하게 설명할 수 있다. 이를테면 아리스토텔레스(Aristoteles)는 기호를 그것이 촉발하는 정신활동과 구별했는데, 여기서 기호가 촉발하는 정신활동이란 본래의 사물과 실재하는 대상에 관한 표상이다. 기호, 표상, 사물은 아리스토텔레스가 생각한 언어모형의 세 측면이다. 기호 삼각형 모형이 이론적 서술수단으로

---

1 Umberto Eco, *Zeichen: Einführung in einen Begriff und seine Geschichte*, Frankfurt a. M.: Suhrkamp 1977, S. 28.

16

정착될 수 있었던 것은 아리스토텔레스의 언어이론 이후로도 대개는 그와 유사한 삼분법 모델을 이론의 기초로 삼았기 때문이다. 삼각형 모형의 세가지 구성요소에 대한 개념 정의와 개념적 명칭이 많은 논란을 야기하긴 하지만, 기호 삼각형은 세가지 요소의 원칙적인 구별을 선명하게 보여주는 데 적합한 추상적 도식이다. 기호는 직접적으로 현실과 관계를 맺지 않으며, 실재의 모상(模像)이 아니라 다른 제삼자를 매개로 하여 현실과 관련된다. 물질적으로 구현된 기호(기표)는 기호를 통해 표상되는 의미(기의)와 구별되며, 다른 한편 기호의 의미 또한 실재하는 사물, 즉 지시대상과 동일하지는 않다. 문학은 언어를 통해 세계와 관계를 맺기 때문에 문학이론은 이 세가지 요소로 구성된 도식을 활용하고, 이론적 입장에 따라서 세 측면 가운데 어느 하나를 특별히 강조한다. 다시 말해 기호 자체를 강조하거나, 기호를 통해 떠올리는 의미를 강조하거나, 텍스트와는 다른 차원에 있는 구체적 사태와 현실적 맥락 즉 지시대상과의 연관성을 강조한다. 이 책은 바로 이러한 전제에서 출발한다. 이 책은 기호 삼각형 모형에 따라 세개의 부로 구성되며, 문학이론들을 기호, 의미, 지시대상에 따라 체계적으로 분류하고자 한다.

기호 삼각형을 통해 기호학이 태동하던 당시의 상황을 개관해볼 수도 있다. 움베르토 에코(Umberto Eco)가 기호학의 역사에 관한 저서에서 상세히 서술하고 있듯이, 삼각형의 세 꼭짓점에 대한 개넘정의를 놓고 지속적인 논쟁이 있어왔을 뿐만 아니라 삼각형 모형 자체를 '해로운 도식'이라며 의문시해왔는데, 특히 20세기 초반에는 그런 문제제기가 활발했다.[2] 기호의 기능을 설명하기 위해 과연 세가지 요소의 구별이 실제로 필요한가?

제네비의 언어학자 페르디낭 드 소쉬르(Ferdinand de Saussure, 1857~1913)는 기호를 기표(記標: signifiant)와 기의(記意: signifié)라는 두가지 구성요소로 설명하는데, 그는 자신의 언어모형에서 지시대상을 배제한다. 소쉬르에 따르면 기호가 기호에 상응하는 실제 대상을 갖는가 여부는 기호의 기능방식을 설명하는 데서 중요하지 않다. 소쉬르에게 언어는 실제 사물을 가리키는 용어가 아니며, 소쉬르가 지시대상을 언급하는 경우는 단지 지시대상을 그의 언어모형에서 배제하는 때뿐이다. 소쉬르의 기호이론은 1900년 무렵에 존재한 언어이론의 전반적 경향을 보여주는 본보기라 할 수 있다. 이른바 '언어학적 전회'(linguistic turn)와 더불어 현대 언어학이 탄생했을 뿐 아니라 철학에서 언어는 새로운 위상을 획득하게 된다. '언어학적 전회'는 새로운 사고방식을 열어주었다. 이제는 주체와 주체의 인식능력이 아니라 언어와 언어법칙이 곧 앎의 조건으로 부각된 것이다. 이처럼 언어에 관심이 집중됨에 따라 지시대상은 관심 밖으로 밀려났다. 왜냐하면 현실과의 모든 관련은

---

2 Umberto Eco, *Einführung in die Semiotik*, München: Fink 2002, S. 69.

기호를 통해 매개되고, 기호의 기능방식과 규칙이 곧 탐구대상이 되었기 때문이다. 따라서 소쉬르류의 언어이론에서 기호 삼각형은 쓸모가 없게 된다. 기호 삼각형 모형은 여전히 실제 현실을 탐구대상으로 포함하기 때문에 시대에 뒤처진 존재론적 모형이지 않을까? 적어도 기호 삼각형 모형은 종전의 이론에서 불가결한 요소로 전제했던 지시대상에서 벗어나려는 것을 방해하고 지시대상의 '무거운 부담'을 짊어져야 하는 것처럼 보인다.[3] 왜냐하면 지시대상을 배제하려는 입장에서 보면 기호 삼각형 모형은 늘 지시대상을 염두에 두고 있고, 언어와 사물 사이의 연관성을 상정하는 오류를 범하고 있기 때문이다. 그렇지만 바로 그런 이유에서 기호 삼각형은 20세기 문학이론을 서술하기 위한 모형으로 적합하다고 생각한다. 왜냐하면 앞으로 살펴보겠지만 지시대상과의 관계를 끊는다는 것은 결코 간단한 문제가 아니기 때문이다. 지시대상은 그 개념적 정의에 따르면 언어학 이론으로는 접근할 수 없는 것이지만, 그럼에도 소쉬르의 경우에도 지시대상은 전제되어 있는 것으로 보인다. 어쨌든 소쉬르 역시 언어기호를 지시대상 자체와 구별함으로써 언어학의 토대를 구축했기 때문이다. 소쉬르는 실제 대상에 관해서는 서술하지 않았지만, 그럼에도 사물과 기호의 구별은 그의 언어관의 기초가 되는 것이다.

---

3 Umberto Eco, *Zeichen: Einführung in einen Begriff und seine Geschichte*, S. 149.

모든 문학이론이 똑같이 기표와 기의를 구분하는 이원적 언어 모형의 영향을 받은 것은 아니다. 바로 그런 이유 때문에도 기호 삼각형은 문학이론의 역사적 전개를 개관하는 데 적합하다. 문학은 사회적 맥락에서 해석되기도 한다. 그래서 물질적 실재와의 연관성을 탐구하고, 텍스트 속에서 육체 또는 역사를 탐구하는 것이다. 20세기 말에 이르러 문학은 포괄적인 문화연구가 탐구하는 상징적 실천의 형식 중 하나로 간주된다. 소쉬르와 구조주의가 수십 년간 문학이론에 영향을 끼침에 따라 20세기 말에 이르면 다시 지시대상의 매력이 커지는 것으로 보인다. 그 과정에서 이론들이 기호이론에 대해 거리를 두거나 지시대상의 기능을 새롭게 숙고하는 등의 변화가 있었음을 관찰할 수 있다. 결국 지시대상은 존재론적 대상이나 '물 자체'(Ding an sich)로 상정되기도 하지만, 또한 기호의 문화적 실천을 구성하는 대상의 형식으로 간주되기도 한다. 이에 상응하여 기호 삼각형은 기호가 작동하는 상이한 측면들 사이의 관계를 명명하는 하나의 도식으로 이해된다.

이에 따라 이 책에서는 특정한 이론을 기호 삼각형의 어느 한 측면에 고정해 연결하는 접근방식을 취하지는 않을 것이다. 오히려 어떤 이론의 위상을 적절히 드러낼 수 있는 접근방식을 택해서 특수한 문제제기를 통해 이론텍스트를 읽기 위한 실마리를 찾아갈 것이다. 물론 이 책에서 소개하는 이론 중 상당수는 다른 방식으로 분류될 수도 있다. 예컨대 프로이트(Freud)의 꿈 해석은 해석학 이론을 다루는 1부에 배치하는 것이 더 적절하지 않을까? 그리고 리쾨르(Ricœur)의 해석학을 이 책에서는 '의미의 이론' 영역에 넣었지만, 그의 해석학은 오히려 지시대상 문제에 더 큰 관심을 보이는 것이 아닐까? 기호 삼각형이 문학이론의 역사를 이해하기 위한 모형으로 적합한 또다른 이유는 기호 삼각형이 삼각형의 개별적 측면을 분리하지 않고 그 연관성을 인식할 수 있게 해주기 때문이다. 가령 구조주의자들은 주로 언어기호의 기능에 관심을 갖긴 하지만 동시에 의미가 어떻게 생성되는가를 설명하기도 한다. 이 책의 1부에서 살펴보겠지만, 기호 삼각형을 구성하는 개별적 요소들은 서로 구체적으로 연결되어 있거나 영역을 구별하거나 경계를 긋는 방식으로 맞물려 있다. 따라서 기호 삼각형을 이용하여 각 이론의 강조점을 포착할 수도 있고 해당 이론의 한계와 방법론상의 야심찬 도전이 무엇인가를 드러낼 수도 있는 것이다.

언어학적 전회를 이끈 이론가들은 아주 다양한데, 그중에도 특히 프리드리히 니체(Friedrich Nietzsche), 고틀로프 프레게(Gottlob Frege), 루트비히 비트겐슈타인(Ludwig Wittgenstein), 찰스 샌더스 퍼스(Charles Sanders Peirce) 등을 꼽을 수 있다. 그렇지만 문학이론의 역사와 관련해서 보면 페르디낭 드 소쉬르가 가장 중요한 인물이라는 데에는 의문의 여지가 없다. 그의 사후인 1916년에 출간된 강의록 『일반언어학 강의』(*Cours de linguistique générale*)는 20세기 문학이론을 이해하기 위한 입문서라고 할 수 있다. 그 책에서 다루는 개념을 모른다면 20세기 문학이론의 대부분을 이해하기는 어렵기 때문이다. 그런 개념들 중 몇가지만 일별해보자. 소쉬르에 따르면 언어기호는 실제 지시대상과 구별될 뿐 아니라 그 자체도 세분화된다. 소쉬르는 기호의 외적 형태인 기표와 기호의 표상내용인 기의를 구별한다.[4] 기표와 기의는 구별되지만 종이의 양면처럼 결코 분리되지 않는다.(같은 책 134면) 이처럼 긴밀한 상호관련성에도 불구하고 소쉬르에 따르면 기표와 기의의 관계는 '자의적'이다.(같은 책 135면 이하) 다시 말해 우리가 일련의 소리를 들을 때 어째서 특정한 표상을 떠올리게 되는지를 뒷받침하는 언어 외적인 근거는 없다는 것이다.[5] 우리가 일상적인 언어사용에서 기의와 기표의 차이를 전혀 의식하지 못하긴 하지만, 기의와 기표의 관계는 고정되어 있지 않다. 언어기호는 실체적인 의미의 핵을 갖고 있지 않은 채로 관계의 구조물이며, 따라서 가변적이다. 어떤 기호의 의미는 상황에 따라 다르게 구현되는 '가치'인 것이다.(같은 책 132면)[6] 얼핏 생각하면 기호의 의미는 확고부동한 듯하지만 사실은 그렇지 않다. 예컨대 '나무'로 발음되는 낱말은 이 말이 쓰이는 맥

---

4 Ferdinand de Saussure, *Grundfragen der allgemeinen Sprachwissenschaft*, Berlin: Walter de Gruyter 1967, S. 79

5 (역주) 단적인 예로 '나무'를 뜻하는 낱말의 표기와 발음은 언어마다 다르다.

6 (역주) 소쉬르는 체스를 예로 드는데, 체스의 말(馬)은 매번 놓이는 위치에 따라 전체 판세에 제각기 다른 영향을 미치면서 상이한 '가치'를 구현한다.(페르디낭 드 소쉬르 『일반언어학 강의』, 최승언 옮김, 민음사 2006, 122~24면 참조)

락에 따라 다양한 표상을 불러일으킬 수 있는 것이다.[7] 각각의 낱말은 그 낱말과 견줄 수 있는 다른 무수한 낱말들을 '무의식적으로' (같은 책 147면) 떠올리게 하며, 그렇게 연상된 낱말들은 인간의 두뇌 속에 자리잡고 있는 어휘 중 일부가 된다. 그런 이유에서 소쉬르는 기호를 기표와 기의가 결합될 때 생겨나는 '판단'이라고 설명한다. 다시 말해 일련의 소리를 듣는 사람은 유사한 표상들의 '계열체' (Paradigma)에서 하나의 특정한 표상을 선택한다는 것이다.(같은 책 151면)[8] 예컨대 대화의 맥락에 따라 특정한 의미가 다른 의미보다 더 두드러지게 드러나며, 이에 따라 사람들은 상대방의 말뜻을 파악하게 된다. 그렇지만 소쉬르가 그의 글에서 분명히 밝히고 있듯이, 특정한 표상을 떠올리게 하는 명확한 의미연상도 낱말의 다른 의미를 결코 배제하는 것은 아니다.

앞에서 시사한 바와 같이 '언어학적 전회'와 더불어 주체와 주체의 인식능력에 대한 관심은 언어와 언어법칙에 대한 관심으로 옮겨가게 된다. 이러한 전환과 더불어 주체는 철학의 중심에서 밀려난다. 다시 말해 앎의 토대는 이성적 주체에 의해 제어되는 것이 아니라, 거꾸로 주체가 언어의 규칙에 의해 지배를 받는다는 것이

---

7 〔역주〕 비근한 예로 '나무'는 숲, 자연, 생명, 성장 등을 연상시키며, 흔히 가족의 계보나 이론의 계보를 나타낼 경우에는 수형도(樹型圖)라는 말을 사용한다.
8 〔역주〕 가령 "개가 짖는다"라는 문장에서 '개'라는 낱말은 '강아지' '멍멍이' '바둑이' 등과 같은 유사어 중에서 선택된 것이다.

다. 소쉬르는 이를 또다른 개념적 구별을 통해 설명한다. 그는 개개인의 구체적인 언어사용을 '파롤'(parole)이라 일컫는다. 다시 말해 언어로 표현되는 모든 것, 언어의 경험적 표출이 곧 파롤인 것이다. 반면에 의미있는 기호사용을 가능하게 해주는 보편적인 언어법칙은 소쉬르에 따르면 '랑그'(langue)에서 찾을 수 있는데, 언어적 규칙들의 체계가 곧 랑그인 것이다.(같은 책 22면) 랑그는 언어적 표현이 가능하기 위한 전제조건이다. 그리고 랑그는 구체적인 언어사용보다 선행하기 때문에 그 자체로는 직접 드러나지 않는다. 랑그는 개개인이 구체적인 상황에 맞게 언어를 적절히 사용할 수 있게 해주는 보편적인 법칙을 규정한다. 또 랑그는 인간 주체의 언어사용을 결정하는데, 언어의 내용적 측면이 아니라 순전히 형식적인 측면에서 그러하다. 언어사용을 규정하는 언어의 형식이 언어의 내용보다 훨씬 더 근본적이다. 랑그는 문법이나 사전보다 더 보편적인 것으로서 언어의 선험적 규칙이며, 그러한 규칙은 언어를 사용하는 주체의 의식에 각인되어 있다. 언어학은 그러한 규칙의 체계를 설명하기 위해 필요한 것이다.

　여기서 중요한 점은 랑그와 파롤의 구별을 실질적인 분리로 이해하면 안된다는 것이다. 선험철학에서 말하는 선험적 형식이 결코 순수한 형태로 주어지지 않듯이 소쉬르가 말하는 랑그 역시 그 자체로는 인식될 수 없다. 언어의 형식적 특성은 언제나 특수한 연구대상의 형태로 구체적으로 드러난다. 마찬가지로 랑그의 개별적 요소들 역시 추상화된 개념으로 이해되어야 한다. 예컨대 우리는 순수한 기표를 접할 수는 없다. 왜냐하면 기표는 이미 기표 이외의 다른 요소들과 결합된 기호의 일부로서만 기표로 기능할 수 있기 때문이다. 따라서 소쉬르의 언어기호 도식은 기표와 기의라는 두 독립된 영역이 서로 어떤 관계를 맺고 있는가를 보여주는 것이 아니라 그 관계양상을 일정한 상관관계의 형태로 생생히 보여주는 데 초점을 맞추고 있다. 소쉬르에 따르면 언어기호에서 기표와 기의는 수직축으로 결합하는데, 그는 그 결합관계를 기표와 기의의 분수 형태로 설명한다.(같은 책 136면) 그리고 언어기호가 기표와 기의로 분할되어 있지만 양자가 하나의 통일된 단위를 형성한다는 점을 생생히 보여주기 위해 소쉬르는 양자를 타원형으로 묶는다.[9]

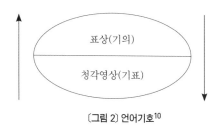

〔그림 2〕 언어기호[10]

---

9 〔역주〕 그림에서 청각영상이 기표, 표상이 기의에 해당된다. 화살표는 표상(기의)과 청각영상(기표) 사이의 상호작용을 나타낸다. 청각영상(기표)이 분모의 자리에 있다는 점을 기억해둘 필요가 있다.
10 같은 책 78면.

언어기호는 그 자체로 의미를 갖는 게 아니라 다른 기호들과의 차이에 근거해서만 의미를 갖는다. 그 차이는 기호의 의미생성을 위한 전제조건일 뿐만 아니라 기표와 기의의 자의적 결합을 위한 전제조건이기도 하다. 따라서 기호는 수평적으로도 조직된다. 다시 말해 기호는 다양한 표현들이 연속적으로 연결되고 구조화되어 선형(線形)으로 전개되는 발화과정에 편입된다. 소쉬르는 기호의 '계열체' 차원과는 별도로 발화과정의 이러한 수평적 구조화를 '통합체'(Syntagma)적 맥락으로 설명한다.[11]

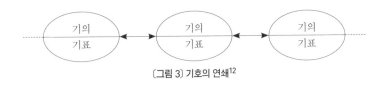

〔그림 3〕 기호의 연쇄[12]

기표와 기의, 계열체와 통합체, 그리고 더 일반적인 구별인 수직축과 수평축[13]은 소쉬르의 언어학 강의록에 나오는 개념쌍들 중의 일부인데, 특히 구조주의 문학이론은 이러한 개념들을 준거로 삼고 있다. 미셸 푸코(Michel Foucault)의 개념으로 말하면 소쉬르는

---

11 〔역주〕 다음의 〔그림 3〕은 낱말이나 문장에서 (기표와 기의가 결합된) 기호가 순차적인 선후관계로 연결되어 의미를 형성한다는 사실을 나타낸다.
12 같은 책 137면.
13 〔역주〕 수직축은 선택축, 수평축은 결합축이라고도 한다.

'담론의 창시자'라고 할 수 있다. 소쉬르는 언어학의 범위를 넘어 또다른 텍스트와 이론의 기본틀 및 구성요소를 제공한 이론가인 것이다. 기호와 랑그에 관한 소쉬르의 개념 정립은 수많은 이론 구상의 토대가 되었으며 그의 용어와 이원적 사고방식은 다양한 이론에 영향을 주었다. 그 과정에서 소쉬르의 개념은 수정되거나 발전적으로 계승되었다. 소쉬르의 언어학에 의존하지 않는 해석학조차 소쉬르의 언어이론과 대결하는 과정을 통해 독자적인 언어모형을 발전시켰다. 물론 소쉬르의 언어이론에 대한 이러한 읽기가 그의 이론을 항상 올바르게 조명했던 것은 아니다. 심지어 소쉬르의 기호모형을 가장 적극적으로 계승한 구조주의자들조차도 소쉬르의 언어이론을 아주 특수한 관점에서 해석하곤 했다. 그리고 루트비히 예거(Ludwig Jäger)가 아주 상세히 밝혀냈듯이 소쉬르의 강의록은 그의 이론에 접근하는 신뢰할 만한 통로를 제공하지 못한다.[14] 예거에 따르면 소쉬르 강의록의 편찬자인 알베르 세슈에(Albert Sechehaye)와 샤를 발리(Charles Bally)는 강의록 원고를 정리하면서 임의로 분류를 하거나 편집상의 오류를 범하는 등의 중대한 문제를 야기했다. 예거에 따르면 소쉬르의 언어학이 20세기에 끼친 영향사(影響史)에서 매우 중요한 역할을 하는 대부분의 근본개념들은 본래 전혀 다른 사고 맥락에서 유래한 것들이다. 그

---

14 Ludwig Jäger, *Ferdinand de Saussure zur Einführung*, Hamburg: Junius 2010, S. 10~17.

리하여 소쉬르는 '랑그'에 관한 이론에 일방적인 관심을 기울인 사람으로 잘못 인식되었고, 언어의 순수형식에 관한 그의 구상은 '파롤'과 분리되었다는 것이다. 그런데 이는 소쉬르가 본래 비교언어학 탐구에 관심을 기울였다는 사실과 어긋난다.(같은 책 111면) 소쉬르의 유고가 새로 출간된 덕분에 오늘날에는 소쉬르에 관해 훨씬 더 다면적이고 엄밀한 상(像)을 정립할 수 있게 되었다. 하지만 문학이론 입문을 위한 이 책에서는 소쉬르에 관한 더 정확한 인식은 부차적인 비중을 가질 수밖에 없다. 소쉬르의 강의록에 기초해 간략히 요약한 개념을 서두에 소개하는 이유는 20세기 문학이론이 전적으로 소쉬르의 이 강의록을 준거로 삼기 때문이다.

소쉬르의 언어학이 20세기 문학이론의 디딤돌 역할을 했지만, 그의 강의록에서는 문학작품이 전혀 언급되지 않는다는 사실도 유념할 필요가 있다. 보리스 토마솁스키(Boris Tomashevsky)와 로만 야콥슨(Roman Jakobson) 등 러시아 형식주의에서, 그리고 나중에 프라하 구조주의 학파[15]에서 비로소 소쉬르의 개념으로 문학을 설명하려는 시도가 있었다. 가장 두드러진 예로 로만 야콥슨은 순전히 형식적인 측면에서 문학과 여타 기호의 사용을 구별하면서 문

---

15 〔역주〕 1920년대에 러시아에서 프라하로 망명한 로만 야콥슨을 비롯하여 르네 웰렉(René Wellek), 펠릭스 보디츠카(Felix Vodička), 얀 무카롭스키(Jan Mukařovský) 등을 가리킨다. 이들은 러시아 형식주의와 2차대전 후 프랑스 구조주의 사이의 가교 역할을 한 것으로 평가된다.

학의 고유한 특성을 '시적 기능'이라고 설명한다. 문학의 특징은 기호사용의 독특한 형식에 있다는 것이다. 야콥슨은 「언어학과 시학」(Linguistics and Poetics, 1960)에서 "등가성(等價性)의 원리를 선택축에서 결합축으로" 전환시키는 것이 문학의 독특한 기호사용 방식이라고 설명한다.[16] 문학텍스트는 유사성에 의존하는 독특한 구조를 가진다. 예를 들어 두운법(頭韻法)은 'horrible Harry'의 경우처럼 이어진 두 낱말에서 첫 글자(여기서는 h라는 자음)를 반복하여 통합체의 배열에서 이런 짧은 표현을 인지하는 데 결정적인 영향을 주는 독특한 소리구조를 만들어낸다. 야콥슨에 따르면 문학텍스트는 중층적으로 구조화되어 있어서 표현형식에 주의를 기울이도록 유도한다. 그러므로 '유사성'이란 문학텍스트가 대상을 모방적으로 재현한다는 뜻은 아니다. 기호의 유사성은 기호들에 공통된 계열체에 근거한다. 문학텍스트의 의미는 문학텍스트의 기호체계와 형식적 구조에 의거한다. 이를 기호 삼각형에 따라 시각적으로 설명하면, 순전히 형식에 주목하는 야콥슨의 문학이론은 전적으로 기호의 기능과 기표에 초점을 맞춘 것이다.

---

16 Roman Jakobson, "Linguistik und Poetik," in: *Poetik*, Frankfurt a. M.: Suhrkamp 1987, S. 94.
〔역주〕 선택축(계열체)에서 적용되는 등가성(유사성) 원리가 결합축(통합체)에도 적용된다는 뜻이다. 야콥슨은 카이사르의 유명한 승전보 "Veni, vidi, vici"(왔노라, 보았노라, 이겼노라)를 대표적 사례로 제시하고 있다.(Roman Jakobson, "Linguistik und Poetik," S. 95)

야콥슨의 문학에 대한 정의 외에도 형식주의적인 색채가 그보다 약한 다른 사례들을 추가할 수 있을 것이다. 모든 문학이론이 언어학적 언어모형을 따르지는 않는다. 본래적인 의미에서 문학은 결코 불변하는 대상이 아니다. 문학이란 무엇인가 그리고 문학이 다른 텍스트 모형이나 언어모형과 구별되는 고유한 특징은 무엇인가 하는 문제는 늘 새롭게 제기되곤 한다. 모든 문학이론은 제각기 고유한 문학적 모형을 내포하고 있다. 예컨대 1부의 서두에서 다룰 빌헬름 딜타이(Wilhelm Dilthey)의 해석학에서 문학은 독창적 천재의 텍스트에서 최고로 구현되는 독특한 표현형식이 된다. 딜타이에 따르면 문학텍스트의 뒤에는 개성적이고 창조적인 능력을 지닌 시인이 있다. 딜타이의 해석학은 기호에 초점을 맞추지 않고 텍스트의 의미에 초점을 맞춘다.

제1부

의미의 이론

1. 빌헬름 딜타이와 해석학의 탄생

　빌헬름 딜타이(Wilhelm Dilthey, 1833~1911)는 1900년에 발표한 논문 「해석학의 탄생」(Die Entstehung der Hermeneutik)으로 끊임없는 논쟁을 촉발했다. 해석학의 역사를 간략하게 정리한 이 논문은 후대에 곧잘 인용되곤 하는데, 역사서술의 측면에서는 정정이 필요하다는 비판을 받기도 한다. 예컨대 한스게오르크 가다머(Hans-Georg Gadamer), 만프레트 프랑크(Manfred Frank), 페터 손디(Peter Szondi)는 해석학의 역사를 다르게 서술한다. 하지만 딜타이 이래로 해석학의 역사에 대한 해석은 해석학의 일부가 되었다. 해석학은 역사를 탐구대상으로 삼으며, 자기 자신을 역사에 대한 이해방법론으로 규정한다.

해석학의 어원은 그리스어 동사 'hermeneuein'(번역하다, 해석하다, 이해하다)에서 유래하며, 법전·성경·역사서·문학작품 등 매우 다양한 종류의 텍스트를 탐구대상으로 삼는다. 해석학은 고대와 중세에는 주로 법전이나 성경 해석에 활용되다가, 18세기 후반에 와서야 비로소 적용 분야가 역사문헌과 문학작품으로 확장되었다. 그런데 해석학적 해석의 대상이 변해왔을 뿐만 아니라 해석학 이론 자체도 근본적으로 변해왔다. 텍스트의 이해와 해석을 위한 어문학적 방법론은 이해에 관한 철학이론 즉 철학적 해석학과는 엄밀히 구별되어야 한다. 해석학의 두가지 형태인 어문학과 철학은 각각 고유한 영향의 역사를 갖고 있다. 양자는 늘 서로 교차하거나 겹치며, 바로 그렇기 때문에 구별이 필요하다. 딜타이는 어문학도 다루었지만 그의 본령은 철학적 해석학이었다. 딜타이는 후대의 문학이론에 지속적으로 영향을 미쳤지만, 그의 이론에서 문학해석에 대한 구체적인 방법론적 지침을 찾기란 어렵고, 그런 것을 기대할 수도 없다. 딜타이에게 문학은 텍스트 해석의 대상이라기보다는 보편적인 이해방법론을 예시하는 하나의 본보기였다. 그의 이론에서 중심이 되는 것은 심리적 '추체험'이다. 다시 말해 역사적 인물의 '정신세계'에 '감정이입'을 하는 것이다. 그에 따르면 어문학과 역사학에서 '역사적 문헌에 대한 사후적 이해'는 '객관성'을 확보해야 한다. 하지만 딜타이는 그런 목표를 어떻게 달성할 것인가에 대해 구체적인 방법론으로 설명하지 않고 보편적인 이해이론으로 설명할 뿐이다.

딜타이에게 추체험은 일종의 치유기능이 있는 방법이다. 딜타이는 자신이 사는 현대를 위기의 시대로 간주한다. 그에 따르면 현대인은 지나온 역사와의 유대를 상실했으며 따라서 인간 자신이 창출한 모든 것과의 유대를 상실했기 때문에 소외된 시대에 살고 있다. 자연과학이 지배하는 현대에 해석학은 역사로부터의 소외를 극복하고 인간 자신과의 거리를 좁힐 수 있는 전망을 열어주어야 한다. 딜타이의 이상적 모델은 엄밀한 의미에서 그러한 목표가 실현되는 역사이다.

역사의식은 현대인이 자신의 내면에서 인류의 모든 과거를 생생한 현재로 되살리는 것을 가능하게 한다. 즉 이 시대의 모든 제약을 극복하고 과거의 문화를 조망할 수 있게 한다. 그리하여 현대인은 과거 문화의 힘을 흡수하여 과거 문화의 황홀한 매력을 다시 향유하게 된다. 현대인은 이러한 체험에서 솟구치는 엄청난 행복을 누리게 되는 것이다.[1]

역사가는 올림피아의 관찰자처럼 역사의 지평을 조망하고 과거를 넓은 시야로 조망한다. 그럼으로써 역사가는 자기가 사는 시대

---

1 Wilhelm Dilthey, "Die Entstehung der Hermeneutik," in: *Gesammelte Schriften*, Bd. V, Stuttgart: Teubner 1957, S. 317.

의 한계를 뛰어넘을 수 있게 되는 것이다.

이와 같은 서술은 딜타이의 논지전개 방식을 전형적으로 보여준다. 그의 텍스트에서 가장 두드러진 사고유형은 내면세계와 바깥세계 사이의 변증법적 상호작용이다. 바깥세계를 조망함으로써 내면세계가 고양된다 그리고 역사문헌은 역사적 인물의 영혼을 들여다볼 수 있게 해주는 개성의 표현이다. '개별 인물에 대한 학문적 인식'을 표방하는 딜타이의 해석학은 역사문헌이나 기념물을 탐구대상으로 삼지만, 역사적 인물의 정신세계에 감정이입을 하려고 할 때 역사적 전승자료는 오히려 방해물이 될 수도 있다. 역사적 인물의 '정신세계'는 특정한 기표와 결합되어 기호학적으로 이해할 수 있는 기의나 표상이 아니기 때문이다. 다시 말해 역사적 인물의 '정신세계'는 그것을 재현하는 매체와는 무관하게 존재한다. 물론 딜타이에 따르면 역사적 인물의 정신세계를 들여다볼 수 있는 직접적인 통로는 없다. 과거의 '낯선 인물'은 '다른 시대를 산 인물의 몸짓, 목소리, 행위'의 형태로만 주어진다. 바로 그렇기 때문에 해석자는 역사적 인물의 삶을 '추체험하는 과정을 통해' 그의 '내면세계'를 추론할 수밖에 없다. "이러한 보완작업의 소재, 구조, 극히 개인적인 특성 등 그 모든 것을 우리는 역사적 인물의 생생한 삶을 바탕으로 재현해야 한다."(같은 글 319면) 딜타이에 따르면 역사적 기념물이나 예술작품에 비해 특별히 글로 기록된 문헌은 해석자가 추체험할 수 있는 '인간 삶의 잔재'를 간직하고 있다.

이상의 간략한 설명에서도 분명히 알 수 있듯이 딜타이의 해석학은 단순한 재현모델에 기초하고 있다. 기호는 정신활동의 내용과 교감하며, 따라서 기호의 의미는 언어와 언어규칙이 아니라 무엇보다도 개인의 표현력에 의거하여 해석된다. 딜타이에 따르면 "허위가 판치는 인간사회에서 오로지 위대한 시인이나 발견자의 작품, 종교적 천재나 진정한 철학자의 작품"(같은 글 320면)만이 언제나 참되다. 오로지 창의적 천재만이 자신의 정신생활을 언어로 진실하게 표현할 수 있다. 그리고 창의적 천재는 창조적 능력에 힘입어 관습적인 어법에서 어느정도 벗어나 있기 때문에 그러한 개인의 표현력을 이해하고 설명하려면 해석자 역시 독창적인 능력을 갖추고 있어야 한다. 어떤 작품을 추체험하는 해석자 역시 독창적인 작가에 못지않은 재능이 있어야 하는 것이다.

딜타이 그 자신이 '위대한 시인의 작품'을 해석할 때에는 특히 독창적 작가와 탁월한 문학연구자 사이의 긴밀한 관계가 생생히 드러난다. 「괴테와 문학적 상상력」(Goethe und die dichterische Phantasie, 1906)이라는 글에서 딜타이는 모든 문학사의 중심은 '시인의 상상력'이라고 말한다.[2] 그에 따르면 괴테는 '평범한 보통사람'이 흉내낼 수 없는 방식으로 '문학적 상상력'을 표현한 대표적

---

2 Wilhelm Dilthey, "Goethe und die dichterische Phantasie," in: *Das Erlebnis und die Dichtung, Gesammelte Schriften*, Bd. XXVI, Göttingen: Vandenhoeck & Ruprecht 2005, S. 113.

인 작가이다. 괴테가 독보적인 작가인 이유는 무엇보다도 모든 정신적 에너지를 온전히 창작에 투여할 줄 알았기 때문이다. "고도의 창조력을 발휘하는 천재적 작가는 온전히 창작에만 몰입한다. 천재적 작가는 지각하고, 관찰하고, 자기 자신을 완전히 잊고서 그가 포착하는 문학적 형상으로 자신을 변화시킨다."(같은 글 132면) 딜타이에 따르면 천재적 작가는 자기 자신을 외적 경험 속에 녹아들게 하거나 독특한 방식으로 내면의 자아를 체험한다. 어느 경우든 간에 천재적 작가의 비범함은 단지 주관적일 뿐인 느낌을 뛰어넘는 표현을 발견한다. 괴테의 상상력은 보편인간적인 것(Allgemein-Menschliches)을 표현하는 수단이 된다.

나아가 괴테는 해석학 이론을 뒷받침하는 하나의 본보기이기도 하다. 괴테의 문학, 특히 그의 자서전 『시와 진실』(*Dichtung und Wahrheit*)은 해석학의 모범이 될 수 있는 이해의 형식을 생생히 보여준다. 괴테는 자신의 인생역정에서 겪은 체험들에 질서와 의미를 부여하고, 자신의 삶이 당대의 역사적 맥락과 어떤 관계에 있는가를 조명한다. 괴테는 자기 자신을 당대와의 관련 속에서 이해하고, 자신의 개별적 체험을 역사의 보편적 경험과 관련지어 이해한다. 이를 통해 자서전 작가로서 괴테는 주체와 객체, 시인과 해석자를 함께 구현한다. 이것이 바로 정신과학에서 추구하는 이해의 기본구조이다. 정신과학에서 다루는 대상은 전체와의 관련 속에서 의미가 드러나는 주관적 경험이다. 그런 이유에서 딜타이가 묘사한 괴테의 모습은 현대에 대한 하나의 대안적 모델이 된다. 개별자와 전체의 상호작용 속에서 현대의 불협화음과 모순은 지양되고, 이해는 개별적인 것과 보편적인 것의 조화를 가능하게 한다. 딜타이는 이러한 이상이 괴테의 문학에서 구현되어 있다고 본다.

딜타이는 자기 시대의 도전에 맞서 조화의 필요성을 역설한다. 이는 그가 전개한 논증의 기본구조에서도 드러난다. 즉 독창적인 작가는 탁월한 문학연구자의 귀감이 되고, 괴테는 한편으로 해석의 대상이면서 동시에 해석의 본보기가 되며, 역사가는 과거에 펼쳐진 역사의 풍경을 조망해 그것을 다시 자신의 내면에서 추체험한다는 것이다. 딜타이는 자신의 해석학에 대한 이론적 논증을 이러한 설명방식으로 대신한다. '이해' 역시 인식론에 근거하지 않고 작가와 해석자 사이의 단순한 자리바꿈의 논리에 근거한다. 창조적 천재는 자신의 내면세계를 표현하고, 탁월한 문학연구자는 작품에서 작가의 정신세계를 추론한다는 것이다. 작가와 해석자는 태생적으로 서로 결합되어 있다. 왜냐하면 해석은 구조적으로 문학창작과 구별되지 않기 때문이다. 작가는 자기 자신의 해석자가 되며, 이와 마찬가지로 해석은 '창조적' 과정을 추체험하는 것이므로 해석자는 작가의 입장에 서게 된다.

「해석학의 탄생」에서 딜타이는 이와 유사한 틀을 따른다. 이 에세이도 이론적 체계나 방법론을 제시한 글은 아니며, 마찬가지로 여기서도 딜타이는 탁월한 선행 저작에 대한 해석에 중점을 둔다. 딜타이는 독창적 사상가 프리드리히 슐라이어마허(Friedrich Schleiermacher, 1768~1834)가 없었더라면 철학적 해석학은 탄생하지 못했을 거라고 본다. 해석학의 발전과정에서 슐라이어마허가 결정적 전환점으로서의 역사적 위상을 가지고 있음을 분명히 보여주기 위하여 딜타이는 다시 이 글의 서두에서 언급한 역사 이야기를 필요로 하는데, 그 역사 이야기는 슐라이어마허의 독보적인 업적을 부각하는 배경이 된다. 앞에서 언급했듯이 딜타이에게 해석학의 역사는 인간 존재의 기초를 규명하는 기능을 갖는다. 해석학의 역사를 되짚어봄으로써 현대인의 소외를 극복할 수 있다고 보기 때문이다. 결국 해석학의 역사는 고대 그리스에서부터 현재에 이르기까지 서양사의 모든 시대를 포괄한다.

딜타이에 의하면 해석학의 발전사는 호메로스(Homeros)에 대한 해석 및 스토아 학파에 대한 주석과 더불어 시작하는데, 여기서 텍스트의 축자적 의미와 알레고리적 의미가 처음으로 구별되었다. 그는 어떤 텍스트의 축자적 의미란 "영적(靈的) 의미를 의도적으로 감춘 것"으로 이해해야 한다고 가정한다.[3] 텍스트의 본래적 의미는 겉으로 드러나지 않으므로 분석과 해석을 필요로 한다. 딜타이에 따르면 해석학의 발전에 두번째로 자극을 준 사람은 근대 초기 종교개혁 시대에 활동한 루터파 신학자 마티아스 플라치우스

---

3 Wilhelm Dilthey, "Die Entstehung der Hermeneutik," S. 322.

(Matthias Flacius, 1520~1575)였다. 플라치우스는 그의 저서 『성경 이해의 길잡이』(*Clavis Scripturae Sacrae*, 1567)에서 고대 이후 문헌 해석에 활용된 규칙들을 체계적인 교본으로 집대성하였다. "텍스트의 개별 부분들을 작품 전체의 의도와 구성에 근거하여 해석하는 해석학적 순환"(같은 글 325면)의 규칙도 플라치우스가 처음 도입했다고 한다. 개별 부분의 의미는 전체와의 관련 속에서 밝혀지고, 다시 전체는 개별 부분들의 종합으로 구성된다.

　이와 같은 해석학의 역사에 관한 딜타이의 서술에서는 해석학의 각 발전단계마다 딜타이 자신의 입론에서도 발견되는 견해가 제시된다. 축자적 의미와 영적 의미의 구별, 그리고 플라치우스가 기술한 부분과 전체의 순환적 상호작용 등이 이에 해당된다. 딜타이는 해석학을 어느정도 자기 자신에게 적용하는데, 그럼으로써 그 자신은 역사의 지평을 조망하는 관찰자가 된다. 그러한 조망으로 그는 역사의 업적들을 현재로 불러올 수 있게 된다. 딜타이에게 이것이 가능한 까닭은 전적으로 슐라이어마허의 해석학을 해석의 역사를 새로운 차원으로 발전시킨 천재의 업적으로 보았기 때문이다. 슐라이어마허는 해석학의 역사에서 결정적인 전환점을 마련했는데, 그는 텍스트 해석을 위한 어문학적 기반을 다졌을 뿐 아니라 이해에 관한 보편적·철학적 이론을 정립했기 때문이다. 딜타이의 「해석학의 탄생」에서 슐라이어마허가 차지하는 비중은 괴테에 견줄 만하다. 그리고 여기서도 동일한 논지전개 방식이 드러난다. 즉 슐라이어마허 덕분에 비로소 철학적 해석학이 탄생했으나, 그것을 인식하기 위해서는 슐라이어마허에 버금가는 독창적인 해석자가 있어야 한다는 것이다. 딜타이는 주석을 통해 슐라이어마허가 끼친 영향을 규명함으로써 철학적 해석학의 계보를 밝히는데, 그 시대에 철학적 해석학의 대표자는 바로 딜타이 자신이다. 딜타이가 해석학의 역사를 그렇게 서술하지 않았더라면 슐라이어마허의 해석학은 결코 전환점이 되지 못했을 것이다. 따라서 딜타이의 슐라이어마허 해석은 아주 특정한 관점에서 이루어진 해석이며, 이는 20세기 해석학의 발전양상에 적지 않은 영향을 끼치게 된다.

딜타이는 슐라이어마허의 이론이 해석학의 역사에서 중대한 전환점이라고 보는데, 그 까닭은 슐라이어마허의 이론이 이해를 독자적인 인식형식으로 분석하기 때문이다. 이러한 인식형식을 기초로 그다음 단계에서 "보편타당한 해석의 가능성, 보조수단, 한계와 규칙"(같은 글 327면) 등이 도출된다. 슐라이어마허는 해석학적 문헌연구가 가능하기 위한 조건들을 탐구하고, 그럼으로써 임마누엘 칸트(Immanuel Kant)가 자신의 비판철학에서 이룩한 선험론적 전환과 유사한 전환을 수행한다. 그런 점에서도 슐라이어마허의 철학은 딜타이에게 모범이 된다. 딜타이가 이미 『정신과학 입문』(*Einleitung in die Geisteswissenschaften*, 1883)에서 말했듯이 정신과학이 자연과학과 구별되면서 자연과학의 객관성에 뒤지지 않으려면 독자적인 인식모델을 필요로 한다. 칸트가 자신의 철학에서 자연과학의 인식조건을 탐구한 반면, 슐라이어마허의 이론에서는 그 반대의 모델이 발견된다. 딜타이에 따르면 자연과학은 자연현상을 '설명'하고, 정신과학은 인간이 창조한 것을 '이해'하고자 한다. 슐라이어마허는 이 이해가 자연과학에서의 인식과 대등한 형태라는 것을 칸트의 동시대인 중에서 처음으로 분명히 자각했다. 그리고 딜타이가 강조하듯이 슐라이어마허에게도 문학은 본보기가 된다.

슐라이어마허는 이해를 문학 창작과정 자체와의 생생한 관련을 복원하고 재구성하는 것으로 분석한다. 그는 강인한 생명력을 지닌 문학작품이 탄생하는 창조과정을 생생하게 직관함으로써 또다른 과정, 즉 문자기호에서 작품 전체를 이해하고 작품에서 작가의 의도와 정신세계를 이해하는 과정을 인식하기 위한 조건을 파악한다. (같은 글 327면)

슐라이어마허는 낭만주의의 천재미학(Genie-Ästhetik)[4]을 공유한 동시대인이었다. 1800년 무렵 이미 문학은 규칙에 얽매인 시학에서 벗어나 있었다. 따라서 슐라이어마허가 보기에 문학작품의 수사적 표현에 대한 어문학적 분석으로는 작가의 작품을 설명하기에 충분치 않았다. 그래서 '감정이입'이 요구되었으며, 이 감정이

---

4 〔역주〕 틀에 박힌 전통이나 문학적 규범에 얽매이지 않고 작가의 창조적 상상력을 중시하는 미학.

입은 나중에 딜타이 해석학의 중심이 되었다. 딜타이는 감정이입 문제를 어떻게 방법론으로 구체화할 것인가에 대해서 단지 시사만 해줄 뿐이다. 딜타이에 따르면 감정이입이란 과거의 '역사적 환경 속으로' 들어가 역사를 음미하고 "이를 바탕으로 특정한 인물의 징신활동에 비중을 두어 강조하는 한편 여타 인물들의 정신활동은 걸러냄으로써 낯선 역사적 인물의 삶을 해석자 자신의 정신세계에서 다시 재구성하는 것"(같은 글 330면)이다.

슐라이어마허가 상세히 설명하는 해석의 또다른 측면은 이보다 훨씬 더 구체적이지만, 딜타이는 이를 부차적으로만 언급한다. 슐라이어마허는 심리적 해석과 문법적 해석을 구별하며, 문법적 해석을 통해 어문학적 해석학의 전통을 수용하고 자신의 이해모델에 통합한다.

문법적 해석은 텍스트에서 기본요소들의 결합양상을 해명하는 데서 출발하여 작품 전체를 아우르는 고도의 짜임새를 해명하는 것으로 나아간다. 심리적 해석은 창조적 작가의 내면세계에서 출발하여 작품의 외적 형식과 내적 형식 그리고 작가의 정신세계와 발전과정을 탐구하여 작품의 통일성을 파악하는 것으로 나아간다. (같은 글 330면 이하)

괴테에 관한 글[5]에서 분명히 드러나듯이 딜타이는 무엇보다도 슐라이어마허로부터 심리적 해석을 받아들여 유일무이한 개성적 작가의 정신세계에 감정이입을 해 그 정신세계를 추체험할 것을 강조한다. 하지만 딜타이는 해석의 또다른 형태인 문법적 해석과 어문학적 텍스트 분석을 완전히 도외시한다. 어문학에 대한 평가절하는 철학적 해석학 전반의 공통된 특징이다. 이처럼 해석학이 이해의 철학이 됨으로써 구체적인 텍스트 읽기를 추구하는 해석학의 전통은 뒷전으로 밀려나게 되었다. 이로 인해 문학이론이 해석학에서 방법론적 기초를 확보하는 것은 더욱 어렵게 되었다. 비록 딜타이가 문학을 활용하여 자신의 해석학 이론을 전개하긴 하지만 그런 어려움은 해소되지 않는다. 그의 해석학은 문학텍스트 해석의 방법론을 제공하지 못하며, 그의 모델은 해석자 개인의 능력에 과도하게 의존한다.

이로써 딜타이는 해석학의 역사에서 상반된 두 역할을 수행한다. 한편으로 그는 정신과학을 자연과학처럼 객관적 인식을 추구하는 하나의 학문체계로 기초하였다. 다른 한편 그의 후계자들은 그가 설정한 해석자의 역할에 대해 비판적 거리를 두고자 했다. 슐라이어마허는 해석학의 어문학적 전통을 수용해 심리적 감정이입 이론을 보완하였지만, 텍스트 해석의 이러한 두 측면은 작가정신의 추체험을 일방적으로 강조하는 딜타이에 의해 다시 분리되고

---

5 〔역주〕『체험과 문학』(*Das Erlebnis und die Dichtung*)에 수록된 「괴테와 문학적 상상력」(Goethe und die dichterische Phantasie)을 가리킴.

만다. 반면에 딜타이 이후의 해석학, 특히 '언어학적 전회' 이후의 해석학은 어문학적 텍스트 분석의 전통을 적극 수용한다. 이 경우 슐라이어마허의 저작에 나타나 있는 문법적 해석과 구체적 텍스트 분석을 모범으로 삼는다. 이로써 딜타이의 역사서술은 결정적으로 수정되게 된다. 가령 만프레트 프랑크는 신구조주의에 대한 설명에서 다음과 같이 서술하고 있다.

현대의 '구조주의' 개념, 특히 프랑스에서 통용되는 구조주의 개념은 독일의 초기 낭만주의 이론가에 의해 전문용어로 처음 사용되었다. 이는 거의 알려지지 않았지만 사실이다. 그 선구자는 신학자이면서 철학자이자 문헌학자인 프리드리히 슐라이어마허이다. 슐라이어마허는 '구조'라는 것을 구성요소들이 맺고 있는 관계의 체계로 이해하였는데, 그에 따르면 각각의 구성요소들은 여타의 모든 구성요소와의 명확한 구별을 통해 의미를 획득한다.[6]

프랑크는 이 책과 다른 저서에서 프랑스 구조주의를 다루었다. 그의 논제는 슐라이어마허가 아직 구조주의가 출현하지 않았던 시기에 '구조' 개념을 도입했다는 것이다. 뿐만 아니라 슐라이어마허는 구조 개념을 일면적·배타적으로 다루지 않고 20세기 구조

---

6 Manfred Frank, *Was ist Neostrukturalismus?*, Frankfurt a. M.: Suhrkamp 1983, S. 14.

주의에 비해 훨씬 더 복합적인 텍스트 모형 속에 통합했다는 것이다. 요컨대 슐라이어마허는 구조주의를 선취하였고 또 구조주의를 넘어섰다는 것이다.

프랑크 역시 해석학의 역사를 이야기한다. 프랑크의 구조주의자 비판에서 슐라이어마허는 딜타이의 저서에서와 마찬가지로 큰 비중을 차지한다. 물론 프랑크의 강조점은 딜타이의 경우와는 다르다. 딜타이가 슐라이어마허의 해석학에서 심리적 감정이입을 부각한 반면에 프랑크는 문법적 해석을 강조하고 슐라이어마허가 이미 '차이'와 '구조' 개념을 사용하고 있다는 점에 주목한다. 프랑크 역시 해석학을 의미의 이론으로 이해하지만, 그럼에도 해석학이 이미 텍스트의 형식적 구조를 염두에 두고 있다는 점을 입증하고자 한다. 프랑크는 문법적 해석과 심리적 해석이라는 해석학의 양대 전통에 근거하여 구조주의에서 선호하는 텍스트 분석이 해석학의 통합적 구성요소라는 점을 밝히고자 한다. 프랑크가 해석학의 역사를 분석하는 이유는 바로 그 점을 밝혀내기 위해서이다.

2. 마르틴 하이데거의 존재론적 해석학

19세기 말의 빌헬름 딜타이에서부터 20세기 말의 만프레트 프랑크에 이르기까지 해석학 이론들의 공통된 특징은 전통과의 관계 속에서 자기 자신의 역사를 증명한다는 것이다. 이 역사서술의 강조점은 이론가마다 때로는 뚜렷한 차이를 보이지만, 해석학 이론서에는 반복적으로 나타나는 일련의 비유와 사고유형이 존재한다. 가장 두드러진 예로는 부분과 전체의 상호작용을 가리키는 해석학적 순환이 핵심개념으로 계속 등장한다는 것이다. 이미 딜타이가 설명한 대로 개별 부분의 의미는 전체와의 관련 속에서 밝혀지고, 다시 전체는 개별 부분들의 종합으로 구성된다. 그런데 순환 개념의 범위를 정확히 확정하는 것은 해석학 이론마다 차이가 있다. 텍스트에서 '개별 부분'이란 어디까지인가? 텍스트에서 디테일은 어디까지인가? '전체'의 범위를 설정하는 문제는 이보다 훨씬 더 어려워 보인다. 비록 순환적인 기본구조가 확고한 설명모델로 계속 유지되지만, 전체의 범위를 확정하는 일은 상당한 편차를 드러낸다. 해석자는 과연 어떻게 그 순환구조 속으로 들어가며, 어떻게 다시 순환구조 밖으로 나오는가?

　텍스트 해석에 집중했던 초기 해석학은 여타 이론적 입장과의 경계를 긋기 위해 순환(Zirkel) 개념을 도입했다. 예컨대 성경의 의미를 두고 상이한 해석방법들이 경합을 벌였던 종교개혁 시대에 해석학적 순환의 범위는 상호 경계설정을 위한 방편이었다. 가령 성경의 의미는 문자 그대로 이해될 수 있는가? 아니면 성경의 복음을 널리 천명하기 위해 교회의 권위를 빌려야 하는가? 성경 자체의 문맥에 의거하여 순전히 텍스트 내재적인 해석으로 성경의 의미를 밝혀낼 수 있다는 입장에 의하면 성경 독자는 과감히 독자적인 해석을 할 수 있을 것이다. 그렇게 되면 성경 해석을 위해 신학이나 교회의 권위를 빌릴 필요도 없게 되고, 누구나 성경의 독자로서 성경의 의미를 스스로 규명할 자격이 있다고 느낄 것이다.

　슐라이어마허는 해석학적 순환의 범위를 더욱 확장했다. 문법적 해석은 텍스트의 의미를 동시대의 언어사용과 비교하여 해석한다. 그리고 심리적 감정이입은 창조적 주체인 작가와의 관련 속에서 텍스트의 의미를 밝혀낸다. 해석학의 이러한 확장은 확실히 해석대상이 새로운 분야의 문헌으로 확장된 것과 맥을 같이한다. 이제는 법전과 성경 외에도 저자가 존재하는 다른 분야의 저작들까지도 해석대상이 된 것이다. 그리하여 해석학적 순환 전체는 텍스트의 저자까지 포함하게 되었다. 나아가 딜타이는 작가의 특징을 인식하기 위한 조건으로 역사적 맥락을 강조한다. 모든 작가는 자기 시대와의 관계 속에서 존재하는 것이다.

마르틴 하이데거(Martin Heidegger, 1889~1976)는 해석학적 순환의 범위를 한층 더 근본적으로 인간 실존의 기본구조 전반까지 확장한다. 인간은 언제나 해석학적 상황에 처해 있으며, 일상의 '세계-내-존재'(In-der-Welt-sein)는 각자 처해 있는 실존적 상황의 맥락 속에서만 자기 자신을 이해할 수 있기 때문에 해석학적으로 구조화되어 있다. 다른 한편 하이데거의 제자 중 가장 유명한 한스 게오르크 가다머(Hans-Georg Gadamer)는 자신의 해석학을 다시 전통에 대한 해석과 연결한다. 가다머에게 역사는 작품의 의미를 해명하기 위한 먼 배경이 될 뿐만 아니라, 해석자의 관점과 선행판단과 기대지평을 형성하는 데에도 결정적인 역할을 하는 것이다. 가다머의 해석학적 순환은 독자까지도 포함한다.

이상의 간략한 설명에서 분명히 알 수 있듯이 해석학은 순환적인 사고유형을 통해 개념을 정의하며, 순환에 대한 다양한 해석이 때로는 분명한 입장 차이로 귀결되기도 한다. 텍스트 전체에 초점을 맞추는 텍스트 내재적인 해석에서는 어문학적 지식만 있으면 충분하다. 하지만 텍스트의 의미를 작가 및 역사와의 관련 속에서 이해하려면 추가적인 능력으로 해석이 필요하며, 그에 따라 텍스트 해석방식은 불가피하게 달라지게 된다. 딜타이의 경우 해석학적 순환의 범위가 텍스트의 경계 바깥으로 확장되는 양상은 용어 사용에서도 분명히 드러난다. 해석학은 '심리적' 관점을 취하여 낯선 작가의 '정신세계'에 대한 사변적인 '감정이입'의 규칙들을 제시할 수 있어야 한다는 것이다. 해석학은 순환의 범위를 확장하고 철학으로 방향을 전환하면서 어문학과 그 방법론적 토대로부터 멀어지게 된다.

해석학 이론의 전개를 위해 활용되는 그 비유들은 해석학 저작들을 이해하는 데 풍부한 실마리를 제공한다. 그 비유에는 다양한 해석학 이론의 공통점과 차이점, 해석학 발전의 연속성과 역사적 도약지점이 드러나 있다. 또다른 예를 들어보자. 이미 언급한 대로 자기 이론의 역사를 이야기하는 것은 해석학의 논증방식이 지닌 전형적 특징이다. 딜타이가 지나간 시대를 올림피아의 관찰자 앞에 펼쳐진 풍경에 비유한 것은 그 대표적인 사례라 할 수 있다. 전통을 조망할 수 있는 탁월한 해석자는 역사적 과거도 해석할 수 있는 것이다. 그런데 마르틴 하이데거가 「아낙시만드로스의 잠언」(Der Spruch des Anaximander, 1946)에서 서술한 역사의 이미지는 딜타이의 그것과는 정반대이다. 이 논문에서 하이데거는 서양 철학사에서 철학자가 남긴 글로 지금까지 전승된 것 중 가장 오래된 문장이 오늘날 과연 어떻게 이해될 수 있으며 그 의미가 어떻게 번역될 수 있는가 하는 해석학적 문제를 탐구한다. 다시 말하면 우리가 과연 어떻게 역사의 시작지점에 도달할 수 있는가 하는 문제를 하이데거는 탐구한다.

우리는 아낙시만드로스의 잠언을 번역하고자 한다. 그러려면 그리스어로 말한 것을 우리 독일어로 옮겨야 한다. 이를 위해서는 번역을 하기 전에 먼저 우리의 사고가 그리스어로 말한 것으로 건너가야 한다. 그의 잠언에서 그의 언어로 표현된 것을 향해 사유하면서 건너간다는 것은 아득히 깊은 구덩이를 건너뛰는 것과 같다. 이 구덩이는 단지 2500년이라는 연대기적·역사적 간극만 뜻하는 것은 아니다. 그 구덩이는 그런 시간적 간극보다 더 넓고 더 깊다. 특히 우리는 구덩이의 가장자리에 바짝 붙어 서 있기 때문에 그 너머로 도약하기가 그만큼 더 어렵다. 우리는 구덩이에 너무 가까이 있어서 건너편으로 거뜬히 도약하기에 충분한 도움닫기를 할 수 없다. 그리고 확고한 도약판을 확보하지 못한 상태에서 설령 도약을 감행한다 할지라도 구덩이 아래로 떨어지기 쉽다.[1]

---

1 Martin Heidegger, "Der Spruch des Anaximander," in: *Holzwege*, Frankfurt a. M.: Suhrkamp 2003, S. 329.

여기서 하이데거는 오랜 역사에 의해 단절된 과거의 전승을 어떻게 해석할 것인가 하는 문제를 문자 그대로 따지고 있다. 어원상 그리스어의 'hermeneuein'에서 유래한 '번역'(Übersetzen)이란 말을 하이데거는 복합적인 의미로 사용하고 있다. 즉 우리의 사고방식과 아낙시만드로스의 사고방식을 갈라놓는 모든 괴리를 극복하고 아낙시만드로스에게로 건너갈 때에만 비로소 '번역'이 가능하다는 것이다. 그리고 하이데거의 추정에 따르면 그 괴리는 서양 역사 전체와 맞먹는다. 여기서 역사는 사고의 근원으로부터 점점 멀어져온 역사, 역사적 사건들이 누적되어온 역사, 서양의 시공간으로서의 역사이다. 구체적으로 이러한 시공간의 괴리를 극복한다는 것은 무엇보다 장구한 역사의 흐름 속에서 형성된 어떤 사고방식을 극복한다는 뜻이다. 딜타이가 서양 전통과의 유대를 추구하는 것과 달리 하이데거는 서양 전통과의 거리를 부각한다. 하이데거에게 역사는 우리가 쉽게 건너갈 수 있는 평탄한 풍경이 아니라 아득한 심연인 것이다.

딜타이와 하이데거는 비유의 선택에서 아주 대조적이다. 이들 사이의 또다른 차이점이 있으니 하이데거는 역사의 이미지를 시각적 설명을 위해 도입할 뿐만 아니라 그 이미지 자체를 독특한 비유로 성찰하기도 한다는 점이다. '아득히 깊은 구덩이'는 주체와 객체를 갈라놓는 특정한 사고방식을 가리키는 표현으로, 인식주체가 학문적 탐구대상을 문자 그대로 마주 선 어떤 대상으로 개념적인 묘사를 한 것이다. 그러한 주체·객체의 대립은 서양 사유의 근원으로부터 멀어져온 형이상학의 역사를 거치면서 사고의 모델로 굳어지게 되었다. 하이데거는 너무나 역설적인 상황에 처한 사유의 출발점을 묘사한다. 그가 바라보고 있는 심연 역시 그가 도달하고자 하는 시점으로부터 그를 멀리 떼어놓는 어떤 표상의 비유이다. 아낙시만드로스를 멀리 떨어져 있는 '대상'으로 묘사한 공간적 설정은 사유의 근원으로 접근하는 것이 불가능해진 사태를 생생히 보여주려는 형식의 일환이다. 역사는 우리가 그 근원으로 되돌아갈 수 있는 공간이 아니라 도약을 감행해 건너뛰어야 하는 깊은 구덩이인 것이다. 아낙시만드로스의 사유는 한걸음씩 다가가서는 완전히 이해할 수 없다. 아낙시만드로스에게로 되돌아가려면 절체절명의 도약을 감행해야 한다.

앞의 인용문에서 하이데거는 이러한 딜레마에서 벗어나기 위해 어떤 출구를 찾고 있는지도 시사하고 있다. '번역'(Übersetzen)을 문자 그대로 '건너가기'(Über-Setzen)로 이해함으로써 그는 개념의 문자적 의미를 문제해결의 길잡이로 삼는다. 말의 근저에 잠복해 있는 의미를 들을 줄 아는 사람은 사유의 근원을 향해 거슬러갈 수 있다. 역사의 작용은 무엇보다도 언어에서 경험할 수 있으며, 언어 자체는 곧 우리가 극복해야 할 심연이다. 하이데거에 따르면 딜레마에서 벗어날 출구를 찾기 위해서는, 즉 언어가 갈라놓은 심연을 언어와 더불어 건너뛰기 위해서는 언어를 문자 그대로 이해해야 하며, 비유를 깨우쳐서 사유과정의 길잡이로 삼아야 한다. 하이데거가 언어를 사유의 길잡이로 삼고 있다는 점은 또다른 사례에서도 생생히 드러난다. 「세계상(像)의 시대」(Die Zeit des Weltbildes, 1938)라는 글에서 하이데거는 이렇게 말한다.

세계상(Weltbild)이란 무엇인가? 세계에 대한 상을 뜻한다는 것은 분명하다. (…) '상'이란 말에서 우리는 우선 어떤 것을 본떠 그린 모상(模像)을 떠올리게 된다. 그렇게 보면 세계상이란 존재자 전체를 묘사한 그림과 흡사할 것이다. 하지만 세계상은 그 이상의 의미를 갖는다. 세계상은 세계 자체, 우리에게 척도가 되고 구속력을 갖는 존재자 전체를 뜻한다. 여기서 상이란 모사(模寫)가 아니라, 우리가 관용적인 어법으로 무엇에 대한 '그림'을 갖고 있다고 말할 때의 바로 그런 '그림'이다. 다시 말해 사물 자체가 우리에게 마주 선 모습 그대로 우리 앞에 존재한다는 뜻이다. 무엇에 대한 그림을 떠올린다는 것은 존재자 자체를 있는 그대로 눈앞에 떠올리고, 그렇게 떠올린 그림을 늘 마주하는 것을 뜻한다.[2]

세계상이 사유를 규정한다. 세계상이 세계를 '형성'(bilden)하여 눈앞에 보여주기 때문이다. 따라서 세계상은 우리와 동떨어져

---

2 Martin Heidegger, "Die Zeit des Weltbildes," in: *Holzwege*, S. 89.

있는 어떤 대상을 모사한 재현이 아니라, 문자 그대로 어떤 표상의 형성이며, 그 표상은 다시 새로운 표상을 수반한다. "이제 상이라는 말은 표상하면서 형성하는 총체적인 모습(Gebild)을 뜻한다." (같은 글 94면) 그렇지만 이러한 표상은 너무나 자연스럽게 느껴지기 때문에 이리한 사유과정에서의 '그림' 논리는 시야에서 사라지고 만다. 그리하여 인간은 세계상을 자기 자신에게서 비롯된 형성행위의 결과물로 파악해야 한다는 것을 망각하고, 우리 자신과 무관하게 자립적으로 존재하는 것처럼 보이는 세계와 마주하게 된다. "여기서 표상한다(Vor-stellen)는 것은 현존하는 것을 마주 서 있는 어떤 것으로 눈앞에 떠올려서 표상하는 주체인 자기 자신과 관련짓고, 자기 자신과의 이러한 관련을 준거영역으로 재설정하는 것을 뜻한다."(같은 글 91면) 표상은 특정한 논리를 따른다. 즉 우리는 표상되는 대상을 눈앞에 떠올리며, 이를 통해 인식하는 주체 역시 동일한 방식으로 배치한다. 하이데거의 사유에서 '표상' (Vorstellung) 개념은 어떤 이념이나 생각을 재현하는 것이 아니라 언어의 재현모델을 따른다. 하이데거는 그러한 재현모델을 해체하여 재구성하고자 한다. 그런 점에서 하이데거의 후기 철학은 나중에 살펴볼 자크 데리다와 미셸 푸코의 이론적 토대가 되어 이들에게 방향을 제시한다.

3. 한스게오르크 가다머의 철학적 해석학

해석학 이론들은 흔히 전통을 계승하여 연속적으로 발전해왔다고 말해지지만, 사실 해석학의 역사에는 역사적 단절과 단층이 존재한다. 하이데거의 제자 중 가장한 유명한 한스게오르크 가다머(Hans-Georg Gadamer, 1900~2002)가 구상한 역사의 이미지에는 하이데거가 보았던 심연이 다시 사라진다. 가다머에게 역사는 현재와 과거가 서로 넘나드는 조화롭고 연속적인 공간이다. 자신의 주저 『진리와 방법』(*Wahrheit und Methode*, 1960)에서 가다머는 이해지평을 "어느 한 지점에서 시야에 들어오는 모든 것을 포괄하는 가시권"이라고 설명한다.[1] 이러한 말이 시사하듯 해석자의 이해지평은 얼마든지 확장될 수 있는데, 마치 이해지평이 해석자에게 더 가까이 다가오라고 유혹하는 형국이다. 이러한 비유를 통해 가다머는 일종의 교양(Bildung) 이념을 선명히 제시하고 있다. 이해지평은 해석자에게 역사의 풍경 속으로 들어와서 자신의 역사적 뿌리를 성찰하라고 촉구한다. 하이데거와 달리 가다머에게서는 역사로 진입하는 길이 열린다. 역사적 전승과 텍스트가 과거와의 거리를 극복할 수 있게 해주기 때문이다. 거꾸로 말하면 역사가 해석대상이 될 뿐 아니라 해석자 자신이 역사의 영향을 받는데, 바로 이 점이 가다머 해석학의 요체이다. 역사는 해석자의 '시야'에 결정적 영향을 주고 해석자의 이해지평을 형성한다.

사실 역사가 우리에게 귀속되어 있는 것이 아니라 우리가 역사에 귀속되어 있다. 우리는 자신을 되돌아보고 스스로를 이해하기 훨씬 이전부터 이미 삶의 터전인 가족과 사회와 국가를 통해 자신을 이해하고 있는 것이다. 주관성이라는 렌즈는 대상을 왜곡해서 보여주는 거울이다. 개인의 자기의식이라는 것은 역사적 삶이라는 거대한 회로 안에서 명멸하는 작은 불꽃에 지나지 않는다. 그렇기 때문에 개개인이 갖고 있는 선입견은 개개인의 올바른 판단보다 훨씬 더 강력하게 자신의 역사적 현실을 규정한다. (같은 책 281면)

---

1 Hans-Georg Gadamer, *Wahrheit und Methode*, Tübingen: Mohr 1990, S. 307.

딜타이 역시 이미 자신의 저작에서 이성을 역사적 맥락에서 설명한 바 있지만, 그래도 여전히 역사는 인식주체와 무관한 객관적 대상으로 파악된다. 가다머는 의식의 역사성을 더욱 포괄적인 방식으로 설명한다. 주체는 역사적으로 규정되며, 딜타이가 믿었던 올림피아 관찰자의 시각을 상실한다. 가다머의 해석학에서 이해는 역사적 제약을 받는다. 과거를 되돌아보는 해석자는 역사의 바깥에서 관점을 확보할 수 없기 때문이다. 해석자는 언제나 역사의 일부이며, 역사가 해석자의 이해지평을 형성하기 때문에 해석자 자신은 결코 역사를 조망할 수 없다. 해석자의 이해지평은 자신의 세계상(像)을 형성하는 기초가 되는 동시에 자신의 인식의 한계를 규정하며, 이해의 가능성인 동시에 제약이 된다. 모든 해석자는 역사에 의해 형성된 '선(先)판단'(Vorurteil)²을 가지고서 역사에 접근한다. 따라서 가다머에게 역사에 대한 명료한 상(像)은 존재할 수 없다. 모든 해석자는 얼핏 생각하면 과거를 아주 자연스럽게 조망하는 것 같지만 사실은 역사에 의존하기 때문이다.

가다머는 이해를 시각적 비유로 설명했지만 이해의 전 과정을 규정하는 것은 시간적 구조이다. 이해지평들은 시간의 흐름 속에서 **점차** 서로 융합하기 때문이다. 이해지평들은 넘어설 수 없는 고

---

2 〔역주〕 'Vorurteil'은 일반적으로 부정적인 의미에서 '선입견' '편견'을 뜻하지만, 가다머는 이해의 전제조건인 '선(先)이해'와 비슷하게 '선판단'의 뜻으로 사용한다.

정된 경계가 아니라 서로 영향을 주고받으면서 변화하기 때문에 현재의 관점에서 포착된 해석자의 지평은 과거의 텍스트가 확보했던 지평과 접촉하면서 그만큼 확장될 수 있다.

현재와 무관하게 추구해야 할 역사적 지평이 존재할 수 없듯이 현재의 지평 역시 독자적으로 존재할 수는 없다. 오히려 이해라는 것은 서로 무관하게 존재하는 것처럼 보이는 상이한 이해지평들의 상호융합 과정이다. (같은 책 311면)

'이해지평의 상호융합'(Horizontverschmelzung)이라는 이 설명도 해석의 규칙을 내포하고 있지는 않다. 『진리와 방법』에서는 문학이론이 곧바로 활용할 수 있는 방법론적 설계도를 찾을 수는 없다. 가다머의 해석학이 문학이론에 지속적인 영향을 끼친 것은 사실이나, 이는 해석자에게 영향을 주는 역사와 전통의 영역으로 해석학적 순환의 범위를 확장했기 때문이다. 가다머는 자신의 저작을 철학적 해석학으로 간주해 구체적 방법론과는 의식적으로 거리를 두었다. 가령 정신과학의 이해를 자연과학적 설명으로부터 인식론적으로 해방하고자 했던 딜타이의 시도는 가다머에 따르면 철학적 해석학의 본령에서 벗어난 일이다. 『진리와 방법』의 서론에서 가다머는 그 책이 "정신과학이 방법론적 자의식을 뛰어넘어 과연 실제로 무엇이며 우리의 세계경험 전체와 정신과학을 결합시켜주는 것이 무엇인가 하는 문제를 해명하려고 한 시도"(같은 책 3면)라고 말한다. 따라서 가다머 해석학의 과제는 이해를 방법론적으로 사용하지 않고 보편적 관점에서 논하는 것이다.

가다머는 문학이론에 관한 동시대의 논쟁[3]을 배경으로 쓴 「텍스트와 해석」(Text und Interpretation, 1981)이라는 글에서도 구체적 방법론과는 거리를 둔다. 그 글에서 가다머는 프랑스 구조주의와 포스트구조주의에 맞서 이해에 관한 자신의 철학을 옹호한다. 여기서도 그는 이해를 "인간과 인간, 인간과 세계의 일반적인 관계"[4]라고 정의하는데, 이해를 텍스트 해석의 방법론이 아닌 보편적 맥락에서 논한다. 가다머는 하이데거를 계승하여 이해의 순환을 '세계-내-존재'의 보편적 구조로 설명하며, 하이데거와 마찬가지로 이해를 더 자세히 정의할 때에는 그 언어적 특성을 기초로 삼는다. 이해의 언어적 특성이란 더 정확히 말하면 언어의 기본형식인 대화모형을 가리키며, 대화모형은 해석학적 순환구조에 상응한다. 가다머에 따르면 대화는 발언과 응답의 상호작용으로 전개되며, 역사나 예술작품에 대한 해석 역시 동일한 방식으로 전개된다. 모든 예술작품은 뭔가를 '말하고' 관찰자에게 말을 건넨다. 그러지

---

3 〔역주〕 1981년 텍스트와 해석을 두고 벌어진 가다머와 데리다 사이의 논쟁을 가리킨다. 가다머와 데리다의 글을 포함한 이 논쟁 자료집은 독일어판으로 출간되었다. Philippe Forget (Hg.), *Text und Interpretation*, München: Fink 1984 참조.

4 Hans-Georg Gadamer, "Text und Interpretation," in: Philippe Forget (Hg.), *Text und Interpretation*, S. 24.

않고서는 예술작품은 감상자의 주의를 끌 수 없을 것이다. 가다머는 대화가 언어의 '근원적' 현상이라고 설명한다. 왜냐하면 대화라는 언어모형에서는 주체의 지위가 결코 확고부동하지 않다는 점이 명백하게 드러나기 때문이다.

> 내가 규명하고자 했던 언어의 대화적 득성온 주체의 주관성이 형성되는 기점보다 앞서며, 또한 의미를 추구하는 발화자의 의도가 형성되는 기점보다도 앞선다. 발화과정에서 생겨나는 것은 단순히 미리 의도했던 의미가 구현되는 것이 아니다. 발화는 무언가에 관여하고 누군가와 소통하려는 시도이며, 이 시도는 계속 변화하거나 부단히 반복된다. 이는 곧 자신을 대화과정에 내맡기는 것을 뜻한다. (같은 글 29면 이하)

구조주의는 소쉬르의 용어와 분류법을 차용하여 형식화된 언어모형을 도입한 데 비해 가다머는 「텍스트와 해석」에서 '대화'라는 비유를 선택한다. 얼핏 생각하면 뜻밖의 발상인 것 같지만, 자세히 들여다보면 이미 다른 해석학자들의 사례를 통해 살펴본 논증방식을 가다머에게서도 찾아볼 수 있다. 대화와 텍스트의 관계는 철학적 해석학과 철학적 방법론의 관계, 그리고 의미 해석과 문법구조 설명의 관계와 비슷하다. 딜타이는 해석학의 탄생에 관한 자신의 논문에서 심리적 해석과 문법적 해석에 대한 슐라이어마허의 구분을 도입함과 동시에 심리적 해석을 우위에 두는 방식으로 양자 사이의 위계질서를 설정했다. 딜타이의 독법에서 심리적 해석은 이해의 철학과 결부되며, 이해의 철학은 어문학적 이해보다 우위에 있다. 이해의 철학이 이해의 방법론을 위한 기초가 되기 때문이다. 물론 가다머의 언어모형을 딜타이의 언어모형과 비교하기에는 무리가 있지만, 이해의 철학을 이해의 방법론보다 우위에 두는 위계질서를 상정한다는 점에서는 공통점이 있다. 대화는 보편적인 의미에서의 언어인 반면, 텍스트는 단지 언어의 여러 형태들 중 하나일 뿐이다. 이해의 철학이 이해의 방법론보다 우위에 있는 것과 마찬가지로 대화는 텍스트보다 우위에 있다. 이는 다시 가다머의 「텍스트와 해석」에서 해석학이 구조주의보다 우위에 있다는 논지와 연결된다. 해석학적 언어모형에서 그저 부차적인 의미만을 지녔던 텍스트 개념은 구조주의에서는 보편적 위상을 획득한다.

가다머의 논증방식은 해석학의 역사에서 널리 알려진 것이지만, 그의 스승 하이데거의 경우와 마찬가지로 가다머가 고안해낸 언어 개념은 결코 재현모델로 단순화될 수 없다. 딜타이의 해석학에서 이해는 작가 개인의 창조적 표현능력에 초점을 맞추는 데 반해 가다머의 대화모형에서 주체는 중심부에서 밀려난다. 대화는 발화를 자신의 의도대로 조종한다는 것이 얼마나 제한적일 수밖에 없는지를 단적으로 보여주는 독특한 언어형식이다. 대화에서 상호이해에 근접하기 위해서는 반복과 확인, 질문과 설명이 필요하다. 대화를 통해 대화 당사자들은 언어가 결코 의도대로 통제되지 않으며 주체의 의도와는 무관하게 역동적으로 전개된다는 사실을 깨닫는다. 요컨대 대화는 주체의 주권에 의문을 제기한다. 왜냐하면 발화는 항상 상대방에게 의존하며, 마찬가지로 상대방 또한 자기 발언의 의미를 마음대로 통제할 수 없기 때문이다. 대화는 어떤 문장의 의미가 그 문장이 발언된 맥락에서 도출된다는 점을 보여준다. 또한 대화는 언어가 이미 완결된 생각의 전달이나 재현이 아니라 점진적인 상호이해의 장이라는 점도 보여준다. 그런데 대화라는 개념은 대화 당사자들이 대체로 서로 소통하려는 선한 의도를 가지고 있을 거라는 전제를 은연중에 한다. 가다머가 주체를 탈중심화한 것은 사실이지만, 그가 비판하는 포스트구조주의만큼 급진적이지는 않다. 자크 데리다(Jacques Derrida)가 보기에 가다머는 항상 상호이해를 향한 '선한 의지'를 전제하는데, 데리다는 자신의 글에서 바로 이 점에 의문을 제기한다.

가다머의 해석학에서 대화는 이해지평과 동일한 지위에 있다. 대화는 일종의 비유이자 모형이기 때문에 구체적인 대화상황으로 치환될 수는 없다. 그런데 이쯤에서 가다머가 사용하고 있는 비유와 논증방식이 특히 「텍스트와 해석」에서 어떤 효과를 불러일으켰는가라는 질문을 던져볼 필요가 있다. 가다머에게 대화는 모든 종류의 이해를 포괄하는 모형이다. 다시 말해 대화는 글로 기록된 텍스트와 역사적 전승 모두를 포괄하는 모형이다. 그렇다면 가다머는 구어성(Mündlichkeit)과 문자성(Schriftlichkeit)의 차이를 어떻게 파악하는가? 텍스트가 말로 하는 대화와 다른 점은 무엇인가? "텍스트와 언어의 관계는 어떤 것인가? 언어로부터 텍스트로 전환될 수 있는 것은 무엇인가?"(같은 글 31면)

가다머는 적용범위가 제한된 단순 방법론의 맹점을 극복할 수 있는 철학이 바로 해석학이라고 여긴다. 그렇기 때문에 언어와 텍스트의 차이는 중요한 의미를 갖는다. 나중에 구체적으로 살펴보겠지만, 구조주의와 포스트구조주의는 언어를 항상 텍스트로 파악하며 기호학에 의거해 방법론을 전개한다. 반면에 가다머는 언어를 대화로 간주하는 더 보편적인 개념을 고수한다. 텍스트가 언어이긴 하지만, 글이라는 형식을 통해서는 언어의 본질이 대화적이라는 점이 결코 온전히 드러나지 않는다. 따라서 구조주의자들이 하는 것처럼 오로지 기호이론에만 초점을 맞춰서 텍스트를 분석한다면 언어의 본질을 놓치게 된다. 그러한 텍스트 분석은 단지 언어가 어떻게 "기능하는지"만을 기술할 수 있을 뿐, 해석학의 관건이 되는 "언표한 것의 이해"에는 결코 도달하지 못한다.(같은 글 35면) 가다머에게 텍스트는 그저 "상호이해가 이루어지는 과정의 부산물 또는 한 측면"(같은 곳)에 불과하며, 텍스트도 사실은 대화구조를 지닌다. 해석은 "텍스트의 의미내용에 논란의 여지가 있는 경우", 다시 말해 "만약 내가 저자의 대화 상대였다고 가정할 때" 저자가 원래 "말하려 했던 것"이 무엇인지 분명하지 않은 경우에만 필요하다.(같은 글

39면) 이런 구절들에서 가다머가 사용하는 비유의 근본적인 이중성이 드러난다. 가다머는 대화라는 언어구조가 화자들의 의도로 환원될 수 없다고 하면서도, 동일한 비유를 사용하여 저자가 "말하려 했던 것"에 대해 질문을 던진다. 그는 언어란 의도대로 통제되지 않는 형식이리고 규정함으로써 주체를 탈중심화하는 한편, 주체를 다시 상호이해 과정의 중심으로 부각시킨다. 언어 자체는 해석학의 탐구 대상이 아니라 그저 상호이해의 매체일 뿐이다. 그 매체의 특성은 예컨대 구어인가 문자텍스트인가에 따라 각각 다르게 해석되어야 한다. 그런데 가다머가 지향하는 해석의 목표는 결국 매체로서의 텍스트를 극복해 텍스트 너머의 것을 들여다보는 것이다. 다시 말해 가다머는 오로지 텍스트의 **배후**에 있는 의미를 찾아내 주체로 하여금 목소리를 내게 하는 데 주안점을 두고 있다.

그런데 여기서 주목할 것은 가다머가 문학에 특별한 지위를 부여했으며, 이는 해석에도 영향을 미친다는 점이다. 문학텍스트는 글의 형태로 생겨나기 때문에, 문학텍스트의 이해는 대화모형에서는 도출될 수 없다.[5] 가다머에 따르면 문학텍스트는 고유한 현존(Präsenz)과 진정성(Authentizität)을 지니며 "말의 자기구현"을 토대로 생겨난다.(같은 글 47면) 문학텍스트는 의미를 재현하거나 전달

---

5 〔역주〕문학텍스트의 이해는 딜타이가 생각하듯 작가가 독자에게 말을 걸거나 독자가 작가의 정신세계에 감정이입을 하는 그런 것이 아니고, '글'로 쓰인 텍스트 자체가 의미생성을 한다는 뜻이다.

하는 수단이 아니라 오히려 언어 그 자체를 현시한다. 텍스트의 청각적인 구조에 의해 텍스트의 현실지시성은 뒷전으로 밀려나게 된다.[6] 심지어 종종 어떤 단어들은 특이한 강세를 부여받음으로써 새로운 의미를 획득하는 것처럼 보이기도 한다.

　　하나의 문학텍스트는 그것만의 고유한 지위가 있다. 문학텍스트의 언어적 현존은 텍스트에 씌어 있는 발화의 반복을 요구한다. 그런데 이때의 반복은 원래의 발화로 회귀하는 것이 아니라 새롭고도 이상적인 발화를 예견하는 방향으로 나아간다. 의미의 관계망을 창출하는 텍스트는 결코 단어의 주된 의미로 엮어진 관계망으로 환원될 수 없다. 주된 의미로 환원되지 않고 함께 작용하는 수많은 의미들 사이의 관계망이 문학텍스트에 고유한 무게를 부여한다. (같은 글 48면)

　　문학에서 문자성은 '자기소외'가 아니며 오히려 언어의 의미적 다양성을 보여주는 하나의 형식이다. 따라서 문학은, 가다머의 경우 특히 시는, 대화와 동등한 지위에 있다. 요컨대 문학은 언어의 한 모형이다. 문학은 의미가 어떻게 발생하는지를 경험할 수 있게 해주기 때문이다. 예컨대 억양을 살려 시를 낭송하면 새로운 연상

---

6 〔역주〕문학텍스트를 소리 내어 읽거나 마음속으로 읽을 때 생겨나는 '울림'은 단지 어떤 지시대상을 가리키는 것과는 다른 차원의 의미를 생성한다.

작용이 생겨나고 언어가 낭송자의 뜻대로 통제되지 않는 고유의 역동성을 띠게 된다. 씌어 있는 그대로 시를 되뇌어 따라 읽는 방식은 대화를 어느정도 대체할 수 있다. 대화는 본래 이와 같이 언어 고유의 역동성을 드러낼 수 있다. 우리는 언어를 문자 그대로 귀 기울여 듣는다. 다시 말해 시 낭송자는 언어에 종속되어 있으며, 언어는 낭송자가 자신을 따를 준비가 되었을 때 비로소 자신을 드러낸다. 우리는 대화 속에, 그리고 시 속에 있다. 즉 주체의 의도나 재현으로 환원될 수 없는 언어 속에 있는 것이다.

이미 언급한 대로 가다머는 포스트구조주의자들, 특히 자크 데리다와 논쟁하는 과정에서 「텍스트와 해석」이라는 글을 썼다. 데리다가 가장 중시한 방법론적 도전 중의 하나는 주체를 탈중심화하는 것이었다. 당시 가다머는 언어가 화자의 의도대로 작동하지 않는 구조를 지녔다는 점을 강조함으로써 데리다와 자신의 공통점을 강조하는 것처럼 보였다. 여기서 주목할 것은 이 과정에서 가다머뿐만 아니라 포스트구조주의자들도 하이데거의 철학을 끌어왔다는 점이다. 하이데거는 20세기의 해석학을 위한 토대를 마련했지만, 그와 동시에 그의 해체주의적인 사고방식은 해석학을 신랄히 비판하는 토대가 되었던 것이다. 가다머와 데리다 간의 논쟁에서 하이데거는 공통의 기반이었으면서, 다른 한편 둘 사이의 입장 차이가 생겨나게 된 근원이기도 했다. 가다머가 하이데거를 자주 언급한 또다른 이유는, 가다머의 글이 하이데거의 저작에 대한 올바른 해석을 둘러싸고 논쟁하는 성격도 띠고 있었기 때문이다. 앞에서 살펴본 대로 이 또한 해석학 특유의 논증방식이다. 가다머는 자신의 관점이 해석학의 전통을 계승한 것이라고 서술하려고 했다. 예컨대 가다머의 글은 하이데거를 인용하는 것으로 시작해서 하이데거에게 응답하는 것으로 끝난다.

하이데거는 에두아르트 뫼리케(Eduard Mörike)[7]의 시 「램프를 바라보며」(Auf eine Lampe, 1846)의 한 행을 어떻게 해석할 것인지를 두고 독문학자 에밀 슈타이거(Emil Staiger)와 논쟁을 벌인 바 있다.[8]

람프를 바라보며

오, 아름다운 램프여! 너는 아직 치워지지 않고
여기 가느다란 사슬에 우아하게 매달려서
이제는 거의 잊혀진 응접실 천장을 장식하고 있구나.
푸른 금빛의 놋쇠로 만든 담쟁이덩굴 화환으로
테두리를 수놓은 네 하얀 대리석 전등갓에서
한 무리 아이들이 둘러서서 즐겁게 춤추고 있구나.

---

7 〔역주〕 독일 낭만주의 시인(1804~1875).

8 Emil Staiger, *Die Kunst der Interpretation*, München: Deutscher Taschenbuch Verlag 1971, S. 28~42 참조.

이 모두 얼마나 매력적인가! 아이들이 웃고 있고, 그러면서도 진지한 기운이 네 형태를 온통 감싸고 은은하게 쏟아지고 있다. 진정한 예술의 형상이로다. 그 누가 눈여겨볼까?

그러나 아름다운 것은 스스로 복된 것처럼 보인다.(슈타이거의 해석)/그러나 아름다운 것은 스스로 복되게 빛난다.(하이데거의 해석)

Auf eine Lampe

Noch unverrückt, o schöne Lampe, schmückest du,
An leichten Ketten zierlich aufgehangen hier,
Die Decke des nun fast vergessnen Lustgemachs.
Auf deiner weissen Marmorschale, deren Rand
Der Efeukranz von goldengrünenem Erz umflicht,
Schlingt fröhlich eine Kinderschar den Ringelreihn.
Wie reizend alles! lachend, und ein sanfter Geist
Des Ernstes doch ergossen um die ganze Form –
Ein Kunstgebild der echten Art. Wer achtet sein?
Was aber schön ist, selig scheint es in ihm selbst.

이 시의 마지막 행을 슈타이거는 "그러나 아름다운 것은 스스로

복된 것처럼 보인다"로 해석하였다. 이와 달리 하이데거는 "그러나 아름다운 것은 스스로 복되게 빛난다"로 해석하였다. 가다머는 이 시행을 직접 해석하는 것으로 글을 마무리한다. 가다머의 독법에서는 마지막 행의 'scheint es'를 일단 '…처럼 보인다'라는 뜻으로 이해한다. 그러나 시의 전체적인 맥락을 고려하면, 이 행이 훨씬 더 비중있게 묘사하고 있는 것은 무언가 '빛난다'라는 점이 분명해진다는 것이다. 인용된 행에서 '빛나는' 아름다움은 원래 '…처럼 보인다'라는 산문적인 어법에서 유래한 것이 아니라 바로 램프와 결부된 연상이다. 하이데거는 '아름답다'(schön)라는 단어와 '빛나다'(scheinen)라는 단어가 어원학적으로 관련이 있음을 처음으로 밝혀냈고, 훗날 가다머는 다른 근거들을 보태서 그런 해석을 계승한다. 왜냐하면 '시행의 운율 변화'와 s음의 반복은 'scheint es'를 '…처럼 보인다'로 해석하는 것과 충돌하기 때문이다.

'scheinen'은 단지 이해되는 것에만 그치지 않고, 램프의 모습 전체를 비춘다. 이 램프는 인적이 끊긴 방에 호젓이 걸려 있으며 이 시행이 아니면 다른 어디에서도 더이상 빛나지 않는다. 내면의 귀는 여기서 '아름다운'(schön), '복되게'(selig), '빛나다'(scheinen), '스스로'(selbst)라는 말들이 겹쳐지는 것을 듣는다. 그리고 이 리듬이 끝나고 사그라지는 지점이 '스스로'라는 말이기 때문에, 사그라져가던 그 흐름은 우리 내면의 귀 속에서 계속 메아리치게 된다. '스스로'라는 말은 빛이 고요하게 스스로를 발산하는 장면을 우리 내면의 눈에 보여주는데, 바로 이를 가리켜 '빛난다'(scheinen)라고 표현한 것이다. 이렇듯 이 시를 읽으며 우리의 이성이 이해하는 것은 단지 여기서 아름다움에 대해 말한 것이나, 실용성과 무관한 예술의 자율성에 대해 말한 것만이 아니다. 우리의 귀가 듣고 이해하는 것은 아름다움의 빛남(Schein)[9]이 곧 예술의 진정한 본질이라는 것이다. 해석의 근거를 찾던 해석자는 사라지고 텍스트가 말을 하는 것이다.[10]

그러나 해석자는 결코 사라지지 않는다. 가다머의 독법에 따르면 이 시는 언어 외에 그 어떤 것도 지시하지 않는데, 그럼에도 불구하고 가다머는 한가지 아주 특정한 해석에 몰입한다. 가다머는 시의 자기지시성(Selbstbezüglichkeit)을 '아름다움'이나 '예술작품의 자율성'과 같은 미학적 범주와 결부시킨다. 예를 들어 가다머에 따르면 "그러나 아름다운 것"이라는 구절 자체는 "아름다움"의 본질을 구현한 표현이 된다. 가다머는 이 시를 읽으면서 특히 18세기에 거론되던 예술의 자율성 개념의 메아리를 듣는다. 이러한 해석에 온전히 공감하려면 규범시학(Regelpoetik)과의 단절을 통해

---

9 〔역주〕 일반적으로 'Schein'은 예술의 본질적 특성인 '가상'을 의미하는 말로 쓰인다.

10 Hans-Georg Gadamer, "Text und Interpretation," S. 55.

형성된 철학적 미학의 역사를 함께 고찰해야 할 것이다. 예술작품의 자율성 개념을 통해 미학이론은 수사학으로부터 해방되었으며, 동시에 문학에 대한 순전한 어문학적 분석에서도 벗어나게 되었다. 요컨대 가다머는 이 시를 해석하면서 예술의 자율성을 추구한 미학적 전통을 떠올리는데, 그의 생각에 이 전통은 단순히 시의 구조를 분석하는 것만으로는 포착될 수 없다. 왜냐하면 자율적인 예술작품은 규범시학을 거스르기 때문이다. 이렇게 가다머는 예술의 근원을 상기하고, 이 근원을 통해 다시 이해의 철학을 제기한다. 자율적인 예술작품에 걸맞게 사유하려면 더이상 순수한 텍스트 분석에 국한되어서는 안되는 것이다. 그러나 결국 가다머의 뫼리케에 대한 논평에서도 시 해석을 위한 방법론적 지침은 찾아볼 수 없다. 여기서도 한편의 시를 읽는 독법은, 방법론과 구별되고자 하는 가다머 자신의 이론을 예시하기 위한 하나의 본보기인 것이다.

4. 한스 로베르트 야우스의 수용이론

해석학의 역사는 서로 접근했다 멀어졌다 하는 두 전통노선을 따른다. 한편으로 이해에 관한 철학적 이론이 있고, 다른 한편으로 텍스트 분석을 지향하는 어문학적 해석이 있다. 가다머는 텍스트 분석의 방법론과는 일관되게 거리를 두었기 때문에 문학이론이 그의 해석학에서 해석의 본보기를 도출해내기는 어렵다. 따라서 페터 손디(Peter Szondi)와 다른 학자들이 이 공백을 메우고자 애쓴 것은 놀라운 일이 아니다. 페터 손디는 '문학해석학'이 더이상 존재하지 않는다고 말한다.[1] 한스 로베르트 야우스(Hans Robert

---

1 Peter Szondi, *Einführung in die literarische Hermeneutik*, Frankfurt a. M.: Suhrkamp 1975, S. 25.

Jauß, 1921~1997)의 수용이론(Rezeptionstheorie) 역시 가다머가 말한 해석자와 전승된 텍스트 사이의 '이해지평의 융합'을 방법론으로 구체화하고자 한 해석학이다. 텍스트를 읽을 때 이해지평의 융합은 어떻게 일어나는가? 해석은 어떤 절차에 따라 이루어지는가? 야우스의 말을 빌려 더 구체적으로 말하면 "전승된 텍스트를 읽을 때 이해지평의 융합이 해석자에 의해 제어되는 방식으로" 이루어진다는 것은 과연 어떻게 가능한가?[2] 이러한 질문은 해석학적 순환의 비유를 빌려 다음과 같이 바꾸어볼 수도 있다. 해석학적 순환이 독자를 포함한다면 순환의 범위는 어느 정도나 확장될 수 있는가? 텍스트에 대한 이해가 독자의 기대 없이 성립될 수 없다면 수용이론이 적용될 수 있는 영역은 어디까지인가?

문학작품은 새로 나온 작품이라 하더라도 아무런 사전정보도 없이 완벽하게 새로운 작품으로 출현한 것은 아니다. 오히려 문학작품은 출간광고, 공공연한 신호나 은폐된 신호, 익숙한 특징이나 함축적인 암시 등을 통해 독자로 하여금 아주 특정한 방식으로 작품을 수용하도록 유도한다. 문학작품은 이미 읽었던 작품들에 대한 기억을 상기시키고, 독자를 특정한 정서적 태도로 이끌며, 작

---

2 Hans Robert Jaus, "Literaturgeschichte als Provokation der Literaturwissenschaft," in: Rainer Warning (Hg.), *Rezeptionsästhetik: Theorie und Praxis*, München: Fink 1975, S. 138f.

품 초반부에서 이미 '중간과 결말'에 대한 기대를 심어준다. 그러한 기대는 독서과정에서 장르나 텍스트의 종류에 어울리는 특정한 서술규칙에 따라 그대로 유지되거나 변화되며 방향을 바꾸거나 반어적으로 해소되기도 한다. (같은 글 131면)

모든 작품은 순전히 형식적인 토대만 갖고도 독자에게 특정한 기대를 불러일으키며, 작품은 그러한 기대를 충족하거나 변주하거나 수정한다. 하지만 작품의 신호가 효력을 발휘하는 까닭은 독자가 이전의 독서경험을 바탕으로 해서 생긴 기대에 따라 작품을 이해하기 때문이다. 그래서 독자는 자신의 기대가 작품에서 충족되거나 어긋나는 놀라움을 경험하게 된다. 이해지평의 융합에 관한 야우스의 모델은 한편으로는 텍스트 구조의 설명에 바탕을 두고, 다른 한편으로는 독자와 그의 '생활세계'를 포함한다. 이해과정은 텍스트와 독자의 상호매개 과정이며, 따라서 상이한 두 지식영역 사이의 매개과정이다. 문학이론은 텍스트에 근거하여 장르의 변천사를 설명할 수 있지만, 독자의 기대와 생활세계를 재구성하기 위해서는 다른 학문분야가 필요하다. 이러한 이해과정을 학문적 형태로 설명하려면 독자에 대한 사회학적 분석이나 심리학적 분석이 불가피해 보인다. 이 경우에도 해석학은 해석학적 순환의 확장을 통해 다른 영역을 포괄하려는 경향을 보이며, 그 새로운 영역에 대한 탐구를 통해 추가적 정당성을 확보하려고 한다. 바로 이 점이

야우스의 수용모델의 핵심이다. 독자의 기대는 궁극적으로 사회학적 현상이기 때문에 독자의 문학적 경험은 다시 "독자 자신의 생활의 실천에서 생기는 기대지평"에도 결정적 영향을 미치며, "독자 자신의 세계이해와 사회적 태도"에도 영향을 미친다.(같은 글 148면) 독자의 문학적 경험과 생활세계 사이에 이처럼 부단한 상호작용이 일어나기 때문에 그 결과 독자의 수용과정은 결코 종결될 수 없다. 작품을 어떤 방식으로 읽는다 하더라도 하나의 텍스트는 결코 고정된 의미를 갖지 않으며, 늘 새롭게 구현될 수 있는 잠재적 의미를 갖는다는 점이 분명히 드러난다.

5. 페터 손디의 해석학

야우스가 그의 수용이론에서 해석학적 순환을 독자에게까지 확장한 반면에 페터 손디(Peter Szondi, 1929~1971)는 해석학적 탐구 영역을 텍스트 분석으로 제한한다. 손디에 따르면 해석학이 규칙에 따른 어문학에서 이해에 관한 철학으로 선회한 것을 모순으로 간주할 필요는 없다.[1] 해석의 규칙성과 이해의 철학은 서로 배타적이지 않다. 오히려 그 반대로 해석학의 역사는 일찍이 양자가 관련성이 있음을 보여주었을 뿐 아니라, 문학작품의 개념이 변하는 것처럼 이해도 역사적으로 변한다는 사실을 보여주었다. 어문학과

---

1 Peter Szondi, *Einführung in die literarische Hermeneutik*, Frankfurt a. M.: Suhrkamp 1975, S. 11.

철학 사이의 갈등을 조정하고 텍스트학과 미학을 '중재'하기 위하여 손디 역시 해석학의 역사를 개괄한다. 호메로스 작품에 대한 해석 이래로 줄곧 긴장관계를 유지해온 문법적 해석과 알레고리적 해석은 다시 결합되어야만 한다. 특히 딜타이 이래로 알레고리적 해석이 일방적으로 강조되었기 때문에 더더욱 그러하다. 손디는 딜타이가 이야기한 해석학의 역사, 특히 슐라이어마허의 해석학을 고쳐 쓴다.

문법적 해석 내지 기술적 해석과 심리적 해석으로 구별되는 두 종류의 해석에 관한 슐라이어마허의 이론은 이해가 두가지 요소로 구성된다는 그의 테제에 근거한다. 이해의 두가지 요소는 발화를 언어에서 유래한 것으로 이해하는 것, 그리고 발화를 저자의 정신세계에서 유래한 것으로 이해하는 것이다. 그에 따르면 모든 인간은 한편으로 언어가 독특한 방식으로 형상화되는 지점이며, 그런 면에서 개개인의 발화는 오로지 언어의 총체성에 근거해서만 이해될 수 있다. 다른 한편 모든 인간은 또한 끊임없이 발전해가는 정신적 존재이며, 그런 면에서 개개인의 발화는 그가 다른 지성들과 교류하여 형성한 정신적 산물이다. (같은 책 172면)

딜타이와 가다머는 이해이론을 위계적으로 나누었는데, 이는 자신들의 철학을 구체적 방법론보다 우위에 두기 위한 방편이기도 했다. 이들과 달리 손디는 이해의 두 측면을 변증법적 관계로 결합하고자 했다. 이때 문법적 해석은 모든 해석의 방법론적 기초가 된다. 손디 역시 동시대의 구조주의를 염두에 두고 자신의 해석학을 개진했지만, 가다머와 달리 텍스트 분석과의 매개형식을 모색했다. 7에 따르면 슐라이어마허는 문법적 해석을 두가지 규칙으로 나누었는데, 하나는 텍스트를 보편적인 '언어영역'(같은 책 173면)과 비교하는 것이고, 다른 하나는 텍스트의 개별 부분들을 그것을 '둘러싸고 있는' 구절들과 비교하는 것이다. 이러한 구별은 소쉬르가 보편적인 언어체계와 개별적 발화, 즉 '랑그'와 '파롤'을 구별한 것과 매우 흡사하다. 그리고 '계열체'(Paradigma)와 '통합체'(Syntagma) 개념도 슐라이어마허는 자신의 방식으로 설명하고 있다고 손디는 해석한다. 즉 언어 전체와의 연관성은 기호의 **계열체적** 관계를 상기시키고, 직접적인 문장과의 관련성은 기호의 **통합체적** 관계를 상기시킨다는 것이다. 물론 슐라이어마허의 언어관은 그 시대의 한계에 의해 제약을 받았기 때문에 그를 문자 그대로 구조주의자라고 할 수는 없다는 점을 손디는 강조한다.(같은 책 180면) 그렇지만 손디가 해석학의 역사를 이렇게 재구성하려고 한 의도는 분명한데, 해석학이 주관적인 심리적 감정이입의 이론으로 환원될 수 없다는 점을 보여주려는 것이다. 다름 아닌 '언어학적 전회' 이후 해석학이 자신의 고유한 기반인 문법적 해석을 다시 복원하려고 한 것은 시의적절해 보인다.

만프레트 프랑크는 손디의 견해를 수용하여 더욱 첨예하게 논지를 펼친다. 프랑크의 해석에 따르면 슐라이어마허는 단지 구조주의의 선구자에만 그치지 않는다. 슐라이어마허는 텍스트 분석을 문법적 해석의 형태로 해석과정 속에 통합했다. 바로 그런 점에서 슐라이어마허의 철학은 구조주의가 출현하기도 전에 이미 구조주의의 한계를 드러낸 셈이다. 해석은 텍스트의 문법적 재구성과 의미내용(Sinngehalt) 이해라는 두가지 요소를 필요로 한다. 프랑크에 따르면 그런 면에서 해석학 자체는 훗날 구조주의가 일방적으로 의존한 해석방법을 발전시킨 책임이 있다. 20세기 후반 해석학 이론의 특징은 이러한 논증방식에서도 발견된다. 즉 20세기 후반의 해석학 이론은 딜타이의 논의수준에 머물지 않고 문법적인 차원도 분석할 수 있음을 입증하려고 한 것이다. 그렇지만 딜타이 이래 해석학의 역사적 접근방식은 거의 변함이 없다. 다시 말해 해석학은 자신의 고유한 위상을 주로 해석학 이론의 역사에서 끌어온 것이다.

그렇지만 손디는 또한 해석학이 동시대의 구조주의와 나란히 해석학의 역사에서 다시 문법적 분석을 되살리는 것만으로는 충분치 않다고 보았다. 그에 따르면 해석학의 본래의 과제는 오히려 문법적 분석에서 해석으로 나아가는 전환을 완수해 텍스트 분석을 해석학적 이해와 결합하는 것이다. 그런데 과연 어떻게 텍스트 분석에서 의미에 대한 이해로 나아갈 수 있을까? 철학과 어문학으로 분리되고 이론과 방법으로 분리된 해석학을 과연 어떤 방법으로 재결합할 수 있을까? 손디는 '은유이론'(Metaphernlehre)이 해석학의 양대 전통을 종합할 수 있을 거라고 시사한다.

6. 폴 리쾨르의 은유이론

여기 1부의 마지막 부분에서는 은유이론을 체계적으로 발전시킨 해석학을 다루고자 한다. 폴 리쾨르(Paul Ricœur, 1913~2005)의 저작은 은유이론을 방법론의 중심으로 삼는다. 그의 해석학 역시 구조주의와의 대결과정에서 형성되었다. 그런데 리쾨르는 「은유와 해석학의 주요 문제」(La métaphore et le problème central de l'herméneutique, 1972)라는 글에서 보이듯이 독일의 해석학자들과는 달리 구조주의의 용어를 자신의 이론모델 안으로 끌어들인다. 리쾨르의 해석학은 기표, 기의, 지시대상, 그리고 이 개념들에 대한 정의와 상호관계를 다루는 이론이다.

해석학의 '주요 문제'로 은유가 부각되는 이유는 은유가 텍스트의 축소판이기 때문이다. 따라서 은유이론으로 작품해석의 방법론을 규명할 수 있기를 기대한다. 리쾨르의 이론에서 은유는 텍스트의 기본모형이며, 은유와 텍스트는 단지 그 분량에서만 차이가 날 뿐이다. 이로써 리쾨르의 이론은 해석학의 역사에서 익숙한 알레고리적 독법과 은연중에 연결된다. 왜냐하면 알레고리 역시 하나의 텍스트 또는 텍스트의 일부로 확장된 은유라고 정의할 수 있기 때문이다.

리쾨르는 「은유와 해석학의 주요 문제」에서 텍스트 해석을 해석학의 '주요 문제'로 보고 딜타이가 말한 의미에서 "설명과 대립되는 개념"으로 이를 규정한다.[1] 그런데 특기할 만한 것은 그러면서도 텍스트 이해를 위한 '해석'을 '설명'과 결합하는 모델을 제시한다는 점이다. 그의 경우 역시 해석학에서 익숙한 논증방식이 보인다. 즉 리쾨르는 텍스트의 두 차원을 구분하며, 상이한 두가지 독법은 그 두 차원에 상응한다. 이제 해석학의 과제는 그 둘을 매개하는 형식을 찾아내는 것이다. 다시 말해 텍스트를 '체계'와 '사건',

---

[1] Paul Ricœur, "Die Metapher und das Hauptproblem der Hermeneutik," in: Anselm Haverkamp (Hg.), *Theorie der Metapher*, Darmstadt: Wissenschaftliche Buchgesellschaft 1983, S. 356.
〔역주〕 주로 '설명'(Erklärung)은 자연과학과 인문학에 똑같이 적용될 수 있는 인식모델을 가리키며 '이해'(Verstehen)는 인문학에만 배타적으로 적용될 수 있는 인식모델을 가리킨다. 리쾨르는 이런 이원론적 구분을 지양하고 양자의 통합 가능성을 모색한다.(폴 리쾨르 『텍스트에서 행동으로』, 박병수·남기영 편역, 아카넷 2002, 193면 이하 참조)

'구조'와 '의미'로 분석하고, 그 '내용'과 '형식', '의미'와 '대상'으로 분석하는 것이다. 이러한 이원적 대비는 리쾨르가 해석의 이분법을 원용한 사실을 분명히 보여준다. 다시 말해 문법적 분석은 (구조주의와 마찬가지로) 텍스트의 언어와 그 구조 및 문자적 의미를 탐구하는 것이고, 이와 달리 슐라이어마허가 말한 심리적 해석은 문자적 의미와는 다른 차원에서 텍스트의 개별적 특성과 특수한 의미를 탐구하는 것이다.

　독일의 해석학과 달리 리쾨르는 그의 이론에서 전통에 기대지 않고 은유이론에 의거하여 해석을 체계적으로 전개한다. 은유는 텍스트 구성요소들의 상호작용을 통해 새로운 의미를 창출하는 비유법이다. 은유가 항상 본래적 의미에 의해 대체될 수 있기 때문에 이른바 '대체이론'(Substitutionstheorie)은 은유를 부차적인 표현으로 간주한다. 이와 달리 '상호작용이론'(Interaktionstheorie)은 수많은 은유는 본래의 의미를 갖고 있지 않으며, 고정된 의미로 변환될 수 없는 창조적 표현이라는 점을 강조한다.(같은 글 364면) 은유적 표현은 어떤 특정한 맥락 속에서 다른 의미를 획득하기 때문에 신선한 충격을 선사한다. 은유는 독자의 예상과 통상의 언어관습을 위반하며, 혁신적이면서 언어체계의 새로운 '사건'이다. 은유가 위반하고자 하는 언어관습은 독자가 텍스트에 덧씌운 게 아니라 텍스트 자체에 의해, 텍스트의 장르와 구조에 의해 형성된다. 따라서 은유를 이해하려면 우선 텍스트를 언어체계로 설명할 필요가 있다. 은유와 텍스트는 서로를 제약한다. 즉 은유는 텍스트 전체와의 관계에서 관습을 위반하는 '사건'의 성격을 띠고, 역으로 텍스트는 전체적으로 은유적 표현, 즉 창조적 표현에 근접한다. 발화자에게 감정이입을 해 심리적으로 이해하려는 접근을 통해서는 텍스트의 혁신적 특성을 파악할 수 없다.

작품을 이해한다는 것은 작품의 역동성, 다시 말해 작품이 직접적으로 말하는 것에서 출발하여 작품이 은유적으로 말하고자 하는 것으로 나아가는 역동적인 운동에 충실히 따르는 것을 뜻한다. 독자로서의 나의 상황, 작가의 상황을 넘어서 나는 텍스트가 나에게 열어 보이고 드러내는 세계-내-존재의 가능한 방식에 나 자신을 맡긴다. 가다머는 이것을 역사적 인식에서의 '이해지평의 융합'이라고 일컫는다. (같은 글 370면 이하)

이 대목에서 리쾨르는 가다머의 해석학과 연결되지만 둘 사이의 근본적인 차이는 분명하다. 리쾨르는 이해지평의 융합이 향하는 목표를 생생히 보여주기 위한 방법을 기술한다. 그의 이론에서 텍스트 해석 및 텍스트 이해의 기반은 아주 구체적으로 은유 분석에서 찾을 수 있다. 텍스트를 이해하면 은유가 어떻게 언어구조를 위반해 사건을 생성하는지, 그리고 은유가 어떻게 언어체계에서 뜻밖의 독특한 의미를 창출하는지 이해할 수 있게 된다. 은유는 언어의 창조물이며, 은유이론은 이러한 의미 창출과정을 있는 그대로 보여준다. 의미 창출과정은 한 개인의 정신에서 일어나는 상상력을 추론하기만 해서는 결코 파악할 수 없다. 독자 내지 해석자는 작품의 창조적이고 독창적인 언어사용에서 기존 언어체계의 한계를 넘어서는 법을 배울 수 있고, 언어의 새로운 의미 창출 가능성을 경험할 수 있게 된다. 리쾨르가 자신의 시야를 텍스트의 이해지평으로 확장한 의미는 바로 이것이다. 그의 은유이론이 추구하는 바는 작가와 독자를 매개하는 것도 아니고 작가를 이해하는 것도 아닌, 완전히 그 반대이다. 어떤 텍스트를 이해하는 과정에서는 "작품이 관계하는 어떤 세계의 지평"이 열리게 된다.(같은 글 371면) 다시 말해 독자가 자신의 세계를 구축할 수 있는 안목이 생겨나게 된다. 작품은 독자의 창조적 잠재력을 키워준다. 이와 동시에 리쾨르 역시 언어의 재현모델과는 거리를 둔다. 문학작품의 지시대상은 작품이 씌어지기 전에 이미 존재한 어떤 것이 아니다. 문학작품의 지시대상은 가능성의 세계이다. 리쾨르의 은유이론이 추구하는 바는 작품의 언어적 기초와 이러한 의미 창조의 작동방식이 분명히 드러나는 비판적 독서능력을 기르는 것이다. 비판적 독자는 텍스트가 어떻게 의미를 창출하는가를 사후적으로 경험할 수 있고, 아울러 이를 통해 의미를 창출하는 독자 자신의 능력을 이해하고 배운다.

지금까지 1부에서 살펴본 해석학의 양대 전개방향—철학적 이해이론과 방법론으로서의 어문학—은 해석학의 여러 텍스트 모형들에서도 확인된다. 20세기 후반에 해석학이 의미와 문법, 의미와 구조의 구별을 도입한 주된 동기는 구조주의에 맞서 이론적 정당성을 주장하고, 나아가 논의구도에서 구조주의보다 우월한 위치를 점하기 위해서이다. 실제로 구조주의가 기표와 기의를 구분한 것은 해석학이 언어와 의미를 구별한 논리를 변주한 것처럼 보일 수도 있다. 그렇게 보면 구조주의의 역사를 해석학의 관점에서 이야기할 수도 있을 것이다. 하지만 다음의 2부에서 살펴보겠지만, 구조주의는 문법구조와 기표의 기능을 해명하는 것만을 추구하지는 않는다. 언어이론은 언어학적 기호모형을 도입하면서 근본적으로 변화하며, 이에 따라 문학의 기능 역시 변화한다.

제2부

기호의 이론

1. 지그문트 프로이트의 꿈 해석

지그문트 프로이트(Sigmund Freud, 1856~1939)의 저서 『꿈의 해석』(*Traumdeutung*)은 1899년에 출간되었지만 표지에는 출간연도가 1900년으로 적혀 있다. 이처럼 출간연도를 20세기의 원년으로 표기한 것은 이 책이 새로운 이론을 창시한 저서로서 획기적인 영향력을 행사할 거라는 포부를 내비친 것이라 할 수 있다. 프로이트는 문학과 예술에 관한 글도 남겼지만, 문학이론에 더 결정적인 영향을 준 것은 『꿈의 해석』이다. 이 책의 1부에서 다루었던 철학적 해석학과 달리 프로이트는 '꿈 작업'(Traumarbeit)에 관한 논의에서 문학텍스트에 대한 해석에도 활용할 수 있는 구체적인 해석방법을 개진하고 있기 때문이다. '해석'의 이론을 다루는 프로이트의 이 대표작은 그 시대의 해석학과 좋은 비교가 된다. 이 책의 서론에서 프로이트는 "명시적인 꿈의 내용", 즉 간밤의 꿈에 대한 아침나절의 기억이 어떻게 억압된 본래의 "잠재적 꿈의 사고"와 연결되는가를 꿈 작업이 밝혀내야 한다고 말한다.[1] 꿈 해석은 다른 모든 해석과 마찬가지로 숨겨진 의미를 드러내고자 하는 '번역'에 관한 이론이라고 할 수 있다. 꿈의 사고가 '잠재적'인 이유는 꿈의 사고가 무의식의 검열에 의해 왜곡되기 때문이다. 그래서 꿈의 사고 속에 숨겨진 욕망은 결코 직접적으로 표현되지 않는다. 우리가 꿈에서 기억하는 것은 단지 '수수께끼 같은 이미지'일 뿐이며, 억압된 욕망을 언어로 표현하기 위해서는 그 수수께끼 같은 이미지들의 기호를 해석해서 이해해야만 한다.

각각의 이미지를 그 이미지와 관련된 낱말 또는 철자로 표현하려고 애쓸 때에만 (…) 확실히 그림 수수께끼(Rebus)에 대한 올바른 판단이 나올 것이다. 그렇게 찾아낸 말들은 이제 무의미한 것이 아니라 너무나 아름답고 풍성한 의미를 가진 시적 표현이 될 수 있을 것이다. (같은 책 281면)

그렇지만 프로이트의 『꿈의 해석』은 다양한 유형의 해석학과는

---

1 Sigmund Freud, *Die Traumdeutung*, Frankfurt a. M.: Suhrkamp 2000, S. 280.

뚜렷한 차이를 보인다. 꿈을 '시적 표현'에 견줄 수도 있지만, 프로이트는 꿈이 주체의 의도와 무관한 텍스트라고 설명한다. 딜타이가 관심을 기울였던 창조적 작가는 중심적 지위를 상실하게 되는 것이다. 순전히 문법적으로만 보더라도 프로이트가 꿈을 묘사할 때 주체가 수동적인 위치에 놓이는 것으로도 이는 확인된다. 꿈은 주체의 위치를 차지하여 '작업'하고, 특정한 '작업수단'을 사용하여 꿈 텍스트를 왜곡된 형태로 만들어낸다. 다른 한편 해석자는 꿈의 이러한 메커니즘을 재구성하는 과정에서 당연히 꿈을 철저히 연구하지만 꿈을 꾼 어떤 개인의 마음속으로 감정이입을 하지는 않는다. 그런 점에서 프로이트의 심리분석은 딜타이의 해석학에 비하면 오히려 덜 심리학적이다. 프로이트는 꿈의 문법적 구조를 '꿈 작업'이라고 칭하는데, 꿈 해석은 개별적인 꿈의 의미내용보다는 꿈의 작동과정에 더 관심을 기울인다. 꿈에서 본질적인 것은 꿈에 잠재해 있는 생각이 아니다. 꿈의 의미는 오로지 '꿈 작업'에서 찾을 수 있다. 꿈 작업은 네가지의 상이한 작동방식과 '작업수단'을 사용하는데, '압축'(Verdichtung), '전위'(轉位: Verschiebung), '묘사 가능성에 대한 고려' 그리고 '꿈의 소재에 대한 2차 가공'이 그것이다. 이 네가지 꿈의 기능은 모두 주체의 욕망을 왜곡한다.

'압축 작업'이란 꿈의 사고를 간결하게 요약하는 방식의 하나이다. 꿈을 꾼 사람은 대개 명시적으로 드러난 꿈의 개별 이미지들에 대해 수많은 연상을 떠올린다. 프로이트에 따르면 잠재적인 꿈의 사고는 왜곡된 형태로 압축된 꿈에 비해 훨씬 포괄적이다. 역으로 말하면 명시적으로 드러난 꿈의 내용은 "여러겹으로 압축되고 변형된" 것이다.(같은 책 293면)[2] 그 결과 꿈 해석은 끝없이 계속 진행될 수 있는데, 이는 원칙적으로 압축의 정도가 미리 정해져 있시 않기 때문이다. 가가의 이미지는 다양한 의미를 연상시킬 수 있으며, 이러한 연상은 근본적으로 두가지 상이한 형태를 띤다. 한편으로 연상은 꿈 이미지의 내용적 표상과 연결될 수 있으며, 이 경우 이미지는 어느정도 은유적 성격을 띤다. 다른 한편으로 연상은 문자 그대로의 의미와 연결될 수 있다. 예컨대 꿈에서 'Auto'라는 소리를 들었다면 이것은 원래 그리스어의 의미대로 '자기 자신'에 관한 꿈일 수 있는 것이다. 이 경우 꿈 이야기에서 명시적으로 표현된 낱말은 기표로서 의미를 감출 수 있다.(같은 책 303면)[3] 실제의 꿈 분석이 보여주듯 연상 가능성은 숱하게 많지만 프로이트에 따르면 그러한 결합에 대한 분석은 결코 임의적이지 않다. 연상이 분

---

2 [역주] 프로이트는 여성 환자의 '풍뎅이' 꿈을 예로 든다. 그녀는 상자 안에 갇혀 있는 풍뎅이 두마리를 풀어주는데, 한마리는 열린 창문으로 날아가고 다른 한마리는 그녀가 창문을 닫는 사이 창문 틈에 끼여 죽는다. 이 꿈 이야기는 딸이 어렸을 적에 곤충의 날개를 찢었던 기억, 이 여성이 소녀 시절에 몰래 읽은 연애소설에 대한 금기의식, 풍뎅이(Maikäfer)가 이 여성이 결혼했던 5월(Mai)과 신혼 무렵의 외로움을 연상시킨다는 점, 그리고 오랫동안 집을 비우고 출장을 가는 남편에 대한 성적 불만 등의 복합적 요소들이 겹쳐서 변형된 것이다.(지그문트 프로이트『꿈의 해석』, 김인순 옮김, 열린책들 2003, 348면 이하 참조)
3 [역주] 'Auto'는 일반적으로 '자동차'라는 뜻으로 쓰이지만, 여기서는 '자기 자신'이라는 본래의 의미를 감추는 기표로 차용되었다는 뜻이다.

명히 가능한 까닭은 그러한 결합이 이미 꿈의 사고 속에 주어져 있기 때문이다.

꿈 해석을 하는 동안 꿈 이미지의 내용이나 물질적 운반자인 이미지 자체와 연결되는 계열체(Paradigma)의 다양한 의미와 연상을 압축에 대한 분석으로 추론할 수 있다. 이와 달리 '전위'의 기능은 꿈의 장면들을 시간적 순서에 따라 구조화하는 것이다. 압축이 수직축으로 구현되는 반면에 전위는 수평축으로, 즉 통합체(Syntagma)의 연결형태로 배열된다.[4] 전위를 작동시키는 것은 '정신적 힘'이다.(같은 책 307면) 그 힘은 꿈을 검열하고 왜곡해서[5] 그 결과 중요한 중심적 생각들을 대수롭지 않게 보이게 하거나, 거꾸로 중요하지 않은 생각을 중심적인 것으로 부각하기도 한다. 자신의 꿈을 이야기하는 사람은 흔히 특별히 인상적인 사건을 중심으로 이야기한다. 그러나 왜곡된 욕망을 분석할 때에는 주변부에서 스쳐 지나가는 흐릿한 기억들이 표면적으로 강조되는 사건보다 훨씬

---

4 〔역주〕 이것은 프로이트가 말한 압축과 전위를 로만 야콥슨(Roman Jakobson)이 언어학적으로 해석한 것이다. 앞에서 언급한 풍뎅이 꿈을 예로 들자면, 풍뎅이는 나비 또는 다른 곤충이나 사물로 대체 가능하고(계열축의 선택), 풍뎅이가 '문틈에 끼이는' 이야기는 풍뎅이가 물컵에 빠지거나 방충망에 걸리거나 하는 다른 이야기로 바뀔 수 있다(결합축의 선택). 야콥슨은 계열축의 선택에서 은유(Metapher)가 생겨나고 결합축의 선택에서 환유(Metonymie)가 생겨난다고 본다. 다음에 살펴볼 라캉(Lacan)은 야콥슨의 이러한 가설을 계승한다.

5 〔역주〕 도덕심이나 수치심에 의해 자신의 욕망을 감추거나 억누르는 '검열'이 작용해서 전위와 왜곡이 일어난다.

중요하다. 이처럼 전위는 꿈의 사고에 들어 있는 잠재적 내용들 사이의 '가치의 전도'를 일으킨다.(같은 책 327면)

꿈의 세번째 기능인 '묘사 가능성에 대한 고려'는 꿈 자체가 명시적으로 표현되는 이미지의 형성에 관여한다는 것이다. 그것은 마치 "시인이 창자할 때" 특정한 운율이 시구의 내용에 영향을 주는 것과 흡사하다.(같은 책 336면) 꿈 텍스트에 등장하는 일련의 이미지들은 외형적 특징에 기초하여 수정되며, 꿈은 꿈의 내용으로 표현되는 자신의 구조를 전개한다. 우리는 꿈의 '진짜 모습'을 생생히 떠올릴 수 있다고 장담할 수 없다. 지나간 꿈을 사후에 이야기할 때 이는 꿈의 기억을 본래 모습에 충실하게 재현한 것이 아니다.

마지막으로 꿈의 네번째 기능은 '꿈에 대한 2차 가공'이다. 꿈은 완결된 텍스트가 아니며, 꿈을 기억하고 떠올리는 과정에서 꿈 이야기를 보완하고 수정하고 조작하는 일은 얼마든지 가능하다. 근본적으로 따지면 '2차 가공'이라는 표현은 오해의 소지가 있다. 왜냐하면 간밤의 꿈을 나중에 맨정신으로 이야기할 때 일어나게 되는 왜곡의 배후에 본래의 꿈, 꿈의 진짜 모습 같은 것은 존재하지 않기 때문이다. 명시적으로 드러난 꿈은 억압된 욕망의 실상으로 번역될 수 있는 재현물이 아니며, 이런 점에서 프로이트는 동시대인인 딜타이와는 구별된다. 꿈은 '꿈 작업' 자체이다. 꿈은 꿈을 생성시키는 생산적 검열의 결과물이며, 그러한 꿈 작업은 다음날 아침

깨어났을 때에도 종결되지 않는다. 따라서 '꿈에 대한 2차 가공'은 꿈 작업의 연장선상에 있다. 2차 가공 역시 꿈이 충족시켜야 하는 '조건'을 제시하며, 이 조건 역시 "압축, 검열, 묘사 가능성의 조건과 마찬가지로 꿈 사고의 방대한 자료에 대해 방향을 유도하거나 내용을 선별하는"(같은 책 479면) 기능을 한다. 2차 가공 역시 꿈 기능의 일부이기 때문에 깨어났을 때의 성찰과 간밤의 꿈 사이에 근본적인 차이는 존재하지 않는다. 꿈을 묘사하고 분석하려고 할 때에도 꿈 작업은 계속되는 것이다.

따라서 프로이트의 '꿈 해석'은 정합적인 텍스트 개념이나 의미 개념에 기반을 둔 해석학 이론은 아니다. 명시적으로 드러난 꿈의 이미지를 잠재적인 꿈의 사고로 '번역'한다고 하더라도 꿈의 근원이나 본래적 의미를 복원하는 것은 아니다. 꿈의 근원은 오로지 욕망의 표출을 억누르는 꿈 작업의 작동과정 자체에 있다. 꿈 작업은 욕망을 있는 그대로 재현하는 것을 방해하며, 따라서 꿈을 본래의 텍스트로 번역하려는 시도는 좌절될 수밖에 없다.

프로이트 이전 시대에 꿈을 다룬 책들은 꿈의 상징들을 해독하여 그 분명한 의미를 밝혀내고자 했다. 그래서 꿈의 상징들을 분류해 도표를 만들고 각각의 상징에 특정한 의미를 부여했다. 물론 프로이트의 경우에도 누구에게나 익숙한 '전형적인 꿈'이 있다. 그런 꿈의 의미는 자명한 것처럼 보여서 보편적인 언어기호로 이해될 수 있는 듯이 보인다. 그렇지만 상징언어 자체는 꿈에서 본질적인 것이 아니다. 상징은 일정한 문화와 역사를 공유하는 공동체의 구성원들이 이해하는 집단적인 의미전달의 수단이다. 프로이트에 따르면 어떤 문화든 간에 저마다 고유의 신화와 설화 그리고 속담 등의 형태로 축적된 상징체계를 가지고 있다.(같은 책 346면 이하) 그렇지만 꿈은 그 자체의 기능에 의거하여 스스로 기호와 이미지를 만들어낼 수 있고, 의미를 생산하거나 변형할 수 있다. 이는 전형적 상징이 등장하는 꿈에도 적용된다. 꿈은 다른 이미지들과 마찬가지로 상징을 변형하고 가공한다. 따라서 꿈을 본래의 의미로 번역하려는 시도는 꿈의 본질에서 벗어나기 십상이다. 꿈은 어느 정도까지 스스로를 만들어가는 텍스트이다. 따라서 명시적으로 파악된 꿈이 과연 실제로 잠재적인 꿈 사고를 나중에 회상한 왜곡된 형태라고 이해할 수 있는지도 미심쩍다. 역으로, 꿈 해석이 꿈의 근원이나 원래 모습으로 나아가는 것이 아니라 분석과정에서 비로소 잠재적 꿈을 만들어내는 것은 아닐까 하는 추론을 해볼 수도 있지 않을까? 결국 프로이트는 꿈의 내용이 아니라 꿈 작업이 작동하는 형식과 구조에 초점을 맞춘다. 해석학 이론들과 달리 프로이트는 꿈의 의미에 관심을 기울이기보다는 꿈을 기표의 작용으로 설명한다. 꿈의 의미를 왜곡하는 것이 곧 꿈꾸기의 의미라면 꿈은 이해되기를 거부하는 텍스트라고 할 수 있다.

프로이트는 수많은 저작에서 문학텍스트를 예로 들면서 논의를 전개한다. 꿈 작업에 관한 설명에서 프로이트는 괴테(Goethe)의

『파우스트』(*Faust*)의 한 대목, 루트비히 울란트(Ludwig Uhland), 알퐁스 도데(Alphonse Daudet)의 소설 『사포』(*Sappho*), 기 드 모파상(Guy de Maupassant), 모차르트(Mozart)의 「마술피리」 (*Zauberflöte*)의 한 부분, 헨리크 입센(Henrik Ibsen) 등을 언급하며, 교양 시민으로서 이 작품들에 대한 지식을 독자와 공유한다. 프로이트는 특히 문학적 사례에 근거한 오이디푸스 콤플렉스로 심리분석 내용을 설명한다. 프로이트에 따르면 이러한 차용이 가능한 까닭은 오이디푸스 이야기가 소포클레스(Sophocles) 이래 줄곧 독자의 마음을 사로잡았고, 오늘날의 독자도 이 이야기에 매료되기 때문이다. 현대인도 이야기 또는 극적 사건의 소재에 마음이 움직이기 때문에 역사적 인물의 체험에 몰입할 공산이 크다. 프로이트에겐 문학 역시 개인의 경험과 집단의 경험이 집약되어 있는 문화적 기억의 저장고이며, 그러한 경험은 개인의 삶이나 사회 공동체의 역사에서 반복적으로 나타난다. 문화적 기억의 기록인 문학은 의학에서 인간의 몸이 하는 역할을 정신분석에서 대신할 수 있으며, 또다른 형태의 경험적 탐구대상이 된다. 따라서 프로이트에게 문학작품에 대한 해석은 대체로 그의 이론을 전개하는 토대가 된다. 정신분석은 문학에서 자신의 모델과 경험사례 그리고 역사적 선례 등을 발견한다.

이처럼 정신분석이 문학을 모델로 삼는 경우는 프로이트의 심리상담 사례담들에서 또다른 방식으로 생생히 확인된다. 그의 심리상담 사례담은 흔히 짧은 이야기 같은 문학적 특성을 지니며, 서사적 형식을 활용한 상담 이야기 서술을 통해 객관화된 진단과 인식을 이끌어낸다. 이처럼 정신분석 지식은 문학적 방법을 활용하여 생산된다. 문학이 정신분석의 모델이 되듯이 프로이트에게 작가와 시인은 모범이 된다. 물론 창조적 천재라는 의미에서의 모범은 아니지만, 그들은 정신분석의 통찰을 나름의 방식으로 표현할 수 있는 사람이다.

그렇다고 해서 정신분석을 문학텍스트 해석의 방법으로 무조건 적용할 수 있는 것은 아니다. 초기의 정신분석학적 문학이론은 흔히 정신분석의 인과율적 설명모델을 동원하여 문학텍스트를 작가 개인의 전기적 갈등의 표현으로 해석하려고 했다. 주목해야 할 것은 프로이트가 한편으로 문학을 정신분석의 모델로 삼긴 했지만, 다른 한편으로 정신분석을 유력한 문학이론으로 보지는 않았다는 점이다. "우리는 정신분석으로 예술의 본질을 해명할 수 없다는 것을 인정해야 한다."[6] 정신분석이 문학작품이나 예술작품의 창작과정에 관한 이론이 될 수도 있고, 작품의 모티프와 등장인물들 사이의 관계를 밝히는 데 도움을 줄 수도 있을 것이다. 그렇지만 프로이트에 따르면 정신분석을 통해 예술의 고유한 특성이나 텍스트의 문학성을 밝혀낼 수는 없다. 프로이트는 시인의 상상력이 백일

---

6 Sigmund Freud, "Eine Kindheitserinnerung des Leonardo da Vinci," in: *Bildende Kunst und Literatur*, Frankfurt a. M.: Suhrkamp 2000, S. 157.

몽이나 아이들의 놀이에 비견될 수 있다고 말한다.[7] 다시 말해 문학텍스트는 프로이트가 탐구하려고 한 특수한 매체가 아니라 여러 표현형식들 중 하나일 뿐이다. 프로이트는 문학예술에 관한 자신의 저술을 정신분석의 관점에서 이해할 뿐이지 문학이론이나 미학을 다룬 것으로 생각하지 않았다. 그렇지만 다른 한편으로 꿈작업에 관한 프로이트의 서술은 문학이론의 관점에서 보아도 시사하는 바가 많다. 여기서 중요한 것은 예술가와 인물의 심리가 아니라, 오히려 프로이트가 인물의 전기와는 전혀 무관하게 서술하고 있는 특징적인 이미지의 가공과 암호화이다.

---

7 Sigmund Freud, "Der Dichter und das Phantasieren," in: *Bildende Kunst und Literatur*, S. 171.

2. 자크 라캉의 정신분석

 프로이트의 저술에서 문학을 소재로 한 글보다는 꿈 작업에 대해 쓴 글이 문학에 기여하는 바가 훨씬 더 크다. 그래서 프로이트의 저술에서 문학예술에 관한 글보다는 꿈 작업을 다룬 부분이 다양한 문학이론의 발전과정과 체계적 분화에 시사하는 바가 더 많다. 무엇보다도 자크 라캉(Jacques Lacan, 1901~1981)의 논문 「무의식에서의 문자의 힘, 또는 프로이트 이후의 이성」(L'instance de la lettre dans l'inconscient ou la raison depuis Freud, 1957)은 프로이트의 꿈 작업 서술에 관한 아마도 가장 중요한 논평으로서 큰 파장을 불러왔고, 그리하여 프로이트의 수용에 크게 기여하였다. 라캉의 해석에 따르면 프로이트의 꿈 이론은 언어에서의 기표의 기능에 관한 이론이다.

라캉은 자신의 논문 서두에서 꿈의 '문학적 특성'이 프로이트의 정신분석에서 가장 중요한 토대라고 하면서 프로이트 해석의 기본입장을 밝히고 있다.[1] 라캉의 이러한 해석은 당시 프랑스 정신분석 학계에서 주류를 차지하던 입장에 반기를 든 것이었다. 라캉은 정신분석가로서 평생 논란에 휘말렸는데, 1953년 그는 프랑스 정신분석가협회에서 탈퇴했고, 그 직후 그가 따로 창립한 독자적인 학회는 국제정신분석학회에서 인정을 받지 못했다. 그후 1963년에 라캉은 결국 정신분석가 자격증을 박탈당하고 만다. 라캉은 그의 논문에서 기존 정신분석학의 한계를 극복하는 한편 꿈의 '문학적 특성'을 활용하여 정신분석을 언어학 및 철학과 결합하고자 했다. 하지만 바로 그런 점 때문에 그의 논문은 문학이론과 역사에서 중요한 의미를 가진다.

여기서 간단히 다룰 라캉에 관한 서술은 그의 논문 서술체계를 따를 것이다. 라캉은 논문 1부에서 소쉬르의 언어학을 다루고, 2부에서는 프로이트의 꿈 작업을 다루며, 3부에서는 '프로이트 이후의 이성' 즉 최근 철학사를 다룬다. 세 부분은 서로 긴밀하게 연결되어 있으며 서로 논지전개의 조건으로 맞물려 있다. 예컨대 라캉

---

1 Jacques Lacan, "Das Drängen des Buchstabens im Unbewußten oder die Vernunft seit Freud," in: Norbert Haas (Hg.), *Schriften II*, Olten und Freiburg: Walter 1975, S. 18.

은 소쉬르의 '언어학적 전회'를 프로이트에 기대어 해석하고, 프로이트의 꿈 이론을 소쉬르와 로만 야콥슨의 관점에서 해석한다. 그리고 이를 기반으로 마지막에는 하이데거에 이르기까지의 서구의 형이상학을 비판한다. 소쉬르, 프로이트, 하이데거는 모두 사유의 혁명적 전환과 관련이 있다. 라캉은 소쉬르, 프로이트, 하이데거의 이론이 탄생할 수 있었던 조건을 고찰하고, 그들이 이룩한 사유혁명의 근거를 새로운 관점에서 규명한다. 이를 통해 라캉 자신도 그 선구자들에 못지않은 사유혁명을 꾀한다. 다시 말해 라캉은 소쉬르, 프로이트, 하이데거에 대한 새로운 해석을 통해 그들을 넘어서고자 한 것이다. 그런 점에서 그들은 라캉에게 모범이면서도 비판의 대상이 된다.

라캉은 논문 서두에서 무의식 속에는 '언어의 전체 구조'가 들어 있다고 특유의 간결한 표현으로 말한다.(같은 글 19면) 무의식은 한편으로는 언어와 같은 방식으로 조직되어 있고, 다른 한편으로는 언어를 통해 비로소 형성된다. 라캉의 기본전제는 무의식을 통제하는 것이 주체의 욕망이 아니라 언어, 정확히 말하면 기표라는 것이다. 인간 주체를 설명하고 분석하기 위해 욕망이나 사회 또는 다른 지시대상을 끌어들이는 심리학과는 달리, 라캉에게는 언어법칙이 곧 무의식의 토대가 된다.

이는 그의 이론모델에 대한 접근을 어렵게 하는 요인이 된다. 왜냐하면 언어법칙, 즉 소쉬르가 말한 '랑그'는 간접적인 방식으로만 다루어질 수 있고 결코 그 자체로는 드러나지 않기 때문이다. 다시 말해 기표의 기능은 구체적 사례를 통해서만 설명될 수 있는 것이다. 따라서 라캉은 그의 논문 제목이 예고하듯이 문자의 기능을 집중적으로 다룬다. 문자는 경험적 재료로 구체적으로 주어져 있어서 문자를 통해 추상적인 '랑그'를 간접적으로 해명할 수 있다. 문자는 소쉬르가 그의 강의록에서 설명하고 있는 기표를 나타내는 구체적 사례이다. 문자는 기표의 집합체 중 하나이긴 하지만, 모든 기표가 문자인 것은 아니다. 기표는 보편적 형식이며 문자를 통해 구체화된다. 순수한 기표와 달리 문자는 의미를 구현하는 상징질서의 구성요소이다. 바꾸어 말하면 기표는 문자보다 더 근본적이며, 우리가 문자를 통해 상징적 형식을 사용할 수 있기 위한 조건이 된다. 소쉬르에게 기표는 '랑그'와 마찬가지로 그 자체로는 접근할 수 없는 순수한 형식이다. 따라서 기표에 접근할 수 있는 통로는 오로지 문자밖에 없다. 다시 말해 문자를 그것의 잠재적 의미에 구애받지 않고 "오로지 문자 그대로"(같은 글 19면) 고찰해야 한다. 간단히 말해서 라캉은 기호의 의미전달 기능을 일단 무시하고 그 물질성(Materialität)에 주의를 기울인다. 왜냐하면 기표의 순수한 기능은 다른 방식으로는 해명될 수 없기 때문이다.

이렇게 볼 때 라캉의 이론은 처음부터 표현의 문제에 직면한다. 언어에 선행하는 것을 어떻게 언어로 표현할 수 있는가? 라캉은 기표의 기능과 법칙을 수학적인 표현방식, 즉 '알고리즘'의 형식으로 기술함으로써 이러한 표현의 문제를 생생하게 드러낸다. 소쉬르는 기호를 타원으로 시각화하여 타원의 위쪽 부분을 기의로 표기하고 가운데 분할선의 아래쪽을 기표로 표기하였다. 라캉은 이 도식을 '알고리즘'으로 대체하여 기표(signifiant)를 위쪽의 대문자 S로, 기의(signifié)를 아래쪽의 소문자 s로 표시하였다.

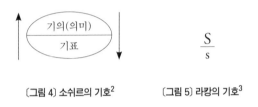

〔그림 4〕 소쉬르의 기호[2]   　　　〔그림 5〕 라캉의 기호[3]

이 그림에서 보듯이 라캉의 도식에는 타원이 없다. 서로 다른 두 개의 도식을 비교해보면 소쉬르와 라캉의 근본적인 차이가 명확히 드러난다. 소쉬르는 기호를 타원으로 묶어 표시함으로써 완결된 단위로 설정한다. 또한 타원을 둘로 나누어 기표와 기의를 표시함으로써 기표와 기의가 균형을 유지하고 있음을 추정할 수 있게 한다. 그렇지만 중간에 분할선을 넣음으로써 기표와 기의의 역할

2 Ferdinand de Saussure, *Grundfragen der allgemeinen Sprachwissenschaft*, Berlin: Walter de Gruyter 1967, S. 136.

3 Jacques Lacan, "Das Drängen des Buchstabens im Unbewußten oder die Vernunft seit Freud," S. 21.

이 나누어져 있음을 시사한다. 이와 달리 라캉은 기호의 완결된 형식도, 기표와 기의의 균형도 의문시한다. 대문자 S로써 기표의 기능을 부각하며, 기표와 기의의 관계를 나타내는 소쉬르의 도식을 뒤집어놓아서 라캉의 이론에서는 이미 기표가 도식적으로 압도적 우위를 점한다. 소쉬르가 기호를 도식으로 재현하고 있다면, 라캉은 '알고리즘'으로써 기호의 기능을 공식으로 나타낸다. 소쉬르의 도식이 기호를 그림으로 보여주고 있다면, 라캉의 알고리즘은 기호를 산출한다. 그런 점에서 라캉의 알고리즘은 소쉬르의 도식보다 어느정도 상위에 있다고 할 수 있다. 라캉의 알고리즘은 소쉬르의 언어모형을 이론적 탐구대상으로 끌어들이는 메타언어라고 할 수 있다.

라캉의 알고리즘은 기표와 기의의 관계를 나타내는 공식이다. 이 알고리즘은 "'기의 분의 기표'라고 읽을 수 있으며, 여기서 '분(分)'은 기의와 기표를 나누는 가름대에 해당된다."(같은 글 21면) 기표와 기의를 나누는 선은 '의미에 저항하는 장애물'이다. 여기서도 소쉬르와의 차이가 드러난다. 소쉬르의 모형에서 기표와 기의를 나누는 선은 기표와 기의의 자의적 관계를 나타낸다. 그럼에도 소쉬르는 의미생성을 강조하며, 원칙적으로 의미가 있는 의사소통을 전제한다. 반면에 라캉의 알고리즘에서 기표와 기의를 나누는 가름대는 의미생성을 방해하는 차단대(barre), 즉 장애물이다. 언어학에 대한 라캉의 기본목표는 언어학의 문제점을 파헤치는 것이다. 기표와 기의를 나누는 선이 의미생성을 방해하는 장애물이라면 궁극적으로 이 알고리즘은 소쉬르의 기호가 결코 구현될 수 없다는 점을 보여준다. 라캉의 이론은 소쉬르 언어학의 기반에 대한 탐구인 동시에 소쉬르 언어학의 기반을 허문다. 이 문제를 다른 사례를 통해 구체적으로 살펴보기로 하자. 소쉬르의 『일반언어학 강의』에는 나무 그림이 나오는데, 이 그림은 '나무'(arbre)라는 단어와 대비됨으로써 기호와 사물 사이의 간극을 나타낸다. 라캉은 이 그림을 차용한 다음에 또다른 그림을 추가하여 소쉬르의 그림을 보완할 뿐만 아니라 그 한계도 드러낸다. 아래의 그림에서 보듯이 동일한 화장실 문의 그림 위에 각각 '남자'(hommes)와 '여자'(dames)라는 상이한 기표가 올 수 있는 것이다.[4]

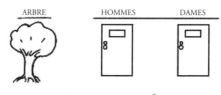

〔그림 6/7〕기표와 기의[5]

---

4 〔역주〕라캉은 이 사례가 중요한 이유에 대해 "기표는 비물질적이거나 추상적인 형태가 아닌 매우 구체적이며 실제적인 방식으로 기의에 침투"하기 때문이라고 말한다.(자크 라캉 「무의식에 있어 문자가 갖는 권위 또는 프로이트 이후의 이성」, 『욕망 이론』, 권택영 엮음, 문예출판사 2003, 58면 참조)

5 Jacques Lacan, "Das Drängen des Buchstabens im Unbewußten oder die Vernunft seit Freud," S. 24.

이어서 라캉은 '어린 시절의 기억'을 서술한다.

> 기차가 역으로 들어오고 있다. 오누이 사이인 소년과 소녀가 객실 창가 쪽 좌석에 마주 앉아 있다. 이때 남매는 열차가 서는 승강장을 지나며 건물들이 줄지어 있는 것을 바라본다. 그러자 소년이 말한다. "저것 봐, 우리는 여자 역에 도착했어!" 그러자 소녀가 대꾸한다. "멍청하긴, 저 글씨 안 보여? 우리는 남자 역에 온 거야!" (같은 글 24면 이하)[6]

이 일화는 기표가 어떤 효과를 유발하는지 생생히 보여준다. 기표는 아주 상이하고 상반된 표상을 만들어낸다. 이 사례에서 '남자'와 '여자'에 관한 표상은 의미생성을 방해하는 장애물로 인해 생겨난다. 이 일화에서 중요한 요소는 기차가 선로를 따라 이동하고 있다는 사실, 그리고 남매가 마주 앉아 있다는 사실이다. 오로지 이러한 차이로 인해 '남자'와 '여자'의 구별로 이어지는 대립이 생겨난 것이다.

언어 일반의 구조와 마찬가지로 기표 또한 차이를 만들어내는 요소들로 구조화되어 있다. 기표는 의미생성을 위하여 다른 기표

---

6 〔역주〕 소년의 시야에 들어온 것은 '여자' 화장실 표시이고, 소녀의 시야에 들어온 것은 '남자' 화장실 표시이다.

속으로 침투하기도 하고, 다른 기표를 포섭하기도 하며, 상대방에게 서로서로 의존하기도 한다. 궁극적으로 기표는 차이를 만들어내는 요소들로 환원되기도 하고, 동시에 그 요소들이 완결된 질서를 만들어내려는 목적으로 서로 결합하기도 하는 이중운동을 수행한다. (같은 글 26면)

기표는 서로 구별되는 형태로만 존재할 수 있으며, 차이는 곧 의미생성의 조건이 된다. 앞의 예에서 남매의 경우 이 차이는 확실히 남매가 앉아 있는 위치에 의해서 결정되며, 남녀 성의 차이에 의해 결정되지는 않는다. 바로 앞의 인용문에서 라캉은 다시 '완결된 질서'를 언급함으로써 기차선로의 궤도처럼 선형(線形)으로 연결된 문장 전개를 암시한다. 다시 말해 기표들은 서로 구별되면서도 결합될 수 있는 것이다. 앞의 일화는 한편으로 기표들의 수평적 차원, 즉 기표들이 선형으로 결합되는 연결양상을 구체적으로 보여주면서, 다른 한편으로 기표들의 연결단위가 수직적 차원으로도 열려있음을 보여준다. 이로써 기표는 의미맥락을 형성하게 된다.

소쉬르의 언어학에서 수평축과 수직축은 각각 통합체와 계열체로 구별되었다. 통합체는 언어의 구성요소가 시간의 축에 따라 결합되는 양상을 나타낸다. 그리고 계열체는 언어가 수직축에 따라 선택되는 양상을 가리키는데, 이는 모든 기의와 모든 기표가 무의식적으로 연상되는 유사한 구성요소들의 계열체에 속해 있기 때문이다. 그런데 라캉의 논지전개 방식에서 특기할 만한 것은 이 수직적 차원을 문자 그대로 재치있게 그림으로 보여주고 있다는 점이다. 이를 통해 라캉은 소쉬르의 그림에 대한 비판적 해석을 보여준다. 소쉬르의 그림에서 'arbre'는 철자의 순서를 바꾸면 라캉의 알고리즘이 다루는 '가름대'(barre)가 된다. 이로써 소쉬르의 예에서 보이는 언어기호의 의미생성 단위는 라캉의 독법에서는 의미생성을 방해하는 제약이 된다. 소쉬르가 의미로 표상하는 것이 라캉에겐 의미생성을 지속적으로 방해함으로써 의미를 생성하는 역설적 원리가 되는 것이다. 소쉬르는 의미에 대한 자신의 표상에서 언어와 사유를 규정하는 그런 원리를 미처 생각하지 못했다. 바로 그런 이유에서 라캉은 소쉬르의 그림이 밝혀내지 못한 기호의 기능방식을 시각적으로 보여주기 위해 기호의 기능에 대한 생각을 수학적인 표현방식으로 나타낸 것이다. 라캉이 소쉬르의 언어학 모형을 통해 들춰낸 역설(Paradoxie)은 아주 모순된 것처럼 보이긴 하지만, 언어와 사유의 기본원리이다. 이 원리를 명료하게 기술하기 어려운 까닭은 이 원리 자체가 정합적 설명을 방해하기 때문이다.

라캉은 논문에서 이러한 역설적 원리에 따라 방법론을 전개하면서 서술방식의 일관성을 견지한다. 다시 말해 라캉의 알고리즘은 기호가 무엇인지를 보여주는 것이 아니라, 기호가 무엇을 가능하게 하고 무엇을 방해하는가를 보여준다. 또한 라캉은 바로 이러한 언어의 운동양상에 걸맞게 서술방식을 취하고 언어유희를 구사한다. 라캉의 논지전개를 따라가기 어려운 주된 이유는 그가 자신의 글에서 언어의 자립화를 모방하는 방식으로 서술하고, 이미지와 이미지를 연상으로 연결하며, 사고의 유희를 자유롭게 행하기 때문이다. 이러한 글쓰기 전략은 말하는 주체가 알고리즘에 대한 통제력을 상실했을 뿐 아니라 전혀 통제력을 확보하지 못했음을 생생히 보여주고 들려주는 퍼포먼스로 이해할 수 있다. 그렇지만 라캉의 알고리즘이 의미생성을 끊임없이 방해하는 구조를 보여준다고해서 언어가 의미를 상실했음을 뜻하는 것은 아니다. 오히려 그 반대로 알고리즘은 부단히 의미를 생성한다. 다만 주체의 의도나 생각이 재현하려는 의미를 결코 생성하지 않을 뿐이다. 이렇게 정의된 언어는 가능한 모든 것을 말할 수 있지만, 주체가 말하고자 하는 것을 말하지는 않는다. 이런 의미에서 라캉의 관심사는 소쉬르의 언어학을 프로이트의 정신분석으로 새롭게 해석하는 것이다. 다시 말해 라캉은 프로이트가 특히 꿈 분석과 꿈 작업 분석에서 서술한 통제되지 않는 무의식의 구조와 작용방식을 소쉬르의 기호모형에 이식하여 이를 의미생성을 방해하는 기제로 설정한 것이다. 라캉이 '나무'(arbre)를 '가름대'(barre)로 바꾼 것도 소쉬르의 기호모형을 프로이트의 관점에서 새롭게 해석한 것이다. 소쉬르의 'arbre'는 라캉 방식으로 읽으면 프로이트의 위트와 마찬가지로 전혀 예기치 않은 의미를 산출한다.[7] 소쉬르의 'arbre'는 라캉의 관점에서 보면 '나무'로 표기될 수 없는 전혀 엉뚱한 어떤 것, 이를테면 '가름대'를 표현하기 때문이다.

라캉은 논문 2부에서 자신의 알고리즘에 근거하여 꿈 작업에 대한 해석을 한다. 여기서도 라캉은 프로이트 자신이 '무의식에 도달하는 왕도'를 언어학적 방식으로 개척했음을 강조한다.

> 프로이트는 '꿈 작업'을 다루는 서두에서 꿈에 대한 첫번째 정의를 (…) 꿈은 '그림 수수께끼'(Rebus)라고 말하고 있다. 그리고 내가 이 글의 서두에서 말했듯이 프로이트는 이러한 정의를 문자 그대로 받아들여야 한다고 강조한다. (같은 글 35면)

꿈의 '그림 수수께끼'를 문자 그대로 받아들인다는 것이 언어학 개념으로 어떻게 변환될 수 있는가를 프로이트는 당연히 미처 알지 못했다. 프로이트는 기표 개념을 전혀 사용하지 않았던 것이다. 라캉은 꿈 작업에 관한 프로이트 이론을 재해석하면서 이전까지 함께 사유되지 않았던 두개의 담론을 결합한다. 라캉이 말하듯

---

7 〔역주〕 프로이트의 위트 중 낱말의 철자배열을 바꾸거나 철자의 수정을 통해 전혀 엉뚱한 의미가 산출되는 사례로는 'Rousseau'(루소)를 'roux (et) sot'(빨간 머리에다 멍청한)로 바꾸어 읽는 경우와 'Antesemitismus'(과거에 유대교를 믿었던 사람)를 'Antisemitismus'(반유대주의자)로 바꾸어 표기하는 경우 등이 있다.(지그문트 프로이트『농담과 무의식의 관계』, 임인주 옮김, 열린책들 2003, 39면 이하 참조)

프로이트의 꿈 해석은 형식화된 정신분석을 훨씬 앞지르는 것이었다.(같은 글 38면) 라캉은 꿈을 '문자 그대로' 해석함으로써 프로이트의 꿈 작업과 정신분석을 탁월하게 이론적으로 규명했다. "무의식은 근원적인 것 또는 본능적인 것이 아니다. 무의식의 기초가 되는 것은 단지 기표의 요소들이다."(같은 글 48면) 요컨대 무의식은 언어처럼 구조화되어 있는 것이다. 이미 살펴본 대로 프로이트에게 무의식 차원의 잠재적 '꿈의 사고'가 명시적인 꿈의 내용으로 가공되는 두가지 원리는 '압축'과 '전위'이다. 라캉은 프로이트가 말한 '압축'을 은유(Metapher) 기능의 알고리즘으로 해석하고, '전위'를 환유(Metonymie)로 해석한다.

라캉이 소쉬르의 나무 그림에 대해 해석한 것을 다시 예로 들어 말하면, 소쉬르의 '나무'(arbre)는 어느정도 언어 일반의 은유적 특성을 나타내는 비유라고 할 수 있다.[8] 물론 소쉬르 자신은 미처 이러한 원리를 인식하지 못했다. 소쉬르는 언어 표현의 보편적 원리를 가리키는 이 예를 통해 언어의 은유적 기능을 은폐함과 동시에 (프로이트의 관점에서 해석하면) 그것을 인식할 수 있게 해

---

[8] 〔역주〕 이 책의 서론에서 언급한 대로 소쉬르가 말하는 언어기호는 실재하는 사물을 가리키는 것이 아니다. 기표와 기의의 결합에 의해 의미가 생성되며, 기표를 기의와 결합하게 하는 관계는 '자의적'이다. 예컨대 'arbre'라는 개념은 a-r-b-r-e라는 일련의 소리(청각영상)와 필연적 관련성이 없으며, 독일어 'Baum'이나 영어 'tree'로 대체할 수 있다. 따라서 'arbre'는 '나무'라는 뜻을 나타내는 하나의 은유인 셈이며, 이는 모든 언어기호에 해당하는 보편적 특성이다.

주는 비유를 발견한다.[9] 라캉이 소쉬르의 '나무'(arbre)를 '가름대' (barre)로 대체함으로써 비로소 환유가 언어의 결정적 표현법이자 기능이라는 점이 분명히 드러난다.[10] 라캉의 '가름대'는 소쉬르가 의미생성을 생생히 보여주기 위해 비유로 사용한 '나무'의 은유를 대체한 환유인 셈이다. 기표는 그 구성단위의 결합관계, 다시 말해 다른 기표와의 차이와 인접관계를 통해 비로소 의미생성의 기반 이 된다. 따라서 은유는 환유를 전제로 성립하는 언어적 기능이다. 왜냐하면 은유에서 기표는 원래의 결합관계에서 떨어져나와 분할 선(가름대) 아래의 기의의 영역으로 밀려나지만, 그렇다고 기표의 역할이 완전히 사라지는 것은 물론 아니기 때문이다.[11] 기표는 의미 를 산출하기도 하고 동시에 방해하기도 하는데, 이는 은유에서 기 표와 기의의 관계가 결코 단일한 의미로 고정되지 않기 때문이다. 은유의 의미는 유동적이다. 왜냐하면 은유의 기표는 고정될 수 없 고, 기표는 한편으로 기의의 기능을 충족하지만 다른 한편으로 여

---

9 〔역주〕 언어의 은유적 기능을 은폐한다는 것은 일상적인 언어사용에서는 기표와 기의의 결합이 마치 '자연스러운 인과관계'인 것처럼 받아들여진다는 뜻이다.

10 〔역주〕 이 책 제2부 1장의 각주 4번 역주에서 언급한 대로 언어기호가 수평축 (Syntagma)을 따라 결합되는 원리에서 환유가 생겨나는데, a-r-b-r-e와 b-a-r- r-e는 수평축을 따라 결합되는 방식의 차이를 보여준다.

11 〔역주〕 'arbre'가 'barre'로 바뀌면서 'barre'라는 기표는 '가름대'라는 기의와 결 합하지만, 'barre'는 다시 '장애물'을 뜻하는 은유가 될 수도 있다. 이것을 일반화 하면 기표와 기의의 결합은 끝없이 유예될 수 있고, 기표와 기의의 일시적 결합 은 의미를 생성함과 동시에 새로운 의미생성을 방해하는 장애물이 될 수도 있다.

전히 의미가 채워지지 않은 기표로 남아 있기 때문이다.[12] 환유는 프로이트가 '전위'(Verschiebung)에 의거하여 설명했던 검열기능을 보여준다.[13] 라캉이 프로이트의 전위 개념에 대한 해석에서 강조하는 바는 환유가 의미생성의 토대가 된다는 것이다. 다시 말해 은유는 전위에 근거해서만 성립되며 검열의 결과로 생겨난다.[14] 그렇게 보면 '나무'(arbre)는 은유의 기능을 보여주기 위한 은유라고 할 수 있다. 왜냐하면 '나무'(arbre)는 모든 의미에 선행함과 동시에 의미를 방해하는 '가름대'(barre), 즉 장애물을 인식할 수 있게 해주기 때문이다.

라캉은 프로이트에 대한 언어학적 해석을 거쳐 논문 부제가 가

---

12 〔역주〕 이것은 프로이트가 말한 '압축'의 정도가 미리 정해져 있지 않기 때문에 그 압축을 풀어가는 꿈 해석이 원칙적으로 종결될 수 없고 무한히 지속될 수 있다는 논리에 상응한다.

13 〔역주〕 프로이트의 예를 들어보면, 식물학에 관한 글을 쓰는 꿈은 게르트너(Gärtner) 교수의 '꽃처럼 아름다운' 부인에 대한 연정을 숨기는 자기검열로 인해 전위가 일어난 것이다. 'Gärtner'는 보통명사로 '정원사' '조경사'라는 뜻이고 '식물성'(botanisch)과 인접관계에 있으므로 ─ 두 낱말을 결합하면 '식물원'(Botanischer Garten)이 연상된다 ─ 환유적 전위라 할 수 있다.

14 〔역주〕 은유가 전위에 근거해서 성립된다는 말은 앞에서 은유가 압축에 근거하고 환유가 전위에 근거한다는 말과 상충하는 것 같지만, 여기서는 은유가 (전위에 근거하는) 환유의 결과로 생성되는 상관성을 말하고 있다. 환유는 꿈의 여러 구성요소들 중에서 심리적 강도가 강한 것을 (검열에 의해) 약화시키고 부차적인 요소를 중요하게 부각하는 전위의 산물인데, 이처럼 꿈의 여러 요소가 중첩되는 중층결정(Überditermination)의 원리는 압축에 해당된다. 따라서 압축과 전위는 별개로 진행되는 것이 아니라 전위에 의해 압축이 생겨나게 되고, 따라서 압축에 근거한 은유가 전위에 근거한 환유를 전제한다고 볼 수 있다.

리키는 '프로이트 이후의 이성'이라는 주제로 넘어간다. 라캉은 논문 3부에서 이 주제를 상세히 다룬다. 라캉은 "나는 생각한다. 고로 나는 존재한다"(cogito ergo sum)라는 데카르트(Descartes)의 명제가 형이상학의 기본원리라고 본다. 그리고 라캉은 프로이트가 발견하고 자신이 알고리즘화한 언어의 기능을 가지고 데카르트의 명제를 해체한다. 라캉에 따르면 주체는 언제나 의미의 작용으로 존재할 뿐이며 결코 의미를 창조하고 확정할 수 없다. 그렇다면 데카르트의 명제는 프로이트가 '2차 가공'이라 일컫는 것에 상응한다. 2차 가공에서 꿈을 해석하는 언어는 프로이트가 꿈 작업에서 설명한 압축과 전위라는 왜곡의 법칙을 따른다. 따라서 프로이트가 말한 2차 가공은 왜곡을 수반하므로 꿈 해석의 시도는 실패할 수밖에 없다. 라캉은 데카르트에 관한 논평에서 니체와 하이데거가 수행한 형이상학 비판을 계승하는데, 자신의 논문 서두에서 개진한 이론을 비판의 근거로 삼는다. 다시 말해 꿈 해석의 방법론으로 형이상학의 역사를 비판하는 것이다. 또한 라캉은 논문 3부의 마지막에 언급한 하이데거에 기대어 형이상학을 비판한다고 볼 수도 있다. 하이데거는 언어에 대한 탐구로 방향전환을 하면서 형이상학 비판을 수행했다. 라캉은 그러한 방향전환을 이론화하여 하이데거의 형이상학 비판을 계승하고 확장한다. 다시 말해 라캉은 소쉬르의 '언어학적 전회', 프로이트의 사유혁명, 하이데거의 방향전환이 가능했던 조건을 이론적으로 규명함으로써 그들이 수행한 작업을 발전적으로 계승한다.

　라캉의 저작은 흔히 구조주의적 정신분석으로 간주되거나 포스트구조주의로 분류된다. 하지만 이러한 분류는 그의 경우에만 어려움을 야기하는 것은 아니다. 구조주의의 양대 전통은 1926년 로만 야콥슨과 니콜라이 트루베츠코이(Nikolai Trubetzkoi)를 중심으로 결성된 프라하 언어학파, 그리고 1945년 이후 주류를 형성한 프랑스 구조주의로 대별된다. 양쪽 모두 소쉬르의 언어학에 기초해 그의 기호모형과 랑그 개념을 가지고 텍스트에 관한 체계적인 이론을 발전시키고자 했다. 반면에 포스트구조주의는 문자 그대로 구조주의에 기반을 두면서도 언어학 중심의 구조주의와는 결별한다. 여기서 '포스트'라는 접두어를 무조건 시간적으로 '이후'라는 의미로 받아들여선 곤란하다. 구조주의 전성기에 이미 포스트구조주의가 발전하고 있었기 때문이다. 1966년에 미셸 푸코의 『말과 사물』(Les mots et les choses), 라캉의 저작, 질 들뢰즈(Gilles Deleuze)의 구조주의 입문서가 나왔고, 바로 이듬해에 자크 데리다의 『그라마톨로지』(De la grammatologie)가 나왔다. 이들의 저작은 소쉬르의 언어학 이론을 더이상 모범으로만 간주하지 않고 비판적 논제로 삼기 때문에 포스트구조주의 이론이라고 할 수 있다. 포스트구조주의자들은 구조주의의 독자(讀者)들로서, 여기서 '포스트'라는 접두어는 그런 의미에서 라캉의 소쉬르 재해석에서 보듯이 구조주의의 전제조건에 대한 비판적 성찰을 가리킨다. 라캉은 무의식을 탐구할 때 소쉬르를 끌어들임과 동시에 소쉬르의 비판적 독자가 된다. 다시 말해 라캉은 꿈 작업에 대한 언어학적 해석을 통해 소쉬르 이론의 전제조건을 규명한 것이다.

3. 롤랑 바르트의 구조주의와 포스트구조주의

　구조주의를 비판적으로 계승하는 포스트구조주의자들은 문법 중심의 해석을 추구하는 구조주의의 경직된 체계를 수정하면서 역동적인 탈바꿈을 시도한다. 그렇지만 구조주의의 독자인 포스트구조주의자들 역시 소쉬르가 정립한 용어와 사고방식을 차용한다. 해석학의 다양한 경향들이 그러하듯 구조주의에서 포스트구조주의로 이어지는 이론의 역사 또한 일정한 사고유형과 비유와 논증방식을 반복적으로 변주해 보여준다.

　롤랑 바르트(Roland Barthes, 1915~1980)의 저작은 구조주의에서 포스트구조주의로 이어지는 발전과정을 잘 보여준다. 그는 구조주의자인 동시에 포스트구조주의자이기 때문이다. 대개 그의 지적 이력은 하나의 전환점을 그리는 것으로 기술되는데, 초기 저작은 후기 저작과 구별되며, 특히 후기 저작은 하나의 개념으로 설명하기가 어렵다.[1] 바르트는 자기 자신의 비판적 독자로서 줄곧 자신의 구상을 수정해가는 입장을 취했기 때문에 그의 저작을 일목요연하게 설명하기란 쉽지 않다. 그의 초기 저서를 보면 그의 이론전개 방식을 엿볼 수 있다. 예컨대『일상의 신화』(*Mythen des Alltags*: 프랑스어 원서 *Mythologies*, 1957)는 프랑스의 일상문화에 대한 짧은 에세이식 논평을 모아놓은 것으로, 그 책의 2부에는 1부에 수록된 에세이들에 대한 성찰과 이론적 논의가 일상문화 해석의 모델로 제시되어 있는데, 바르트는 특히 자신의 해석모델을 프로이트의 꿈 해석과 비교한다.

바르트에 따르면 신화라는 것은 "어떤 대상이나 개념 또는 이념"이 아니라 "의사소통체계이자 메시지"이며, "의미생성의 방식과 형식"이다.[2] 따라서 신화를 해석하려면 보편적인 기호이론, 즉 '기호학'이 학문으로 정립되어야 한다. 바르트는 신화와 관련해 이념사적으로 '내용'을 파악하려고 하지 않고 오로지 형식적 관점에서 탐구한다. 바르트의 신화이론도 기표 해석에 주안점을 둔다. 물론 바르트의 기호이론은 언어학적 언어기호 모형에 국한되지 않는다는 차이가 있다. 바르트에 따르면 신화는 텍스트에 의해서만 생

---

1 Doris Kolesch, *Roland Barthes*, Frankfurt a. M.: Campus 1997.
2 Roland Barthes, *Mythen des Alltags*, Frankfurt a. M.: Suhrkamp 1996, S. 85.

산되는 것은 아니다.

글로 서술된 담론, 스포츠, 사진, 영화, 르포, 연극, 광고 등 이 모든 것이 신화적 진술의 전달매체가 될 수 있다. 신화는 자신의 대상이나 소재를 통해 규정되지는 않는다. 왜냐하면 그 어떤 소재든 자의적으로 의미가 부여될 수 있기 때문이다. (같은 책 86면 이하)

따라서 기호학은 언어학보다 상위의 방법체계가 된다. 비언어적 요소들까지도 기호의 소재에 포함되기 때문이다. 그렇긴 하지만 기호학의 방법은 원칙적으로 언어학적 모형에서 출발한다. 소쉬르가 이미 그의 『일반언어학 강의』에서 전도유망한 기획으로 제시한 일반기호학은 바르트의 신화이론에서 더욱 구체화된다.

바르트는 '신화'의 진술체계에 대한 서술에서 소쉬르와 동일한 개념, 즉 기표·기의·의미 개념을 사용한다. 세 개념의 구조와 상관관계는 소쉬르의 언어모형과 일치한다. 여기서 의미는 우리가 기호로 파악하는 것, 그리고 그 구조를 기표와 기의의 상관관계로 분석할 수 있는 것을 가리킨다.(같은 책 90면) 소쉬르의 언어학과 마찬가지로 바르트의 이론은 일단 신화의 통시적(通時的) 역사를 논외로 하고 신화적 진술체계를 공시적(共時的) 관점에서 체계적으로 규명하고자 한다. 그런데 바르트에 따르면 신화는 소쉬르가 말한 '랑그'와 달리 복합적인 기호와 '2차적인 기호체계'에 의해 성립된다. 왜냐하면 신화에서 기표는 그 자체가 이미 하나의 기호로서 의미를 생성하기 때문이다. 신화는 2차 언어 또는 메타언어라고 할 수 있다. 다시 말해 신화는 신화적 진술을 위해 단순 기표를 사용하는 것이 아니라, 이미 의미로 채워져 있는 기호를 사용한다.(같은 책 93면) 이러한 '전위', 즉 의미변환의 결과로 기표는 중의성을 띠게 된다. 왜냐하면 기표는 의미인 동시에 형식이며 "한편으로 의미로 채워져 있고, 다른 한편으로는 비어 있는 상태"(같은 책 96면)이기 때문이다. 신화의 기표는 그 자체가 이미 기호이지만 그 본래적 의미는 감추어져 있다. 왜냐하면 신화적 진술체계에서 기호는 새로운 의미생성의 바탕이 되기 때문이다. 신화에서 사용되는 기호는 신화가 함축하는 **내포적 의미**(Konnotation)를 더 효과적으로 표현하기 위해 **외연적 의미**(Denotation)를 은폐한다. 바르트가 말하는 신화는 은유를 기표가 기의의 영역으로 전위한 것이라고 한 라캉의 설명에 견줄 만하다. 기표는 기의의 자리를 차지하지만 기표의 기능을 계속 유지하며, 그래서 바르트의 기호모형은 라캉의 그것과 같아진다.

바르트의 기호모형이 말하려는 핵심은 아주 간단하다. 신화가 기호를 통해 새로운 의미를 생성하는 2차적 진술체계라면 모든 기호는 신화가 될 수 있다는 것이다. 그리고 신화는 신화적 진술이 이렇게 구축된다는 것을 은폐할 줄 알기 때문에 신화에 대한 기호학적 비판은 그만큼 더 절박한 과제가 된다. 신화가 활성화하는 내

〔그림 8〕 신화의 진술체계[3]

포적 의미는 마치 그 배후의 의도를 따질 필요도 없는 단순한 의미처럼 아주 자연스럽게 다가온다. 바르트가 제시하고 있는 예를 살펴보자.

나는 이발소에 앉아 있고, 이발사가 나에게 『파리 마치』(*Paris-Match*) 잡지 한권을 건네준다. 책표지에는 프랑스 군복을 입은 흑인 청년이 주름 잡힌 삼색기를 우러러보며 거수경례를 하는 사진이 실려 있다. 바로 이것이 이 이미지의 의미이다. 나는 순진하든 아니든 간에 이 이미지가 무엇을 의미하는지 잘 안다. 즉 프랑스는 위대한 제국이라는 것, 모든 프랑스의 아들은 피부색의 차이와 상관없이 프랑스 국기 아래 충심으로 봉사한다는 것, 그리고 식민주의에 반대하는 사람들을 논파하는 데에는 이른바 압제자들에게 충성하는 이 흑인 청년의 열성이 곧 최고의 본보기라는 것

---

3 같은 책 93면.

이다. (같은 책 95면)[4]

　신화의 의미는 특정한 기능과 경향을 지닌다. 신화는 그 '흑인'을 그의 '진짜' 역사로부터 빼앗아 하나의 제스처로 변형시킨다. 꿈의 압축에서 각각의 명시적 이미지가 다양한 의미를 가질 수 있듯이 신화에서도 그러하다. 다시 말해 신화의 이미지에 일정한 경향성을 부여하는 제스처는 대체될 수도 있고 다른 형태로 반복될 수도 있는 것이다. "나는 프랑스 제국주의를 뜻하는 이미지를 수천 가지 발견할 수 있다."(같은 책 100면) 꿈의 잠재적 의미와 마찬가지로 신화의 개념은 다양한 방식으로 표현될 수 있다. 아침에 기억할 수 있는 꿈의 이미지가 실제 꿈보다 축소되어 명시적 텍스트로 나타나 꿈 이미지의 의미를 해명하려면 분석이 필요하듯, 신화적 이야기도 그러하다.(같은 책 103면)

　바르트는 정신분석에 대해 비록 소략하게 언급하긴 하지만 정신분석은 그의 신화이론을 설명하는 데 풍부한 실마리를 제공한다. 신화는 집단적인 꿈처럼 읽힐 수 있을 뿐만 아니라, 신화를 해독하

---

4 〔역주〕 〔그림 8〕의 도식에 대입하면, 흑인 청년이 프랑스 국기에 거수경례를 하는 이미지가 1차 기호로서 신화의 기표가 되어 프랑스의 식민주의 내지 제국주의를 옹호하는 2차 기호(즉 신화적 기호)를 만들어낸다. 바르트는 1차 기호의 의미(sens)와 구별하여 2차 기호의 의미생성을 의미작용(signification)이라고 부른다.(롤랑 바르트 『현대의 신화』, 이화여대 기호학연구소 옮김, 동문선 1997, 275면 참조)

여 그 기만성을 드러낼 수 있으려면 일정한 형태의 해석방법이 필요하다. 바르트의 신화이론은 궁극적으로 신화를 기호학적 형식으로 분석하여 편파적인 신화의 의도를 꿰뚫어볼 수 있는 방법을 개발하는 것을 목표로 한다. 바르트는 신화가 수용되는 방식을 세가지 유형으로 설명한다. 첫째, 신화의 중의성을 간과하고, 신화의 형태를 무비판적으로 상징으로 인지하며, 신화가 정교한 구성물이라는 점을 알아차리지 못한다. 이는 마치 프로이트 이전의 고루한 꿈 이론들이 꿈을 특정한 의미를 나타내는 상징으로 풀이했던 것과 유사하다. 둘째, 꿈 작업에 관한 프로이트의 이론처럼 신화를 기호학적 체계로 파악한다. 이런 관점에서 접근하면 신화의 중의성을 간과하여 신화의 '기만'을 들춰내고 그 의미를 해체할 수 있게 된다. "이는 신화학자의 해석방식이다. 신화학자는 신화를 해독해서 신화가 변형된 구성물임을 파악한다."(같은 책 111면) 마지막으로 셋째, 바르트는 신화에 의식적으로 몰입하는 수용방식을 언급한다. 이 경우 신화는 기호학적 구조나 상징으로 인식되지 않고 '진짜 이야기'로 받아들여진다.

> 마치 이미지가 **자연스럽게** 개념을 만들어내는 것처럼, 마치 기표가 기의를 **정립하는** 것처럼, 모든 것이 작동한다. 프랑스 제국주의 정신이 아주 자연스럽게 받아들여지는 바로 그 순간부터 신화는 현존한다. 신화는 **과도하게** 정당화된 파롤이다. (같은 책 113면)

신화의 의도는 독자에게 숨겨져 있지 않으며, 오히려 반대로 독자는 신화의 의도에 너무나 강한 확신을 갖고 있어서 신화를 당연한 사실로 받아들인다.(이러한 수용방식은 프로이트 이론의 '2차 가공'에 상응하는데, 꿈 텍스트는 그것에 대한 해석과 구조적으로 구별되지 않는다.)

바르트는 아주 명백하게 자신의 프로젝트를 기호학적 신화 비판과 연결시킨다. 하지만 독자가 신화에 몰입하는 태도 역시 바르트의 논의에서는 중요한 역할을 하며,『일상의 신화』1부에서는 그 자신이 신화적 텍스트의 독자로 등장한다. 이 책에서 바르트는 독서의 기능과 역사에 관해 단지 개괄적으로만 서술하며, 기호학 외에 문학 역시 신화에 저항하는 형식을 만들어냈다는 사실을 그저 지나가는 말처럼 언급한다. 바르트에 따르면 19세기의 문학만 해도 여전히 자의적으로 신화적 진술체계를 사용하였고(같은 책 119면), 따라서 독자들로 하여금 문학작품에서 '진짜 이야기'를 발견하고자 하는 욕구를 불러일으켰다. 하지만 스테판 말라르메(Stéphane Malarmé)와 더불어 글쓰기 방식은 변화한다. 기호학과 마찬가지로 문학 역시 이때부터 기호의 기능방식을 드러내는 데 관심을 갖기 시작한다.

바르트는 이러한 생각을 1953년에 출간한『글쓰기의 영도(零度)』(Le degré zéro de l'écriture)에서 이미 상세히 개진한 바 있는데,

이 책은 단순한 도식을 따르고 있다. 이 책의 제목을 문자 그대로 해석하면 '영도'란 두개의 축, 즉 수평축과 수직축이 교차하는 지점이다. 바르트는 수직축을 작가의 개성적 표현방식을 뜻하는 '문체'라고 표현한다. 반면에 수평축은 작가라면 누구나 따라야 하는 '언어'의 질서를 가리킨다. 그리고 이 두개의 축을 결합하는 문학의 전략과 방법을 '글쓰기 방식'이라 일컫는다. 바르트의 테제는 문학사에서 시대마다 주도적인 글쓰기 방식이 형성된다는 것이다. 글쓰기 방식 역시 2차원적 도식으로 단순화해 설명할 수 있다. 예컨대 18세기의 주도적인 글쓰기 방식은 수평축을 기준으로 삼으며, 19세기는 수직축이 득세하는 시대이다. 그런 과정을 거쳐 20세기 문학은 두개의 축이 교차하는 영도를 지향한다는 것이다.

이러한 도식적 단순화가 일견 당혹스러워 보이지만, 소쉬르의 기호모형이라는 배경을 이해하면 수평축을 지향하는 글쓰기 방식과 수직축을 지향하는 글쓰기 방식이 정확히 무엇을 뜻하는지 쉽게 파악할 수 있다. 소쉬르는 의미나 발음이 유사한 단어들의 집합을 가리키는 '계열체'를 수직축으로 설명한다. 수직축은 의미를 설명하는 근간이 되며, 기표와 기의의 결합을 수직의 화살표로 표현한다. 반면에 기호와 기호 사이의 차이는 수평축으로 설명하며, 특정한 의미가 형성되기 위한 전제조건이 된다. 소쉬르는 이것을 '통합체적' 상관성이라고 일컫는다. 은유는 수직축에 의거한 결합이며, 환유는 수평축에 의거한 결합이다. 프로이트 역시 압축과 전위에 대한 설명에서 이 두개의 축을 준거로 삼는 것처럼 보인다. 이에 착안하여 로만 야콥슨은 —— 그리고 나중에는 라캉 역시 —— 압축을 은유와 연결하고 전위를 환유와 연결하여 설명한다. 글쓰기 방식의 역사에 관한 바르트의 테제 역시 이와 동일한 구분에 따른다. 그러니까 18세기 문학은 언어의 수평적 결합을 추구하는 환유에 기우는 경향이 강한 반면에 리얼리즘과 심리묘사를 추구한 소설의 시대인 19세기에는 은유적 표현이 득세한다. 그리고 20세기 문학은 마침내 그 두가지 글쓰기 방식을 거부하기 시작하면서 점차 '영도'에 근접한다. 다시 말해 환유와 은유 그 어느 쪽도 아니면서 언어의 외연적 의미를 기호 형태로 파악하는 글쓰기 방식에 근접하는 것이다.

바르트의 글쓰기 방식 도식화는 일찍이 소쉬르가 기호모형으로 제시했던 수평적 차원과 수직적 차원의 축을 따라서 2차원적인 좌표로 전개된다. 이러한 2차원적 좌표는 글쓰기 방식을 추상적 도식으로 나타낸 것이다. 바꾸어 말하면 바르트는 소쉬르가 제시한 기호모형을 공간으로 나타낸 것이다. 구조주의의 폭넓은 역사 역시 이러한 서술전략과 공간적 모형의 역사로 재구성해볼 수 있는데, 특히 바르트는 글쓰기 방식을 그 자체로는 시대에 뒤처진 것일 수도 있는 도식에 의거하여 설명하고 있다. 20세기의 문학에 대한 바르트의 테제는 20세기의 문학이 과거의 글쓰기 방식에서 탈피하여 '영도'에 근접하면서 '중립적'으로 되며, 이로써 이데올로기적 성

향에서 벗어나려고 한다는 것이다. 바르트의 유토피아에 비춰보면 이러한 형태의 글쓰기 방식은 보다 인간적인 사회를 선취하려는 시도로 이해될 수도 있다. 하지만 여기서 유토피아는 문자 그대로의 의미에서 '부재하는 장소'를 가리킨다. 다시 말해 바르트의 유토피아는 그의 도식 안에서는 더이상 사유될 수 없는 문학형식을 개진하는 것이다. '영도의 문학'은 문학의 역사에서 형성된 글쓰기 방식의 논리와는 결별하는 것이다.

이렇게 말하면 바르트의 이론은 신화와 문학이 어떤 공통점을 지니고 있는가 하는 문제에서 벗어나 있는 것처럼 보이지만, 바르트의 신화 비판이 방법론적으로 어떤 도전적 의미를 가지고 있는가는 짚어볼 수 있다. 신화의 구조는 문학의 구조와 유사하며, 다른 모든 2차적 진술체계와도 유사하다. 따라서 신화의 기호학적 모형에 대한 비판은 언제나 비판적 언술의 한계를 드러낸다. 왜냐하면 비평가는 비판적 거리를 두려는 신화와 동일한 언술방식에 말려들 가능성을 배제할 수 없기 때문이다. 이런 생각을 차근차근 짚어보기 위해 다시『일상의 신화』에서 신화의 역사와 문학의 역사를 결합하여 다룬 부분을 상세히 인용해보자.

나는 이 문제를『글쓰기의 영도』에서 다루었는데, 이 책은 요컨대 문학적 표현방식의 신화론이라 할 수 있다. 이 책에서 나는 글쓰기 방식을 문학적 신화의 기표로 정의했다. 다시 말해 글쓰기 방식을 이미 의미가 채워져 있는 형식으로, 그리고 문학이라는 개념을 통해 새로운 의미를 획득하는 형식으로 정의했다. 나는 19세기 중반에 역사가 작가들의 의식을 변화시킴으로써 문학언어의 도덕적 위기를 유발했다고 서술했다.[5] 글쓰기 방식은 기표라는 것이 드러났고, 문학은 의미작용이라는 것이 드러났다. 작가들은 전통적인 문학언어의 거짓된 자연스러움을 배격하고 맹렬하게 반자연적인 언어를 추구했다. 이러한 글쓰기 방식의 전복은 몇몇 작가들이 신화적 체계인 문학을 부정하려고 한 급진적 행위였다. 이 모든 반항은 의미작용으로서의 문학을 근절하려는 것이었다. 이 모든 반항은 문학 담론을 기호학적 체계로 환원시킬 것을 요구했고, 심지어 시의 경우에는 기호학 이전의 체계로 환원시킬 것을 요구했다. (같은 책 120면)

바르트에게 신화의 역사는 문학의 역사이기도 하다. 왜냐하면 두가지 언술형식은 동일한 기호학적 구조에 바탕을 두고 있기 때문이다. 글쓰기 방식은 다른 기호들과 관계를 맺는 기호의 실행이다. 문학은 무엇보다 언어를 다루는 2차 텍스트이지만, 신화와 마

---

5 〔역주〕 롤랑 바르트는 19세기 중반 무렵 고전주의와 낭만주의 시대가 끝나고 이전까지 진보적 가치를 추구해온 시민계급이 정당성의 한계와 위기에 봉착하면서 글쓰기의 위기의식도 첨예해졌다고 본다.(롤랑 바르트 『글쓰기의 영도』, 김웅권 옮김, 동문선 2007, 8면 이하 및 56면 이하 참조)

찬가지로 언어를 다루고 있다는 사실을 은폐할 줄 안다. 따라서 문학 역시 신화에서 '진짜 이야기'를 읽으려 하거나 텍스트가 기호의 실행이라는 점을 모르는 독자를 만들어낸다. 바르트는 플로베르(Flaubert)의 『부바르와 페퀴셰』(*Bouvard et Pécuchet*, 1881)가 최초로 문학의 신화적 구조를 거부하기 시작한 사례로 간주한다. 이 소설은 인위적 신화를 만들어냄으로써 신화가 의미가 충만한 기호체계로 기능할 수 있는 가능성을 제거하려고 했다. 이 경우에도 표현형식과 그 한계는 문제가 된다. 문학이 도대체 어떤 의미를 갖는가를 이해하기 위해서 실제로 토대가 되는 언어형식을 문학은 어떻게 탈피할 수 있는가?

언제나 신화는 결국 신화에 대한 저항을 의미할 수도 있다. 신화에 대항하는 최고의 무기는 실제로 신화 자체를 신화화하는 것, 다시 말해 인위적 신화를 만들어내는 것이다. 이렇게 만들어낸 신화는 곧 진정한 신화학이 될 것이다. 신화가 언어를 도용하는데 신화를 도용하지 못할 까닭이 있는가? 이를 위해서는 신화 자체를 세번째 기호학적 연쇄의 출발점으로 설정하고 신화의 의미를 두번째 신화의 제1항으로 설정하는 것으로 족할 것이다. (같은 책 121면)

플로베르가 신화에 대항한 무기는 텍스트 자체가 신화임을 드러내는 한편 독자에게 더이상 자연스러운 형식으로 보일 수 없는 혼성 신화나 과장법 등이었다. 20세기의 문학은 더욱 급진적이다. 20세기의 문학은 '진짜 이야기'에 대한 추구를 방해한다. 왜냐하면 아예 이야기 자체를 제시하지 않고, 우리가 흔히 문학적 특성이라고 이해하는 은유 자체를 허용하지 않기 때문이다. 영도를 지향하는 글쓰기 방식은 2차 질서의 기호를 만들어내기를 거부한다. 예컨대 19세기의 소설과 달리 말라르메의 시는 시와는 다른 기호들에 대해 말하고 있음을 명시적으로 드러낸다. 말라르메의 시에서 문학은 기호학적으로 되고, 독자는 기호학자의 입장에 서게 된다. 따라서 바르트의 『일상의 신화』에서 문학은 신화 비판의 대상일 뿐 아니라 동시에 이러한 비판을 가능하게 하는 모델이기도 하다. 바르트의 기호학은 한편으로는 소쉬르의 구조주의 언어학에서, 다른 한편으로는 기호학적 변천을 거친 문학의 역사에서 비판적 잠재력을 끌어온다. 이로써 바르트가 신화에 관한 이 저서를 두 부분으로 나누어 1부에 에세이적 논평을, 2부에 이론적 성찰을 배치한 것이 적절한 구성이라는 점이 비로소 이해된다.

바르트는 기호학적 비평과 글쓰기 방식으로서의 문학이라는 상이한 두 영역에 초점을 맞춘다. 구조주의에 관한 글에서 그는 특히 소쉬르의 기호학과 언어학에 기반을 둔 방법론을 발전시킨다.

구조주의란 무엇인가? 구조주의는 학파가 아니고 (적어도 현재까지는) 운동은 더더욱 아니다. 왜냐하면 일반적으로 구조주의 와 관련있는 저자들의 대다수는 학문적 원칙을 공유하거나 구조 주의를 위해 함께 분투하고 있다는 유대감을 전혀 느끼지 않기 때문이다.[6]

바르트는 「구조주의 활동」(L'activité structuraliste, 1966)이라는 짧은 에세이에서 이론적 성찰이나 문학창작에서 "어떤 대상을 재구성하여 그 대상이 어떤 규칙에 따라 기능하는가(즉 대상의 '기능'이 무엇인가)를 드러내는" 목표를 추구하는 일련의 지적 활동을 구조주의라고 일컫는다.

구조라는 것은 실제로 대상의 '시뮬라크룸'(simulacrum)일 뿐이다. 그러나 특정한 목표가 있고 흥미를 불러일으키는 시뮬라크룸이다. 모사된 대상은 자연적 대상에서는 가시적으로 드러나지 않고 심지어 이해될 수도 없는 어떤 것을 분명히 드러내기 때문이다. (같은 글 191면)

바르트에 따르면 구조주의 활동에서 결정적인 중요성을 갖는 것은 대상을 분석하고 종합하는 과정에서 '뭔가 새로운 것'이 만들어

---

6 Roland Barthes, "Die strukturalistische Tätigkeit," in: Hans Magnus Enzensberger (Hg.), *Kursbuch 5*, Frankfurt a. M.: Suhrkamp 1966, S. 191.

진다는 사실이다.

　이 새로운 것은 보편적으로 인식 가능한 것, 대상에 부가된 지적 요소, 즉 시뮬라크룸이다. 이 부가물은 곧 인간 자신이기 때문에 인간학적 가치를 지닌다. 이 부가물은 인간의 역사, 인간이 처한 상황, 인간의 자유, 그리고 자연이 인간 정신에 가해오는 저항이다. (같은 글 191면 이하)

해석학적 감정이입과 달리 구조주의자는 텍스트의 이면이나 행간이 아닌 구조에서 정신적인 것을 탐색한다. 나아가 구조주의 활동은 구체적인 방법적 지침을 따른다는 점에서 해석학적 해석과는 다르다. 대상에 대한 분석은 일차적으로 상이한 요소들 사이의 유사성을 찾아내 개별적 파편들을 일정한 패러다임에 따라 분류하는 것을 목표로 한다. 이런 과정을 거쳐 일정한 집합이 형성되면 이 단위들을 다시 배열하고 새로 결합하는 과정으로 나아간다. 유사한 요소들이 규칙적으로 반복해 나타나면 작품이 어떻게 구성되어 있는지가 드러난다. 구조주의자는 어떤 기능을 통해 의미가 생성되는지를 묻는다. "구조를 탐구하는 새로운 인간형은 **기호로 사유하는 인간**(homo significans)이라고 일컬을 수 있을 것이다."(같은 글 195면)

　바르트에 따르면 특정한 '입장'과 특수한 용어사용으로 구조주의자를 식별할 수 있다. 구조주의자는 기의와 기표, 통시성(Diachronie) 과 공시성(Synchronie) 등의 용어를 사용하거나, 소쉬르가 말한 기표와 기의의 구별 등과 같은 용어를 사용한다. 그런데 이미 언급한 대로 바르트의 논지전개 방식은 그가 사용하는 용어뿐 아니라 텍스트를 해석하는 방향과 기준에서도 드러난다. 다시 말해 구조주의는 (그리고 바르트 이후 포스트구조주의는) 흔히 탐구대상을 두 개의 축, 즉 수평축과 수직축으로 설명한다. 이는 『글쓰기의 영도』에서 가장 분명히 드러나는데, 이 책에서 바르트는 2차원의 좌표로 논지를 전개한다. 바르트는 『일상의 신화』에서도 수직축의 은유를 사용하여 신화의 모델을 2차적 진술체계로 설명한다.

바르트는 구조주의 이론의 기본구조를 보여주는 문헌으로 꼽히는 「이야기 구조분석 입문」(Introduction à l'analyse structurale des récits, 1966)에서도 같은 방식으로 논지를 전개한다. 이 글에서 바르트는 다양한 수평축을 가지고 이야기 모델을 개관한다. 구조분석의 과제는 한편으로는 이야기의 개별 요소들을 수평적 단위로 구별하고, 다른 한편으로는 이야기의 수평적 차원이 수직축에 의해 보완되는 양상을 밝혀내는 것이다. 이러한 이야기 구조분석 역시 소쉬르의 기호모형에 근거한다. 이는 일견 매우 도식적이고 정태적인 텍스트 이미지를 만들어내는 것처럼 보인다. 그렇지만 수평축 수직축 모델로 이야기의 구조를 분석하는 것은 실제로 단지 이야기의 구조를 선명히 보여주기 위한 방편만은 아니다. 왜냐하면 바로 이런 접근방식에서 구조주의의 '입장'이 무엇인지 드러나기 때문이다. 구조주의자의 문학 분석은 부분과 전체 사이를 오가는 해석학적 순환을 따르지 않고 실험과학의 본보기를 지향한다. 예컨대 소쉬르의 언어학은 이전의 언어학과 달리 다양한 언어와 언어의 역사를 다루지 않는다. 소쉬르의 언어학이 언어과학으로 성립하게 된 근거는 연역적으로 논리를 전개하고 언어의 보편적 구조를 가설적으로 보여주는 모형을 고안해냈기 때문이다. 따라서 보편적 구조는 수많은 개별 사례에 대한 관찰에서 규칙을 이끌어내는 귀납적 방법의 결과가 아니다. 구조주의적 입장은 특정한 용어사용으로 식별할 수 있을 뿐 아니라 특히 규칙적인 현상을 설명할 때 따르는 규칙으로 식별이 가능하다. 다시 말해 구조주의 이론은 구체적인 방법론에 근거하며, 대부분의 해석학과 달리 구체적인 분석방법을 제시한다. 그런 까닭에 수많은 이야기 분석 입문서들은 구조주의를 근간으로 삼는다.[7]

보편적 모델을 지향하는 것은 구조주의가 다양한 기호형식을 분석할 수 있는 전제조건이 된다. 바르트의 「이야기 구조분석 입문」은 문학작품 사례만을 다루지는 않는다. 오히려 분석모델의 보편성을 보여주기 위하여 바르트는 제임스 본드가 등장하는 007 영화를 주로 다룬다. 글의 서두에서 바르트는 "스테인드글라스, 영화,

---

7 Michael Titzmann, *Strukturale Textanalyse: Theorie und Praxis der Interpretation*, München: Fink 1977; Gérard Genette, *Die Erzählung*, München: Fink 1998.

만화영화, 신문의 지방소식란, 대화" 등에서도 이야기가 발견된다
고 말한다.[8] 이야기는 보편적인 현상이며, 바로 그렇기 때문에 연역
적인 방법으로 분석할 필요가 있다. 구조주의자는 연역적으로 논
리를 전개하기 때문에 무엇보다 분석대상에서 보편적인 특성을 찾
아낸다.

　이야기라는 것은 그저 온갖 사건들을 지껄이는 것이다. 그리고
이야기에 관한 논의는 이야기꾼(작가)의 기예, 재능, 독창성을 밝
혀냄으로써 가능해진다. 이야기는 순전히 신화적인 우연의 형식
을 취한다. 그러나 다른 한편으로 이야기는 다른 이야기와 공통된
구조를 가지고 있으며, 이야기가 아무리 지루하다 할지라도 그 구
조는 분석이 가능하다. 왜냐하면 아주 복잡하고 종잡기 힘든 이야
기와 아주 단순한 이야기는 천양지차이지만, 이야기 속에 일정한
단위와 규칙의 체계가 내재해 있지 않다면 그 누구도 이야기를 지
어낼 수 없기 때문이다. (같은 글 103면)

바르트는 구조주의 활동을 다룬 글에서와 마찬가지로 이야기 구
조분석을 다룬 이 글에서도 우선 이야기의 최소 단위와 구성요소
를 점검할 것과 이야기의 플롯에서 어느정도 연대기적 요소를 제

---

8 Roland Barthes, "Einführung in die strukturale Analyse von Erzählungen," in:
　Das semiologische Abenteuer, Frankfurt a. M.: Suhrkamp 1988, S. 102.

거할 것[9]을 제안한다. 텍스트의 최소 단위와 기능을 확인하려면 보편적으로 독자의 관심을 끄는 모든 요소를 일단 무시하는 것이 상책이다.[10] 텍스트의 구성요소는 이야기 안에서 일정한 기능을 수행하며 다른 구성요소와 관련성이 있을 때 비로소 이야기 단위가 된다. 예컨대 주인공이 어떤 장소에 도착했다면 그것은 주인공이 어떤 장소를 떠나왔다는 사실을 함축하며, 만약 권총을 산다면 권총을 무기로 사용할 거라는 예상을 할 수 있다. 이러한 순차적 '배치기능'은 수평축을 따라 배열된다. 바르트는 수직축을 따라 배열되는 '통합적 요소'를 그러한 순차적 배치기능과 구별한다. 이를테면 "주인공의 성격에 관한 암시, 주인공의 정체성에 관한 정보, 주인공의 '분위기'에 관한 언급 등"(같은 글 111면)은 '통합적 요소'에 해당된다. 시간적 질서를 갖는 이야기를 기본단위로 분할하여 순차적 '배치기능'과 '통합적 요소'의 상관성 모형에 의거하여 재구성할 때 비로소 이야기의 의미가 파악된다. 이야기 구조분석의 목표는 이야기의 시간적 흐름과 그에 상응하는 자연스러운 독자 반응이 더이상 결정적 역할을 하지 않는 내러티브를 만들어내는 것이다. 개성이 강한 주인공에 대한 묘사가 이야기의 의미를 규정해서

---

9 〔역주〕 연대기적 요소, 즉 시간적 순서에 따른 이야기의 흐름이 이야기 구성요소들의 기능을 보지 못하게 은폐할 수 있기 때문이다.

10 〔역주〕 역으로 말해서 독자의 관심을 끌지 않는 요소, 일견 무의미해 보이는 요소도 이야기의 구성요소로서 일정한 기능을 수행한다는 말이다.

는 안되며, 이야기를 이끌어가는 것은 특정한 주체가 아닌 텍스트의 기능인 것이다.

그런데 구조주의자는 텍스트의 문학적 특성을 어떻게 설명할 수 있을까? 제임스 본드 영화, 스테인드글라스, 만화영화, 문학텍스트의 차이는 무엇인가? 이때 이야기 자체는 사실상 문학 장르의 규정을 위한 차이 판별기준을 설명하는 데 도움이 되지 않는다. 긍정적으로 바꾸어 말하면, 이야기 분석은 상이한 문화적 상징화 형식들에 대한 학제적 연구를 위해 매우 유용하다는 것이다. 구조주의적 관점에서 볼 때 어떤 텍스트의 기발한 상상력이나 판타지는 이야기의 '기예'를 해명하는 관건이 되지는 않는다. 이야기의 '독창성'은 텍스트가 필수불가결한 순차적 배치 요소와 통합적 요소를 조합하는 방식에 전적으로 의존한다. 이야기를 한다는 것은 그러한 요소들을 활용하여 이야기를 지어내는 것을 뜻하며, 이러한 방법을 자유자재로 구사할 수 있는 능력이야말로 곧 이야기의 독창성을 담보하는 관건이 된다.

그렇지만 이미 바르트는 『글쓰기의 영도』와 『일상의 신화』에서 문학 언어가 과연 어느 정도까지 특수한 기호의 실행으로 설명될 수 있는가 하는 문제를 제기한 바 있다. 문학은 이야기로 표현되든 아니든 간에 고유한 기호학적 구조를 가지고 있다. 문학은 이미 의미로 채워진 기호를 사용하는 2차적 진술체계이기에 기호학적 비평의 고유한 형식이 된다. 예컨대 『비평과 진실』(*Critique et Vérité*,

1966)에서 바르트는 이렇게 말한다. "글쓰기 방식의 이중적 기능, 즉 창작적 기능과 비평적 기능은 서로 교환되어 하나의 기능으로 융합된다."[11] 창작적 글쓰기 방식과 비평적 글쓰기 방식이 서로 융합한다면 '이론' 영역은 문학에 흡수되어 사라질 것이다. 아니면 거꾸로 문학이 이론이 될 수도 있을 것이다.

구조주의의 이야기 분석은 오로지 이야기 기능의 작품 내재적 구조에만 초점을 맞추는 반면에 바르트는 문학텍스트를 '복합 언어'의 형식이라고 정의한다.(같은 책 65면) 비평은 텍스트의 다양한 구성요소들이 결합하여 만들어낸 복합적 의미, 기호의 다의성 등을 기호학적 구조에 의거하여 탐구한다. 만약 비평이 텍스트의 의미를 단순화한다면 그 비평은 신화 또는 '진짜 이야기'를 찾는 독자의 입장과 다를 바 없을 것이다. 그런데 바르트는 『비평과 진실』에서 대부분의 문학연구자들이 특히 작가의 입장에서 작품을 해석할 때 바로 그런 독자의 입장을 취하게 된다고 말한다. 텍스트의 배후에 어떤 의도를 가진 주체인 작가가 버티고 있다고 보면 문학적 기호의 다의성은 은폐되며, 그 결과 신화적 표현모델을 재생산하게 된다. 또다른 글에서 바르트는 독자에게 문학텍스트의 다의성을 일깨우기 위해 도발적으로 '저자의 죽음'을 선언한다.[12] 바르트

---

11 Roland Barthes, *Kritik und Wahrheit*, Frankfurt a. M.: Suhrkamp 1997, S. 57.

12 Roland Barthes, "Der Tod des Autors," in: Fotis Jannidis u. a. (Hg.), *Texte zur Theorie der Autorschaft*, Stuttgart: Philipp Reclam jun 2000.

에게서 '비평'이 전통적 학문과 구별되는 이유는 문학텍스트의 다의성이 해석을 통해 소멸되지 않을 형식을 비평이 발견하기 때문이다.

비평은 학문이 아니다. 학문은 의미를 다루지만 비평은 의미를 창출한다. (⋯) 작품에 대한 비평의 관계는 형식에 대한 의미의 관계와 같다. 비평가는 작품을 '번역'하는 과제를 떠맡을 수 없다. 특히 작품을 최대한 명확하게 '번역'하는 것은 금물이다. 작품 자체보다 더 명확한 것은 없기 때문이다. 비평가가 할 수 있는 것은 작품이라는 형식에서 의미를 도출함으로써 특정한 의미를 '생산'하는 일이다.[13]

학문적 관점은 텍스트와 언어를 객체로 다룬다. 반면에 비평은 텍스트를 주체로 해독하고 그 주체의 술어가 된다. 비평은 텍스트라는 주체에 이끌려서 의미를 만들어낸다. 바르트에 따르면 비평가는 "작품의 상징 자체에서 산출되는 체계화된 주관성"(같은 책 81면)을 통해 의미를 배가한다. 비평가가 신화적 텍스트의 독자와 구별되는 이유는 문학텍스트의 다의성에 대한 공명(Resonanz)을 언어로 표현하기 때문이다. 바르트에게 '저자의 죽음'은 또다른 독

---

13 Roland Barthes, *Kritik und Wahrheit*, S. 75.

자의 '탄생'인 것이다.[14]

오늘날 우리는 텍스트가 유일무이한 신학적 의미를 드러내는
(즉 저자라는 신의 '메시지'를 전달하는) 일련의 단어들로 이루어
져 있지 않다는 것을 안다. 텍스트는 다차원의 공간으로 이루어져
있고, 그 다차원의 공간에서 다양한 글쓰기 방식이 서로 경합을
벌이면서 통합되어 있다. 그중 어느 하나의 글쓰기 방식만이 오리
지널이라고 주장할 수는 없다. 텍스트는 수많은 문화의 터전에서
유래한 인용들로 짠 직물이다. (같은 글 190면)

해석학 이론들이 작품해석에서 독자의 역할을 주목하기 시작한
바로 그때 바르트 또한 독자의 역할을 강조하고 있다는 사실은 특
기할 만하다. 이 책의 1부에서 살펴보았듯이 해석학적 순환의 범위
를 텍스트의 경계 밖으로 확장하는 것은 과감한 방법론적 도전인
데, 가다머(Gadamer)처럼 이 새로운 도전을 의식적으로 비중있게
다루지 않은 경우도 있고, 야우스(Jauß)처럼 수용이론으로 독자의
사회학을 제창하여 해석학의 새로운 영역을 개척한 경우도 있다.
바르트는 「이야기 구조분석 입문」에서 아주 엄밀한 작품 내재적
방법을 제시하고 있는데, 그렇다면 그가 강조하는 독자는 다의적

---

14 Roland Barthes, "Der Tod des Autors," S. 193.

인 문학텍스트를 읽을 때 어떤 전략을 따르는가? 이 문제는 계열체 (Paradigma)라는 개념을 통해 아주 명료하게 해명할 수 있다. 텍스트를 분해하고 결합하는 구조주의 활동의 전제는 독자가 유사성을 인지하는 감성을 지니고 있으며, 텍스트의 구성요소들이 공통적 특성에 따라 분류될 수 있다는 것이다. 다의적인 텍스트에 대한 해석 역시 다르지 않다. 문학텍스트는 독자에게 연상을 유발하고 문화적 기억을 활성화하기 때문에 그 독서는 독자의 공감을 산출한다. 소쉬르는 의미에 대한 이해를 단일화의 과정으로 설명한다. 어떤 메시지의 수신자는 특정한 소리를 통해 특정한 표상을 연상하게 되는데, 그 특정한 표상은 유사한 표상들의 집합 중에서 선택된다. 기표와 기의가 선택을 하면 기호는 의미를 가지게 된다. 기호는 일종의 '판단'인 것이다. 다의적 텍스트의 해독은 그 반대의 과정을 거치는데, 처음에는 일견 명확해 보이는 개념에서 다의성으로 나아간다. 독자는 의미를 통일하려고 하지 않고 의미 자체를 가능하게 하는 계열체를 규명하려고 한다. 따라서 바르트의 독자는 텍스트의 영향사(Wirkungsgeschichte)에 대한 지식에 의존하지 않으며, 정전 (正典)의 전통에 근거해서 텍스트를 해석하지도 않는다. 독자의 목표는 명료한 의미화의 유혹과 신화 형성에 저항하는 것이다.

바르트는 구조주의적 발자크(Balzac) 해석인 『S/Z』(1970)와 『텍스트의 즐거움』(Le plaisir du texte, 1973)에서 이전의 입장에서 한걸음 더 나아간다. 이 두권의 텍스트는 고전적인 문학에 길들여진 독자와 그 독법에 반기를 든다. 『S/Z』에서 바르트는 '읽혀지는' 텍스트는 이미 만들어진 '기성품' 텍스트인 반면에 '씌어지는' 텍스트는 '생산 중인' 텍스트라고 말한다.[15] 제도화된 문학연구에서 설정해놓은 저자와 독자의 경계는 구조를 찾으려는 독서를 포기하고 글쓰기의 태도를 취할 때에만 뛰어넘을 수 있다. 그렇게 '씌어지는' 텍스트는 더이상 독자에게 의미를 제공하는 것이 아니라 은하계와도 같은 기표들을 제공할 뿐이며, 그 의미는 궁극적으로 독자 스스로 생산한다. 독자 자신이 텍스트에 함축된 잠재적 의미의 생산자가 되는 것이다. 그런데 해석학적 수용이론에서와는 달리 포스트구조주의의 독자는 더이상 주체가 아니며 그 구조는 텍스트의 구조와 구별되지 않는다. 이러한 사고는 또다시 프로이트의 꿈 작업과 견줄 수 있다. 프로이트는 2차 가공 원리를 도입하여 꿈과 꿈 해석의 경계를 허물었는데, 간밤에 꾼 꿈에 대한 회상은 꿈 자체와 동일한 검열기제에 의해 작동되기 때문이다. 독서를 텍스트 생성 과정으로 간주하는 바르트의 발상은 프로이트가 말한 2차 가공 원리를 긍정적으로 전환하여 신화적 의미생성 모델에서 벗어날 수 있는 방법적 원리를 제시한 것이라고 할 수 있다.

---

15 〔역주〕 '읽혀지는' 텍스트는 생산자인 저자가 만들어놓은 '기성품'을 독자가 소비자의 입장에서 사용하고 소모하지만, '씌어지는' 텍스트는 독자도 창조적 생산자로 참여하는 텍스트라는 말이다.(롤랑 바르트 『S/Z』, 김웅권 옮김, 동문선 2006, 12면 이하 참조)

4. 자크 데리다의 포스트구조주의

포스트구조주의 문학이론은 바르트의 후기 저작에서 보듯이 작품 내재적 해석의 한계를 극복하려고 시도하거나, 자크 라캉이 「무의식에서의 문자의 힘, 또는 프로이트 이후의 이성」에서 시도하듯 구조주의의 근간이 되는 기호모형의 성립조건을 탐구한다. 이 2부 후반부에서는 그러한 문제의식을 이어받아 해체론적으로 탐구한 자크 데리다(Jacques Derrida, 1930~2004)와 폴 드 만(Paul de Man, 1919~1983)의 견해를 살펴보고자 한다.

자크 데리다는 1967년에 구조주의를 비판하는 글들을 모아 펴낸 저서 『글쓰기와 차이』(*L'écriture et la différence*)에 자신의 기본입장을 밝히는 에세이 「힘과 의미」(Force et signification)를 수록하였다. 데리다의 논제는 '극단적 구조주의'에서는 오로지 구조만이 '비평가의 유일한 관심사'가 된다는 것이었다. 데리다에 따르면 구조주의는 구조를 발견할 수 있게 해주는 방법적 도구를 본래의 탐구대상으로 삼으며, 구조주의의 분석은 공간적 배열모델을 텍스트에 투사하는 것이다.

구조 개념의 은유적 의미를 그 자체로 직시하지 않으면, 다시 말해 구조 개념의 은유적 의미에 의문을 제기하고 구조 개념의 비유적 작동 가능성을 해체하여 구조 개념이 가리키는 비공간성 내지 본래적인 공간성을 상기하지 않으면, 실제로 텍스트의 의미를 기하학적 모형 또는 형태론적 모형과 혼동하거나 기껏해야 역학적인 모형과 혼동할 위험에 처하게 된다.[1] 자신도 모르게 그런 위험에 빠질 수 있기 때문에 그 위험은 그만큼 더 막강한 파급력을 갖는다.[2]

데리다는 이 글에서 스위스의 문학이론가 장 루세(Jean Rousset)를 주로 비판하고 있는데, 더 나아가 그의 비판은 구조주의의 딜레

---

1 〔역주〕장 루세가 환상형(環狀形), 나선형(螺旋形) 등의 기하학적 형태로 작품구조를 설명한 것을 가리킨다.(자크 데리다 「힘과 의미」, 『글쓰기와 차이』, 남수인 옮김, 동문선 2001, 32면 이하 참조)
2 Jacques Derrida, "Kraft und Bedeutung," in: *Die Schrift und die Differenz*, Frankfurt a. M.: Suhrkamp 1997, S. 30.

마에서 벗어나기 위해 자신의 이론과 방법을 개진하려는 시도이기도 하다. 이 글의 서두에서 데리다는 구조주의가 언젠가는 '이념사'(Ideengeschichte)의 관점에서, 그러니까 구조주의가 결별하고자 한 바로 그 사고방식의 관점에서 평가될 거라고 신랄하게 비판한다. 데리다는 구조주의의 이념사를 서술하지 않지만, 구조 개념의 경직된 공간화를 시간적·역사적 차원에서 논파하려고 한다. 구조주의자들은 기하학적 은유에 갇혀서 역사를 생각하지 못한다는 것이다.

해체론은 주로 이론텍스트에서 사용되는 은유와 비유가 논리전개 과정에서 어떤 결과와 효과를 낳는가를 따진다. 예컨대 구조주의는 특정 개념들을 분석모델로 사용하지만, 그 개념들의 배경에는 의문을 제기하지 않는다. 데리다의 독법에 따르면 그 결과로 구조주의 텍스트에는 종종 모순이 생긴다. 구조주의 텍스트에서 사용되는 이미지나 논증전략은 그 자체에 의해 논박되기 때문이다. 은유는 결코 가치중립적이지 않으며, 텍스트를 이끌어가면서도 은유의 효과가 항상 명확히 드러나지는 않는다. 해체론은 순전히 텍스트 내재적인 방식으로 이론적 서술의 모순을 밝혀내려고 한다. 해체론이 개념의 대립에 주목하는 것은 구조주의로부터 물려받은 유산이지만, 이는 구조주의의 도식화를 극복하기 위함이다. 텍스트 독해의 형식을 취하는 해체론은 구체적인 텍스트 분석방법을 고안하려고 하지 않으며, 그런 점에서도 구조주의와 구별된다. 해체론은 방법론의 바탕이 되는 사고모델의 모순을 밝혀내는 한편, 사고모델을 해체하여 사고모델의 논리전개 구조를 재구성하려고 한다.

따라서 데리다는 저작에서 자기 자신의 은유를 시야에서 놓치지 않는 글쓰기 방식을 개발해야 했다. 데리다의 에세이 「힘과 의미」는 아직 해체론이 방법론으로 다듬어지기 이전에 나온 글이어서 그만큼 데리다가 후기 저작에서 체계화하려 한 몇가지 문제를 더욱 인상적으로 선명히 제시하고 있다. 구조주의의 통찰 가운데 하나는 모든 개념은 언제나 그 반대개념을 함축한다는 것이다. 따라서 데리다 역시 대립관계를 통해 논리를 전개하므로 그가 구조 개념에 그 반대개념을 대립시킨다면 원칙적으로 구조주의적 입장과 구별되지 않을 것이다. 그러므로 데리다가 구조주의의 맹점을 드러내고 구조주의적 관점에서 볼 수 없는 것을 보여주려면 단순히 대립관계나 이분법에 의존하지 않는 논증전략을 찾아내야 한다.

여기서 우리는 공간에 대해 시간을, 양에 대해 질을, 형식에 대해 힘을, 피상적인 비유에 대해 의미나 가치의 깊이를 단순한 진자운동처럼 서로 균형을 맞추거나 역전시키는 방식으로 대립시키지는 않을 것이다. 오히려 정반대로 접근해야 한다. 단순한 양자택일에 맞서서, 즉 단순히 어떤 하나의 항목이나 계열을 선택하는 방식에 맞서서 우리는 이러한 형이상학적 대립체계에서 벗어

나기에 가장 적합한 새로운 개념과 모델을 찾아야 한다고 생각한다. (같은 글 36면)

문제는 '정반대로'라는 표현이다. 데리다는 대립관계를 통해 논리를 전개하는 방식을 피하려고 고심한다. 그 방식은 형이상학적 사고방식을 그대로 계승하는 셈이 되며, 구조주의는 명백히 그런 형이상학적 사고방식의 산물이기 때문이다. 그럼에도 데리다는 '정반대로'라는 표현을 포기하지 않는다. 바로 그렇게 함으로써 그는 자신의 논증전략의 역설적인 출발점을 다지려고 한다. 이분법적 사고방식이 생겨난 조건을 규명하되 그러한 도식화에 빠지지 않을 때에만 대립적 사고의 극복이 가능하다. 그런데 이를 위해 데리다는 어느정도 자신의 토대를 버릴 수 있어야 한다.

우리의 담론은 돌이킬 수 없을 정도로 형이상학적 대립체계에 갇혀 있다. 이러한 속박상태와 단호히 결별하기 위해서는 일정한 조직방식, 일정한 **전술적** 접근방식이 반드시 필요하다. 전술적 접근방식이란 형이상학적 대립의 장(場) 안에서, 그리고 대립하는 힘들의 장 안에서 그 힘들 고유의 전술이 그들 자신에게 대항하게 함으로써 **해체의 힘**을 생성하게 하는 것이다. 그렇게 하면 그 해체의 힘이 체계 전체에 모든 방향으로 확산되어 체계를 완전히 **붕괴시킬** 것이다. (같은 글 36면)

데리다 고유의 이론은 대립관계를 단순히 반복하지 않으면서 그 대립관계의 성립조건을 규명하는 서술방식을 필요로 한다. 이를 위해 데리다는 개념적 대립을 필요로 하지 않는 대항이론을 만드는 일에 몰두한다. 이러한 딜레마를 분명히 드러내고 이를 극복할 가능성을 모색하기 위해 데리다는 니체, 프로이트, 하이데거를 참조한다. 알다시피 이들은 형이상학 비판과 사고방식의 혁명을 주도한 사상가들이다. 특히 데리다가 「힘과 의미」에서 가장 중요하게 참조하는 사상가는 니체이다. 니체는 대립 원리의 핵심을 보여주는 개념쌍을 구사한다. 니체의 『비극의 탄생』(*Die Geburt der Tragödie*)에서 '아폴론적인 것'과 '디오니소스적인 것'은 비대칭적인 대립개념이다. 아폴론적인 것은 거리를 두고 세계를 관찰하는 합리적 태도를 가리킨다. 반면에 디오니소스적인 것은 주체와 객체의 대립을 극복하게 하는 것이다. 디오니소스적인 것은 꿈과 도취상태의 열정적 경험으로서, 니체는 이것을 음악과 결부시킨다. 이 두 개념의 대립은 독특한데, 디오니소스적인 것은 그 반대개념인 아폴론적인 것의 기반이 되는 대립을 지양하기 때문이다. 데리다는 이런 양상을 다음과 같이 서술한다.

디오니소스와 아폴론, 즉 충동과 구조 간의 차이는 역사 안에서 해소되지 않는다. 그 차이는 역사 안에 존재하지 않기 때문이다. 그 차이는 아주 특별한 의미에서 근원적인 구조, 즉 역사의 개시이자 역사성 자체이다. 그 차이는 역사에 속하지도 않고 구조에 속하지도 않는다. 셸링(Schelling)의 말을 빌리면 "모든 것은 순전히 디오니소스적이다." 그렇다면 우리는 디오니소스가 차이를 통해 순수한 힘으로 구현된다는 것을 알아야 한다. 즉 글쓰기를 실천해야 하는 것이다. 디오니소스는 본다. 그리고 자신을 보게 내버려둔다. 그는 자기 눈을 찔러 눈을 멀게 한다. 그는 항상 자신의 외모, 가시적인 형태, 구조를 자신의 죽음처럼 대면한다. 디오니소스는 그런 방식으로만 모습을 드러낸다. (같은 글 50면)

여기서 데리다가 말하는 '차이'는 스스로 구조를 만들어내는, 그러나 다른 구조로 환원될 수는 없는 구조를 가리킨다. 이미 니체에 의해 디오니소스는 형이상학적 개념으로는 포착되지 않으며, 따라서 아폴론적 형이상학에 대한 비판의 토대가 되는 원리로 여겨졌다. 그런 점에서 데리다는 형이상학 비판의 역사에서 한걸음 뒤로 돌아간 셈이다. 다시 말해 그는 구조주의와 다른 언어로 말하기 위해 니체의 언어로 논의를 시작했으며, 구조주의가 보지 못하는 역사성의 형식을 발견하기 위해 역사를 거슬러올라간 것이다. 힘, 역사, 역사성은 모두 대립의 원리를 허물어뜨린다는 점에서 구조주의가 사용하는 기하학적 형식언어와 대립한다.

데리다의 「힘과 의미」는 다른 언어로 말하기 위하여, 즉 언어를 다르게 말하기 위하여 반드시 생각해야 할 언어적 장애물 또는 딜레마를 탐구한 글이다. 데리다가 「힘과 의미」에서 이 어려운 과제를 신중히 탐색하고 있다면, 「차연(差延)」(La différance, 1972)에서는 니체를 끌어들이지 않고서 구조주의를 극복하기 위한 사유 — 즉 개념적 사고의 한계에서 벗어난 개념화 — 를 시도한다. 「차연」은 데리다가 이전까지 탐구해온 문제의식을 계승하면서 그것을 더욱 철저히 파헤친 글이라고 할 수 있다. 그 글에서 데리다는 니체의 형이상학 비판에 대한 비판자로 하이데거를 끌어들인다. 그 글에 대한 이해를 돕기 위해 그 첫 문장과 마지막 문장을 비교해서 읽어보자. 그 글은 "나는 어떤 문자에 관해 말하고자 한다"[3]라는 문장으로 시작한다. 그리고 마지막 문장은 다음과 같다. "존재는/언제 어디서나/모든/언어를/통해/말한다."(같은 글 111면)[4] 이 문장은 하이데거의 「아낙시만드로스의 잠언」(Der Spruch des Anaximander)에 나오는 문장을 데리다가 번역한 것이다.

데리다는 번역의 어려움을 논하고 있는 하이데거의 텍스트를 인용하며 이 문장을 번역한다. 서양 철학사에서 가장 오래된 아낙시만드로스의 잠언이 오늘날의 언어로 번역하기 어려운 이유는

---

3 Jacques Derrida, "Die différance," in: *Randgänge der Philosophie*, Wien: Passagen 1988, S. 76.

4 〔역주〕독일어 원문은 "Das Sein / spricht / überall und stets / durch / alle / Sprachen / hindurch"로, 여기서 슬래시(/)는 데리다가 추가한 것이다. 데리다의 번역은 "L'être / parle / partout et toujour / à travers / toute / langue"이다.

현대인의 사고가 아낙시만드로스의 사고로부터 너무나 멀어져 있고, 오늘날의 언어가 서양 철학이 태동하던 당시와는 다른 방식으로 말하기 때문이다. 이런 번역의 어려움은 데리다에게도 존재한다. 데리다는 글의 첫 문장에서 '문자'에 관해 '말하고자' 한다는 점을 밝히고 있다. 그리고 마지막 문장의 첫 단어 'l'être'(존재)는 실제로 'lettre'(문자)와 철자 하나만 다를 뿐이다. 그리고 'l'être'와 'lettre'를 소리 내어 읽으면 거의 똑같이 발음되어 차이가 식별되지 않는다. 이러한 발음의 유사성에 의거하여 'l'être'를 'lettre'로 대체하면 하이데거의 문장은 "문자는 언제 어디서나 모든 언어를 통해 말한다"가 된다. 결국 데리다가 관심을 기울인 문제는 어떤 텍스트를 들을 때 소리로 구현되는 '말'과 문자로 기록되는 '글'의 차이이다. 서양적 사고를 극복하고 사유의 근원에 도달하기 위해서는 텍스트와 문자가 관건이 되는 것이다.

서양 사유의 근원에 도달하려는 하이데거의 시도는 이 책의 1부에서 상세히 다룬 바 있다. 데리다 역시 하이데거와 비슷하게, 하지만 더욱 근본적으로, 서양적 사고를 극복할 수 있는 사유가 가능한 조건을 탐구한다. 데리다는 「힘과 의미」에서 니체의 디오니소스를 통해 근원적인 차이의 문제를 다루었으며, 「차연」에서는 차이의 작용을 생생히 보여주기 위해 다른 표현을 찾는다. '차연'은 개념이 아닌 개념, 데리다의 신조어이다. 차연은 차이를 생성하는 비개념적 원리이다.

소쉬르가 일깨워준 대로 모든 기호의 기능 작동이 가능하기 위한 조건은 차이의 유희인데, 이 유희 자체는 소리가 들리지 않는다. 두 음소(音素)[5]는 오로지 차이를 통해서만 존립하고 작동하지만, 두 음소의 차이는 소리로 들리지 않는다. 현존하는 두 음소는 스스로를 구현하는 방식대로 들리지 않음으로써 비로소 들릴 수 있는 가능성을 연다. 순수하게 음성적인 문자가 존재하지 않는다면 그것은 순수하게 음성적인 소리(phone)가 존재하지 않기 때문이다. 음소를 만들어내고 어떤 의미로든 들을 수 있게 하는 차이는 그 자체로는 들을 수 없다. (같은 글 79면)

데리다의 신조어 '차연'(différance)이 보통명사 '차이'(différence)와 구별되는 차이를 인식하려면 문자로 기록된 낱말을 보고 식별해야 한다. 『그라마톨로지』(De la grammatologie, 1967)에서 데리다는 문자가 목소리의 울림과 현존을 재현하지 못하기 때문에 플라톤(Platon) 이래로 서양 철학은 문자 표현에 비판적 태도를 취해왔다는 논제를 다양한 사례로 상세히 다룬다. 데리다에 따르면 소리와 의미가 목소리에서 분리되지 않는 것처럼 느껴지기 때문에 서양의 형이상학은 목소리의 직접성과 진정성을 선호해왔다. 소쉬르

---

5 〔역주〕똑같이 '디페랑스'로 발음되는 'différance'와 'différence'에서 다르게 표기되는 a와 e를 가리킴.

조차도 기표를 설명할 때 그것을 문자가 아닌 **음소**와 관련시킨다. 그렇지만 데리다가 든 '차연'의 예에서 알 수 있듯이 낱말의 철자가 바뀜에도 불구하고 발음 소리로는 차이를 식별할 수가 없다. 데리다는 '차이'(différence) 개념에서 모음 e를 a로 바꿈으로써 차이를 생성하는 '차연'(différance)을 문자 형태로 보여준다.[6] 이로써 원래의 낱말이 가진 의미가 유예되고 전위(轉位)될 뿐 아니라 '차연'의 의미가 곧 '의미의 유예와 전위'임을 보여준다.[7] 데리다의 '차연'은 (하이데거가 말하는 '현존재의 현존'이라는 의미에서) '현존하는'(anwesend) 의미를 갖지 않는다. 다시 말해 '차연'의 의미는 재현될 수 없다. 왜냐하면 '차연'은 의미생성과 재현이 가능하기 위한 조건을 가리키기 때문이다. '차연'은 '다의적'이다. 왜냐하면 '차연'은 의미를 고정하거나 단순화하는 것이 아니라, 의미가 생성되는 작동 기제이기 때문이다.

　　고전적 개념의 용법에 따르자면 '차연'은 의미를 구성하고 생성하는 근원적인 인과율, 분할과 배분 과정을 가리킨다고 말할 수

6　〔역주〕라틴어 동사 'differre'에서 유래하는 불어 동사 'defférer'는 '연기(보류)하다'와 '다르다'라는 두가지 뜻을 지닌다. 따라서 데리다가 말하는 차연 (différance) 역시 이 두가지 의미와 그것의 다양한 변이를 모두 포함한다.(자크 데리다 「차연」, 『해체』, 김보현 편역, 문예출판사 1996, 126면 이하 참조)

7　〔역주〕여기서 저자는 데리다의 '차연'을 프로이트의 '전위'(Verschiebung) 개념과 유사한 것으로 보고 있다.

있다. 그러한 과정의 산물 또는 효과로 다양성 또는 차이들이 생겨난다. (같은 글 84면)

그러나 '차연'은 능동적이지도 수동적이지도 않다.[8] '차연'은 주체의 활동이 아니라 주체 형성의 기반이기 때문이다.[9] '차연'은 흔적으로만 인지될 수 있다. 왜냐하면 '차연'은 직접적인 현존을 허용하지 않으며, 목소리의 현존이라는 이상을 허물기 때문이다. 바로 이것이 플라톤 이래 철학이 간과해온 글의 원리이다. '차연'은 '근원적 글쓰기'(archi-écriture)[10]로서 글에 관한 글이며 ─ 라캉의 알고리즘과 비슷하게 ─ 기표의 기능방식을 해명하려는 시도이다.

특기할 만한 것은 롤랑 바르트의 저작에서 큰 비중을 차지하는 두 차원, 즉 수직축과 수평축이 데리다의 글에서도 도입되고 있다는 점이다. 데리다가 소쉬르를 살펴보며 상세히 설명하듯이 '차

---

8 〔역주〕 '차연'이 능동적이지 않다는 말은 의미생성을 주체의 능동적·의식적 행위의 결과로 보는 주체·객체 이원론을 허물기 위한 발상이다. 그리고 '차연'이 수동적이지 않다는 말은 의미생성을 단순히 미리 정해진 법칙이나 인과율의 '결과'로 보는 관점을 허물기 위한 발상이다. 이런 발상은 하이데거의 영향을 강하게 받은 것으로 보인다.(김보현 편역 「차연」 128면 이하 참조)

9 〔역주〕 이는 프로이트의 정신분석에서 무의식이 의식의 통제하에 있지 않은 것과 흡사하다. 프로이트의 꿈 해석에서 '전위'가 일어나는 것과 데리다의 '차연'은 유사한 면이 있다.

10 〔역주〕 그리스어 'arche'는 '근원, 근본적 원리'라는 뜻이므로 'archi-écriture'는 '글이 생성되는 근본적 원리'로 이해할 수 있다.

연'은 기호의 기능방식을 '공간화'하고 '시간화'한 것이다. 소쉬르에 따르면 자의성과 차이는 언어기호의 원리이다. 소쉬르는 기표와 기의의 자의적 관계를 수직축으로 나타내고, 차이를 수평축으로 나타낸다. 이 두가지 속성은 상관성이 있기 때문에 반드시 함께 작동한다. 데리다는 '차연'을 기호의 두가지 기능방식인 공간화와 시간화의 상호작용으로 설명한다.(같은 글 91면)[11] 여기서 우선 주목할 것은 데리다 역시 롤랑 바르트가 집중적으로 탐구한 두 차원의 기호작용을 활용하지만, 바르트가 두개의 축을 공간적으로 사유한 것과 달리 데리다는 「힘과 의미」에서 추구한 대로 시간·공간을 함께 사유한다는 점이다. 또 하나 주목할 것은 데리다가 생각한 공간화와 시간화는 임마누엘 칸트의 선험철학에서 인식 가능성의 조건을 가리키는 두가지 선험적 원리(Apriori)를 상기시킨다는 점이다. 칸트에 따르면 우리가 인식할 수 있는 대상은 공간적으로나 시간적으로 존재한다. 왜냐하면 우리의 인식능력은 대상을 공간 범주와 시간 범주로 구성하기 때문이다. 데리다는 이러한 공간·시간 차원을 '차연'으로 새롭게 정의함으로써 우리의 기호와 사고를 이끌어가는 차이들이 생성될 수 있는 조건을 규명한다. 이러한 '차연'

---

11 〔역주〕 '차연'은 의미를 유예하고 교체하는 시간적 과정인 동시에 다양한 기표들이 연결될 수 있는 공간적 배치이기도 하다. 시간화와 공간화는 분리된 과정이 아니며 '공간의 시간화'와 '시간의 공간화'는 동시적으로 진행된다.(김보현 편역 「차연」 127면 이하 참조)

을 사유하기 위해서는 자신의 생각을 극복해야 한다.

무엇이 달라지고 지연되는가? 누가 다르게 하고 지연시키는가? **차연**이란 무엇인가? 이 물음에 답하기 전에 우리는 먼저 이 물음 자체를 탐구하고, 물음의 방향을 바꾸어보고, 물음의 형식을 의심해보고, 일견 너무 자연스럽고 당연한 것처럼 생각되는 이 물음 자체를 끝까지 따져보아야 한다. 그렇게 하다보면 우리는 이미 던져놓은 물음 자체를 철회하게 될 것이다. 왜냐하면 만약 이 물음의 형식을 그 의미와 문장구조 그대로 받아들인다면('무엇인가' '누구인가' '…하는 사람은 누구인가?' 등등) 차연은 파생되거나 부가된 개념으로, 즉 현존하는 존재자의 관점에서 장악되고 통제될 수 있는 어떤 것으로 이해될 것이기 때문이다. 이때 그 존재자는 어떤 형식이나 상황, 세상의 권력 같은 것이며, 그것에 우리는 온갖 이름을 갖다붙일 수 있다. 그것은 특정한 **누구**로, **주체**로 존재하는 그 무엇이다. (같은 글 93면 이하)[12]

이 글의 마지막에서 데리다는 하이데거의 「아낙시만드로스의

---

12 〔역주〕 인용문 앞부분에 던져진 질문은 결국 주체(주어)에서 파생되거나 주체(주어)에 종속된 술어를 그 대답으로 유도하기 때문에 '차연'의 의미생성 기능을 무력화하는 질문이다. "소쉬르가 특별히 우리에게 상기시켜주는 것이 무엇일까? 바로 '오직 차이들에 의해 구성되는 언어는 말하는 주체의 기능이 아니다'라는 사실이다."(김보현 편역 「차연」 138면)

잠언」에 나오는 구절을 또다시 인용한다. 하이데거가 탐구하는 '존재'(Sein)는 데리다에겐 '존재'(l'être)인 동시에 '문자'(lettre) 이다. 하이데거는 동일성과 차이에 대한 고찰을 "A=A"라는 공식으로 시작한다. 이 공식을 읽을 때는 "A는 A이다"가 되는데, 하이데거는 등호로 표기된 계사 '···이다'(ist)에서 출발하여 존재(Sein)에 대한 질문을 던진다. 하이데거는 '···이다'라는 작은 낱말이 '존재의 운명 전체'를 내포하고 있다고 말한다.[13] 그런가 하면 데리다는 어떤 '문자'에 관해, 즉 a라는 문자에 관해 말한다. 사실 하이데거가 "A=A"라는 공식을 언급할 때 등호가 가리키는 '···이다'를 통해 데리다가 말하는 '문자'를 암묵적으로 전제하고 있는 셈이다. 이런 의미에서 데리다는 하이데거의 언어철학이 가진 전제조건을 해명하려고 한다.

따라서 데리다의 글은 라캉의 「무의식에서의 문자의 힘」에 대한 논평으로 이해될 수도 있다. 1957년에 발표된 라캉의 그 글은 다음과 같이 '문자 그대로의' 독해를 다루기 때문이다.

이 글의 제목이 말해주듯 정신분석은 무의식에서 문자가 말하는 것뿐만 아니라 이를 넘어 언어의 구조도 드러낸다. 주의 깊은 독자라면 처음부터 이 글의 제목에서 이미 무의식이 단지 본능의

---

13 Martin Heidegger, *Identität und Differenz*, Stuttgart: Klett-Cotta 2008, S. 66.

소굴일 뿐이라는 생각을 떨쳐내야 한다는 경고를 알아챌 것이다. 그런데 여기서 문자를 어떻게 이해할 것인가? 오로지 '문자 그대로' 이해해야 한다![14]

이 글의 프랑스어 원문을 보면 라캉의 언어유희가 훨씬 분명히 드러난다. 우리가 귀담아 '들어야' 하는 것은 소리 내어 읽을 때 문자(lettre)와 존재(l'être)의 발음이 일치한다는 것이다. 따라서 라캉이 문자의 의미를 물을 때 그는 문자 그대로 인간 존재를 염두에 두고 있는 것이다. 그리고 지금까지 살펴본 대로 인간의 무의식은 언어처럼 구조화되어 있다. 데리다의 글을 이해하려면 라캉의 이 글도 함께 살펴보는 것이 중요하다. 이러한 비교를 통해 하이데거, 라캉, 데리다가 기표이론에 분명히 기여하고 있으면서도 각자의 강조점이 다르다는 점이 분명히 밝혀진다. 의미에 대한 하이데거의 물음은 라캉에게는 무의식에 대한 분석이 된다. 그런가 하면 데리다는 정신분석의 범주를 끌어들이지 않고 언어의 존재를 다룬다. 데리다의 차연에서는 그 어떤 주관성도 걸러지게 되는 것이다.

데리다는 많은 저작에서 문학텍스트를 다루고 있긴 하지만 그의 텍스트 해석방식은 문학이론의 개진을 위한 것은 아니다. 예컨대

---

14 Jacques Lacan, "Das Drängen des Buchstabens im Unbewußten oder die Vernunft seit Freud," in: Norbert Haas (Hg.), *Schriften II*, Olten und Freiburg: Walter 1975, S. 19.

프란츠 카프카(Franz Kafka)의 우화 「법 앞에서」(Vor dem Gesetz)와 관련해 데리다는 이 이야기가 존재와 법에 대한 절망적인 탐색을 다루며, 법에 접근할 수 없는 상태, 독자의 해석이 끝없이 유보될 수밖에 없는 상태를 다루고 있다고 말한다. 카프카의 「법 앞에서」는 해석의 지침을 제공하지 않는 텍스트이며, 바로 그런 점에서 '차연'의 형식을 취하고 있다는 것이다.[15] 카프카의 이 우화는 데리다가 그의 글에서 다른 방식으로 서술하고 있는 것을 보여준다. 문학은 해체의 대상이 아니며, 오히려 문학에서는 해체가 작동하는 방식을 관찰할 수 있다는 것이다. 그렇다고 (비평가의 글이 문학적 글쓰기 방식을 취하는 바르트의 경우처럼) 해체가 곧 문학적 글쓰기가 되는 것은 아니다. 데리다의 글은 이론도 아니고 문학도 아니다. 데리다는 자기 글의 장르를 미리 규정하지 않는데, 그때그때 다루는 텍스트에 따라 글쓰기의 성격이 달라지기 때문이다.

---

15 Jacque Derrida, *Préjugés; Vor dem Gesetz*, Wien: Passagen 1999, S. 73.

5. 폴 드 만의 해체론

벨기에 출신의 해체론자 폴 드 만(Paul de Man, 1919~1983)은 문학과 철학의 관계를 더욱 엄밀하게 규정한다. 제프리 하트만(Geoffrey Hartmann), 해럴드 블룸(Harold Bloom), 힐리스 밀러(J. Hillis Miller)와 더불어 폴 드 만은 1970년대에 예일 대학을 중심으로 형성된 미국 해체론 학파에 속한다. 이른바 '예일 학파'라고 불리는 이들은 일찍이 1940년대부터 미국 비평계를 주도해온 신비평(New Criticism)과는 비판적 거리를 두었다. 신비평은 작품 내재적 해석을 추구했는데, 이는 해체론자들도 공유하는 특징이었다. 그렇지만 신비평과 달리 해체론자들은 텍스트를 통사론적·의미론적 통일성을 지닌 구조물로 보지는 않았다. 해체론의 기본 가정은 텍스트의 내용적 논리전개가 텍스트의 형식에 의해 침식되고 무력화된다는 것이다. 따라서 해체론적 해석의 중심에는 아포리아(aporia), 즉 해결할 수 없는 모순이 존재한다. 이 모순은 철학 텍스트나 문학텍스트의 결함이 아니라 텍스트의 본질적 특성이다. 니체를 다룬 폴 드 만의 글 「비유의 수사학」(Rhetoric of Tropes)은 그런 해체론적 독법의 전형을 보여준다. 이 글에서 드 만은 니체적 사유의 아포리아를 드러낼 뿐만 아니라 아포리아적 사유의 근거도 밝혀낸다. 드 만에 따르면 니체의 철학은 곧 문학이며, 니체의 수사학 이론은 인식론의 한 형태이다. "비유는 언어의 파생적이고 주변적인 현상 또는 비정상적 현상이 아니라 언어가 작동하는 패러다임 자체이다."[1] 특히 니체는 「비도덕적 의미에서의 진리와 거짓에 관하여」(Über Wahrheit und Lüge im aussermoralischen Sinne)라는 짧은 글에서 이런 통찰에 근거하여 "진리란 유동적인 일군의 은유, 환유, 의인적(擬人的) 형상들(Anthropomorphismen)[2]이다"라는 인식론적 결론을 이끌어낸 바 있다. 말하자면 진리라는 것은 아무도 합의내용을 기억하지 못하는 합의에 불과하다는 것이다. 사람들은 마치 은유가 실재하는 대상과의 관련성을 보증하기라도 하는 듯이 무의식중에 은유를 사용한다.(같은 책 153면 이하) 드 만에 따르면 니체의 글은 두가지 측면에서 아포리아를 드러내는 텍스트이

---

1 Paul de Man, *Allegorien des Lesens*, Frankfurt a. M.: Suhrkamp 1988, S. 148.
2 〔역주〕 인간중심적 관점에서 모든 사물에 의미와 형상을 부여하는 것.

다. 한편으로 니체는 은유를 비판하지만 정작 그 자신 역시 은유의 효과에서 벗어나지 못한다. 예컨대 니체는 '자아'가 은유임을 폭로하지만 그 자신도 '자아'에 관한 사유를 포기하지 못하고 있음을 드 만은 증명하고자 한다.[3] 그런데 더 중요한 것은 니체의 글쓰기 자체가 결코 아포리아를 피해갈 수 없음을 보여주고 있다는 점이다. 언어는 기본적으로 은유적이기 때문에 은유의 바깥에서 언어를 구사할 수 있는 형식은 존재하지 않는다. 다시 말해 은유의 원리에 의거하지 않는 메타언어는 존재하지 않는다. 니체는 오로지 예술가만이 언어를 다르게 사용할 수 있다고 본다. 예술가는 언어유희, 인공적 은유의 고안, 과장과 아이러니 등을 통해 은유의 은유성을 일깨워줄 수 있기 때문이다. 예술가는 언어의 기능방식을 생생히 드러낼 수 있고, 적어도 일시적으로 은유의 작용에서 벗어날 수 있다. 여기서 '일시적'이라는 단서를 붙이는 것은 예술가 역시 은유적 화법의 구속을 받기 때문이다. 장기적 관점에서 보면 예술가 역시 아포리아를 극복하지는 못한다. 바로 이것이 폴 드 만이 니체로부터 물려받은 통찰이다. 니체는 인식론의 문제, 진리에 관

---

3 〔역주〕 '진리'가 인간 주체(자아)의 관점에서 지어낸 허구의 텍스트라면, 역으로 자아는 그 허구의 텍스트 안에서만 존립할 수 있으며, 그 허구의 텍스트 바깥에 (니체라는 저자의) 초월적 자아가 존재할 수는 없다. 니체의 글쓰기도 이러한 비유의 맥락 안에서만 지속될 수 있다. "자아는 그것을 부정하는 텍스트 속에 전위되어야만 존속할 수 있다."(폴 드 만 『독서의 알레고리』, 이창남 옮김, 문학과지성사 2010, 157면)

한 문제를 수사학의 기반 위에 세움으로써 아포리아가 불가피하다는 사실을 보여주었다.

철학은 문학에서 자신의 방법을 찾는다. 한걸음 더 나아가 철학 자체가 문학적으로 되어야 한다. 그러기 위해서는 아포리아의 극복이 불가능하다는 것을 보여주는 형식이 필요하다. 드 만이 다시 니체에 의거하여 서술하듯이 오로지 반어적 알레고리만이 아포리아를 표현할 수 있는 가능성이 있는 것처럼 보인다. 알레고리는 다중적 의미를 가진 텍스트이며, 그런 이유에서 알레고리는 흔히 해석학의 중심문제가 되는데, 알레고리의 다의성이 해석과 분석을 요구하기 때문이다. 텍스트의 알레고리적 의미는 명시적으로 드러나지 않으므로 문자적 의미와는 구별된다. 물론 드 만은 알레고리의 다양한 의미를 해석학의 방법으로 통일시키는 방향으로 나아가지 않으며, 오히려 이와 정반대로 해소되지 않는 차이에 관심을 기울인다. 드 만의 『독서의 알레고리』(*Allegories of Reading*, 1979)는 텍스트 해독에서 존재하는 불가피한 좌절을 보여줌으로써 해체를 표현한다.

니체가 수사학 이론에서 개진한 수사학에 주목하여 니체를 읽으면 니체 저작의 알레고리적 구조가 마치 "경험에서 깨달음을 얻지 못하고 한번 빠졌던 함정에 거듭 빠져드는" 그런 예술가의 끝없이 반복되는 몸짓과 흡사하다는 것을 알 수 있다. 이처럼 끝없이 길을 잃고 헤매는 여정의 알레고리가 곧 철학적 엄밀성의 모델임을 고백하는 것이 니체가 말하려는 가장 무거운 메시지이다.[4]

드 만에 따르면 알레고리는 기호와 의미 간의 차이가 해소되지 않은 채 유지되는 텍스트 형식이다.[5] 다시 말해 알레고리는 기호와 기호의 기능방식을 보여주는 텍스트인 것이다. 알레고리는 다른 텍스트와 관련을 맺으면서 그 관련성 자체를 형식으로 보여주고자 하는 텍스트이다. 이론텍스트의 이러한 '시학'은 드 만이 이론 장르와 문학 장르의 관계를 근본적으로 재검토하고 있음을 시사한다. 드 만은 「이론에 대한 저항」(The Resistance to Theory, 1986)에서 이론은 언어학 용어를 문학 해석을 위한 메타언어로 도입한다고 말한다.[6] 그럼으로써 처음부터 이론 자체에 대한 의문이 제기된다. 왜냐하면 문학에 대한 메타언어인 이론은 언어로 구성된 대상을 다루기 때문이다. 언어적 대상을 탐구하고자 하는 이론텍스트는 결국 문학텍스트에 종속된다는 것이 드 만의 테제이다. 여기

---

4 Paul de Man, *Allegorien des Lesens*, S. 162.
5 〔역주〕알레고리에서 기호(기표)와 의미의 관계는 필연적인 정합성을 갖지 않으며 자의적이고 관습적이다. 따라서 알레고리에 대한 해석에서 읽히는 잠정적 의미는 언제든지 파기될 수 있으며, 그런 점에서 기호와 의미의 차이는 해소되지 않는다.
6 Paul de Man, "Der Widerstand gegen die Theorie," in: Volker Bohn (Hg.), *Romantik: Literatur und Philosophie*, Frankfurt a. M.: Suhrkamp 1987, S. 88.

서 종속된다는 말은 문자 그대로의 의미로 이해해야 한다. 문학텍스트에서는 언어의 논리적 영역과 순수한 문법적 영역이 수사학에 의해 지배되기 때문이다.[7] 드 만이 니체에 대한 논의에서 시사하고 있듯이 수사학은 그 자체로 이론의 한 형식이다. 수사학은 순수한 논리가 성립되기 위한 전제조건이지만, 바로 그런 이유에서 텍스트의 논리적 전개를 또한 지연시킨다. 그 역설적 결과로 문학텍스트는 항상 이론텍스트를 앞지른다. 다시 말해 문학텍스트는 문법적 구조와 논리가 수사학에 의해 전개되는 과정을 보여줌으로써 문학텍스트 자체의 구조를 허물어뜨린다. 그럼으로써 문학은 메타언어적 이론이 정립하려고 시도하는, 이론과 문학의 분리까지 전복한다. 문학텍스트는 그 자체로 이미 이론적이기 때문에 이론에 대한 저항을 수행하는 것이다. 이는 문학이 해체의 대상이 아니라 해체의 작동방식을 보여주는 모델이라는 뜻이다.

---

7 〔역주〕폴 드 만이 말하는 '수사학'은 좁은 의미에서의 표현기교가 아니라 니체가 말한 의미에서 언어 일반의 비유적 특성을 가리키며, 언어의 논리적·문법적 차원보다 훨씬 포괄적인 것이다.

제3부

지시의 이론

지금까지 1부와 2부에서 다룬 이론들은 기호 삼각형에서 기표와 기의의 관계라는 축에 초점을 맞추면서, 기표와 기의를 제각기 상이한 관점에서 접근하고 강조한다. 해석학적 언어모형은 기호와 의미를 구별하는 데 비해 구조주의는 기표와 기의를 구별한다. 해석학은 의미를 중심으로 다루고, 구조주의는 기표에 초점을 맞춘다. 하지만 양쪽 모두 이론적 중심문제의 반대항을 완전히 간과하지는 않는다. 의미에 대한 해석학적 해석은 언제나 기호에 대한 어문학적 설명과 텍스트 분석으로 다시 돌아오고, 구조주의는 기표가 어떻게 기의와 결합하여 의미를 생성하는가를 분석한다. 그런 점에서 해석학과 구조주의는 늘 상호연관성이 있는데, 물론 양자 사이의 첨예한 논쟁에서 분명히 드러나듯이 대개는 서로에 대해 부정적 입장을 취한다.

해석학과 구조주의는 모두 언어 바깥의 지시대상에는 관심을 기울이지 않는 경향이 있다. 지시대상은 이러한 이론들이 다루는 범위에서 벗어나거나 아예 의식적으로 배제되는 것처럼 보인다. 소쉬르가 지시대상을 언급하는 경우는 언어학에서 지시대상을 추방하려는 목적에서이다. 소쉬르에 따르면 현실세계는 언어학적 기호모형의 해명에 아무런 도움이 되지 않으며, 기호는 사물이 그 기호에 상응하는가 여부와 무관하게 기능한다. 그럼에도 불구하고 움베르토 에코가 말했듯이 지시대상은 기호학 이론에서는 신경 쓰이는 걸림돌로 남아 있다.[1] 왜냐하면 모든 기호는 어떤 대상과 관계를 맺으며, 그럼으로써 그 관계에 대한 표상이 생겨나기 때문이다. 폴드 만에 따르면 기호가 지시하는 세계를 인정하지 않는다면 기호에 대한 경계 설정과 기호에 대한 정의는 불가능하다. 기호가 지시하는 세계를 인정하지 않고 어떻게 기호의 의미를 해명할 수 있겠는가? 이것은 순전히 유명론적(唯名論的) 기호세계만 다루려는 철학텍스트의 경우에도 마찬가지로 해당된다. 지시대상은 항상 다시 언급되며, 본의 아니게 지시대상과 실상에 관한 추측이 생기기 때문에 이런 유형의 철학 역시 불가피하게 자기모순에 빠지는 것처

---

1 Umberto Eco, *Zeichen: Einführung in einen Begriff und seine Geschichte*, Frankfurt a. M.: Suhrkamp 1977, S. 149.

럼 보인다.

기호학의 관점에서 보면 지시대상은 결코 완전히 떨쳐버릴 수 없는 불쾌한 동반자인 기생충과 같다. 그런데 이론의 역할을 텍스트의 내재적 해석에 국한하지 않고 텍스트 바깥의 맥락까지도 함께 다루는 이론들의 경우 지시대상의 기능을 어떻게 설명할 수 있을까? 이 책의 3부에서 다루려 하는 이론모델들은 이러한 도전적 문제의식을 공유하고 있다. 이 이론들은 사회·문화·역사·육체·매체 등을 지시영역으로 포함하고 있으며, 어느 경우든 간에 모두 기호학적 기호모형과의 경계가 모호하다. 이 이론들은 지시대상을 배제하는 기호이론을 이용하여 대상을 파악하려고 시도하거나, 아니면 곧장 지시대상을 탐구대상으로 삼아서 기호학을 넘어서려고 한다.

니클라스 루만(Niklas Luhmann, 1927~1998)의 체계이론 (Systemtheorie)은 우선 기호와 지시대상의 명백한 모순관계를 다르게 설명하려는 시도라고 할 수 있다. 구조주의와 기호학은 언어학적 모형을 철저히 고수하여 지시대상이 없는 기호만 상정하는데, 루만은 그의 논문 「형식으로서의 기호」(Zeichen als Form)에서 그런 기호 개념은 역설로 귀결되고 만다고 말한다.[2] 왜냐하면 기호 외에는 아무것도 존재하지 않음을 주장하려 하는 기호학은 궁극적

---

2 Niklas Luhmann, "Zeichen als Form," in: Dirk Baecker (Hg.), *Probleme der Form*, Frankfurt a. M.: Suhrkamp 1993, S. 46.

으로 기호 자체를 의문시하는 결과에 이를 것이기 때문이다.[3] 루만의 체계이론은 이 역설을 해소하지 않고 반대로 더 엄밀하게 규정하려고 한다. 이를 위해 루만은 우선 기표와 기의의 관계 내지 차이 개념을 '구별'(Unterscheidung)이라는 체계이론 개념으로 대체한다. 기호는 기표와 기의의 구별에 의거하여 성립된다. 루만의 방식으로 바꾸어 말하면 기호의 영역은 그 자체로 존재하는 것이 아니라 구별을 통해 비로소 형성된다. 이와 유사하게 라캉은 기호의 기능을 알고리즘으로 설명하고, 데리다는 '차연' 개념으로 설명한 바 있는데, 이는 소쉬르의 모델을 근본적으로 재구성하려는 시도였다. 물론 소쉬르의 경우에도 기표와 기의 간의 차이는 기호의 성립조건이 된다. 하지만 이와 동시에 소쉬르는 서로 독립적인 영역인 기표와 기의가 기호들의 관계를 통해 결합될 수 있다고 보았다. 반면에 라캉과 데리다는 '차이'를 생산적인 기능으로 간주하며, 루만의 체계이론 역시 그러하다.

'구별'은 구별하는 대상을 만들어낸다. 이는 모든 체계의 본질적 특성이다. 모든 체계는 관찰에 의해 성립된다. 루만은 이때 관찰을 대상에 대한 시각적 관찰로 이해하지 않고 구별의 과정으로 이해한다. 모든 체계[4]는 구별에 기초하여 관찰을 한다. 물론 구별이 스

---

3 〔역주〕 기호가 지시대상(Referenz)을 갖지 않는다는 말을 문자 그대로 이해하면 기호라는 '낱말' 또는 '개념' 자체도 성립할 수 없다는 말이다.
4 〔역주〕 루만은 가장 상위의 체계를 생물체계, 심리체계, 사회체계로 분류한다.

스로를 관찰하지는 못한다. 2차 질서 체계의 관점에서 보지 않는다면 구별은 그 자체로 의식되지 않는다. 이 2차 질서 체계는 계속 진행되는 구별에 기초하여 1차 질서의 관찰을, 그리고 이와 함께 그 기초가 되는 구별을 다시 관찰할 수 있다. 1차 질서의 관찰이 어떤 대상을 관찰하는 것이라면, 2차 질서의 관찰은 어떤 대상이 어떻게 보이는가를 관찰하는 것이다.[5] 루만은 그러한 2차 질서의 관찰을 기호학에도 적용하려고 한다.

기호학은 기표와 기의의 구별에 기반을 두며, 기표와 기의의 통일체를 소쉬르는 '기호'라고 정의한다. 루만의 용어에서 구별과 구별의 통일성은 이른바 '형식'의 두 측면이다.[6] 여기까지만 보면 루만은 단지 개념 선택만 소쉬르와 다르게 하는 것처럼 보인다. 루만에게 기호에 대한 '형식 분석'은 소쉬르에게 기표와 기의의 구별, 기표와 기의의 통일성으로서의 기호에 상응하는 것이다. 그러나

---

5 〔역주〕예컨대 우리가 어떤 그림을 감상하는 것은 화가가 대상을 어떻게 관찰했는가(1차 질서의 관찰)를 다시 관찰하는 '2차 질서의 관찰'에 해당된다.

6 〔역주〕구별은 특정한 '체계'와 그것을 에워싸고 있는 '환경'을 구별하는 것이다. 이러한 구별을 통해 체계의 경계를 따라 체계의 안쪽과 바깥(환경)을 나누는 '형식'이 생겨난다. 예컨대 백지 위에 동그라미를 그리면 동그라미의 안쪽(체계)과 동그라미(경계) 그리고 바깥(환경)을 나누는 형식이 성립된다. 여기서 동그라미의 안쪽은 하나의 체계로서 '통일성'을 형성한다. 모든 체계는 (모든 생물이 그러하듯이) 자기생성(Autopoesis)을 하고 이를 통해 유지되지만, 다른 한편으로 환경과의 상호작용, 다른 체계들과의 상호작용을 통해 변화하기 때문에 여기서 말하는 통일성은 잠정적이며, 주위 환경과의 차이, 다른 체계들과의 차이에 의해 제약을 받는다.

기호학과 달리 체계이론은 세 층위의 상호작용을 설명하고자 한다. 즉 한편으로 기호를 구성하는 기표와 기의 그리고 다른 한편으로 지시대상의 상호작용이 그것이다. 기호학은 기호 안에서 기표와 기의의 기능이라는 한 측면에만 관심을 기울이고, 기호와 지시대상의 관계는 무시한다. 그러나 루만은 기호와 지시대상의 구별 또한 강조한다. 기호학은 자신을 관찰하는 체계이론에 비해 어느 정도 단순하다고 할 수 있다. 왜냐하면 기호학은 지시대상을 배제하려고 하기 때문이다. 그러나 기호와 지시대상의 관계에서도 기표와 기의의 구별은 반복되는 것처럼 보인다.[7] 하지만 그것으로 기호학이 '지시대상 문제'를 해결할 수 있는 것은 아니다. 지시대상은 기호학에 도움이 될 수도 있는 구별에 기초하기 때문이다.

루만의 체계이론을 통한 형식 분석도 기호를 단지 실제 사태 또는 지시대상으로 귀속시키려고 하지는 않는다. 루만은 기표와 기의의 구별을 기호 내부의 차이와 관련시킬 뿐만 아니라 특히 기호 체계 자체와도 관련시킨다. 기호는 그 '외적 측면'에서 보면 '세계'와 구별되지만, 기표와 기의의 구별과 마찬가지로 기호와 세계는 그 자체로 존재하는 것이 아니라 구별에 의거하여 존재한다. 이처럼 루만의 경우 역시 독립적인 지시대상의 세계는 존재하지 않지

---

7 〔역주〕 기호학이 지시대상을 배제하려는 것도 기호를 지시대상과 '구별'함으로써만 가능하며, 그러한 구별은 기표와 기의의 구별처럼 양자의 상호관련성을 시사한다는 말이다.

만, 기호는 언제나 지시기능을 갖는다. 기표로서의 기호는 기의와 분리될 수 없기 때문이다.

바꾸어 말하면 언어는 언제나 세계언어이다. 언어가 기호사용의 형식을 유지할 수 있는 것은 오로지 언어가 기표를 기의와 연결할 때에만 가능하다. 언어는 이러한 구별을 통해서만 생명을 유지하며, 따라서 언제나 언어 자체와는 다른 무엇을 구성한다. 물론 그렇다고 해서 언어가 외부세계에 개입하여 작용하거나 재현 기능 또는 순응기능을 할 수 있다는 것을 뜻하지는 않는다. (…) 언어가 비언어적 실재에 개입하여 작용할 수도 없고, 외부세계가 언어에 영향을 주어서 외부세계를 그대로 수용하게 할 수도 없다. 그렇지만 언어는 단지 언어에 관해서만 말하지는 않는다. (같은 글 51면)

체계이론은 기호학의 딜레마에 대한 해결책을 제시하지 않는 대신 왜 기호이론은 지시대상에서 벗어날 수 없는가를 관찰하고자 한다. 외부세계와 연결될 가능성은 없지만, 마찬가지로 외부세계를 부정하는 것도 불가능하다. 외부세계는 기호를 사용할 때마다 매번 새롭게 구성되기 때문이다. 기호가 '의미'를 갖는다는 것은 기호가 지칭하는 어떤 것과 관련을 맺고 있다는 것이다. 기호가 지칭하는 것은 언어의 내적 측면에서는 (소쉬르의 기의처럼) 규정된 것이며, 다른 한편 언어의 외적 측면에서는 (지시대상처럼) 규정되지 않은 것이다.[8] 어떤 기호의 의미는 한편으로는 아주 구체적으로 특정된 것이지만, 다른 한편으로는 언어와 환경의 경계 및 구별만 나타내기 때문에 전혀 규정되지 않은 것이기도 하다.(같은 글 63면) 기호는 기호 자체를 넘어설 수 없지만, 그럼에도 기호와 구별되는 외부세계 즉 환경에 기초해서 성립한다. 폴 드 만은 기호가 언제나 지시대상을 불러내면서도 그 지시대상과 구별되려고 한다는 아포리아에 주목했는데, 루만은 그 아포리아를 해소하지 않고 기호 자체의 형식으로 드러내고자 한다.

기호의 지시기능이 봉착하는 이러한 아포리아는 앞으로 다루게 될 이론들이 주로 탐구한 경계영역을 드러낸다. 이전의 해석학이나 구조주의와 달리 이 이론들은 단지 텍스트만 다루지 않고, 작품 내재적 방법으로는 설명할 수 없는 문학의 맥락을 해명하려고 한다. 지시대상으로서 사회·문화·역사·육체·매체는 과연 어떻게 설명될 수 있으며, 문학은 이 영역들과 어떤 연관성이 있는가? 이 이론들은 기호 개념과 텍스트 개념을 (롤랑 바르트가 독자까지 포함하듯이) 보편적으로 확장하여 그 맥락을 해독하고자 하는가? 아니면 언어이론으로는 지시대상의 문제를 해결할 수 없으므로 상징적 질서를 끌어들이는가? 이제부터 다루는 이론들은 기호학

---

8 〔역주〕예컨대 '나무'라는 기호는 현실에 존재하는 특정한 나무를 '지시대상'으로 가지지 않는다.

모델의 한계를 돌파하려는 시도들이다. 이 이론들은 기호학 모델의 테두리 안에서 실재의 세계로 나아가고자 시도하거나, 기호학의 기호모형 자체를 극복하여 지시대상에 도달하고자 한다. 이 이론들은 일정한 시간적 순서에 따라 순차적으로 전개되지는 않지만, 지난 수십년 동안 기호학 모델의 한계를 돌파하려는 시도들이 집중적으로 누적되어온 양상을 보건대 '언어학적 전회'에 근거한 이론적 패러다임은 잠정적인 종언에 도달했다고 추정할 수 있다.

1. 사회: 테오도어 아도르노의 비판이론,
니클라스 루만의 체계이론

테오도어 아도르노(Theodor W. Adorno, 1903~1969)와 막스 호르크하이머(Max Horkheimer, 1895~1973)는 그들의 공동저서『계몽의 변증법』(*Dialektik der Aufklärung*, 1944) 1장에서 호메로스의『오디세이아』(*Odysseia*)에 나오는 '선견지명을 담고 있는 알레고리'에 대해 서술하고 있다. 예로부터 뱃사람들이 사람을 홀리는 요괴 세이렌의 노래에 귀를 기울이다가 파멸에 이른 그곳에서 오디세우스는 최초로 세이렌의 유혹을 이겨낸다.[1] 오디세우스는 선원들의 귀를 밀랍으로 틀어막은 뒤 자기 몸을 돛대에 묶어놓게 한 까

---

1 〔역주〕『오디세이아』제12장 참조.

닭에 세이렌의 노래를 듣고 유혹에 넘어가지 않는다. 그렇게 사람을 홀리는 세이렌의 노래와 '유혹'은 '순전한 사변적 성찰의 대상' 즉 '예술'이 된다.[2] 아주 간단한 수단으로 자신의 파멸을 막은 오디세우스의 이러한 '책략'은 곧 계몽의 변증법에 대한 알레고리이다. 이 이야기는 한편으로는 오디세우스가 신화의 속박에서 해방되는 과정을 보여주며, 다른 한편으로는 이를 위해 오디세우스가 자신의 욕망을 억제하는 사소한 희생만 치르면 된다는 것을 보여준다. 세이렌이 대상화될 뿐만 아니라 오디세우스 역시 욕망을 제어하기 위해 자신을 객체화해서 결박한다. 이 이야기는 여러 이유에서 알레고리적이다. 호르크하이머와 아도르노의 해석에 의하면 이 이야기는 최초의 계몽된 시민을 보여준다. 왜냐하면 오디세우스는 이성과 책략으로 자기 자신을 제어할 줄 알기 때문이다. 또한 이 이야기는 예술과 예술의 탄생에 관한 이야기로도 해석될 수 있다. 이제 세이렌의 장엄한 노래는 연주회장의 연주처럼 거리를 두고 즐길 수 있게 되었기 때문이다. 나아가 이 이야기는 계급 분화에 관한 이야기로 해석될 수도 있는데, 예술의 탄생은 선원들의 부자유의 댓가로 이루어진 것이기 때문이다. 선원들은 노래를 즐기지 못하도록 배제되었던 것이다.

아도르노와 호르크하이머는 여기서 여러 해석모델을 활용한다.

---

2 Theodor Adorno und Max Horkheimer, *Dialektik der Aufklärung*, Frankfurt a. M.: Fischer 1992, S. 41.

프로이트는 문명비판적인 글에서 문명은 욕망의 억압에 의해서만 가능하다고 말한 바 있다. 오디세우스가 자신의 몸을 결박한 것은 그런 의미에서 욕망의 억압이라고 할 수 있다. 듣지 못하는 선원들이 억압당한 상황을 계급 분화로 설명하는 것은 마르크스주의적인 해석이다. 해당 구절이 오디세우스의 책략을 통해 이성의 도구화를 보여주고 있다는 해석은 계몽에 대한 비판적 성찰이다. 세이렌 이야기에 대한 서술에서 또 하나 주목할 것은 이 이야기가 형식적 관점에서 서양 역사서술의 시작을 보여주고 있다는 점이다. 호메로스는 이전까지 구전으로 전승되어온 이야기를 글로 서술하였으며, 그런 점에서 그의 저술은 매체변화를 대변한다. 이는 자연으로부터의 해방을 다시 한번 생생히 보여준다.

　『오디세이아』에 나오는 세이렌 이야기는 '신화'와 '합리적 노동'이 서로 어떻게 뒤엉켜 있는가를 보여주고 있는데, 그 부분뿐 아니라 『오디세이아』 전체가 '계몽의 변증법'에 대한 증거를 이룬다고 할 수 있다. 이 서사시는, 특히 작품의 가장 오래된 층 속에서, 신화와 연결되어 있음을 보여준다. 오디세우스의 모험들은 이미 민중설화 속에서 구전되어 내려오던 것들이다. 그러나 호메로스의 정신이 신화들을 자기 식으로 재조직하면서 호메로스의 신화는 이전의 신화들과는 모순에 빠지게 된다. (…) 호메로스의 어투는 '언어의 보편성'을 미리 가정하지 않음에도 불구하고 언

어의 보편성을 창조해낸다. (…) 모험의 주인공은 시민적 개인의
원형으로서, 시민적 개인이라는 개념은 방랑자 오디세우스가 아
득한 옛적의 모범으로 보여주는 일관된 자기주장에서 생겨난 것
이다. 역사철학적으로 볼 때 소설과 대비되는 형식인 서사시에
서도 이미 소설과 유사한 특징들이 나타난다. 호메로스의 세계는
의미로 충만한 우주라고 경탄의 대상이 되어왔지만, 이미 이성에
의해 질서가 부여된 산물임이 드러난다. 이성은 이성의 빛으로
신화를 조명하는 합리적 질서의 힘으로 신화를 파괴한다. (같은 책
50면)[3]

호메로스의 작품은 구전 전승을 글로 기록했다는 점에서 세이렌
이야기가 다루고 있는 문제를 표현한 것이다.[4] 오디세우스의 책략
이 통한 것은 그가 '계약의 허점'[5]을 이용할 줄 알았기 때문이다. 다
시 말해 그는 "계약의 허점을 이용하여 계약을 이행하면서도 계약
의 속박에서 빠져나올 수 있었다."(같은 책 66면) 오디세우스는 세이

---

3 〔역주〕 테오도어 아도르노, 막스 호르크하이머 『계몽의 변증법』, 김유동 옮김, 문
  학과지성사 2001의 번역을 거의 그대로 따랐으며 뒤에서도 마찬가지다.
4 〔역주〕 구전 전승에서는 세이렌의 '노래'가 '소리'로 들리지만 문자 기록은 그
  '소리'를 제거한다는 말이다.
5 〔역주〕 여기서 '계약'이란 뱃사람들이 세이렌의 매혹적인 노래를 듣고 황홀한
  쾌락을 맛보지만 그 댓가로 목숨을 바쳐야 한다는 것이다. 그렇지만 세이렌의
  노래를 들을 때 몸을 꼼짝 못하게 결박해도 좋은가 여부에 대해서는 미리 정해
  진 바가 없으므로 이는 바로 '계약의 허점'이 된다.

렌의 노래가 예로부터 행사해온 위력을 인정하면서도 세이렌의 유혹에서 벗어나는데, 이는 그가 기호를 다르게 이해했기 때문에 가능한 일이었다. 오디세우스는 말소리와 의미 사이의 차이를 간파했기 때문에 계약의 허점을 꿰뚫어볼 수 있었다. 그렇게 보면 계약의 '허점'이란 결국 기호와 의미 사이의 차이라고 할 수 있다. 예술의 탄생, 서구적 개인의 탄생, 노동분업의 발생, 도구적 이성의 출현 등은 결국 기호 이해의 변화와 관련이 있다. 아도르노와 호르크하이머는 그러한 변화를 미메시스(mimesis)적 세계관계에서 벗어나 주체와 객체의 분리로 나아가는 이행과정으로 설명한다. 신화적 세계상(像)에서 신들은 자신의 권능으로 표출되는 의미와 일체를 이루고 따라서 직접적인 위력을 행사한다. 그와 달리 인간 주체는 무엇보다 언어적 표현을 통해 신화에 대해 거리를 둠으로써 신화의 속박으로부터 해방될 수 있다. 아도르노와 호르크하이머에 따르면 고대의 희생제의는 제물로 바쳐지는 동물이 대체기능을 충족시켜주기 때문에 이미 이런 발전의 첫걸음을 보여준다.

동물을 제물로 바치는 행위는 담론적 논리로 한걸음 전진하는 것을 뜻한다. 딸을 대신해서 바친 암사슴이나 첫아들을 대신해서 바친 양은 개체로서 고유한 자질을 갖고 있긴 하지만 그것들은 이미 자신이 속한 유(類)를 대표한다. 그것들은 임의적인 견본인 셈이다. 그렇긴 하지만 희생제의가 일어나는 '지금 이곳'의 거룩함과 선택된 자의 유일무이함에 힘입어 대신 바쳐지는 제물은 임의적인 견본과 엄격히 구별되며, 교환 속에서도 교환 불가능한 것이된다. 과학은 이런 사태에 종지부를 찍는다. 과학에서는 동물이사람을 대신할 수 없다. 다시 말해 사람 대신 동물을 제물로 바친다면 더이상 신은 존재하지 않는다. 대표 가능성은 보편적인 대체가능성으로 바뀐다. (같은 책 16면)

고대의 희생제의를 시작으로 서양인은 대체 사고를 익혀왔으며, 그 덕분에 자연의 속박에서 벗어나는 한편 자신을 주체로 정립하여 대상세계와 맞설 수 있게 되었다. 세이렌 이야기에서는 바로 이런 점이 드러난다. 오디세우스는 자기 자신을 제어하는 주체로서 세이렌을 객체로 다룰 수 있는 인물이다. 오디세우스가 세이렌을 대상화할 수 있었던 것은 자기 자신을 대상화하여 자기 몸을 돛대에 묶었기 때문에 가능한 일이었다. 기호와 그 대상들 사이의 균열, 틈새, 분리는 어느정도 역사의 시작이라고 할 수 있다. 오디세우스는 자기 자신을 제어함으로써 주체가 되었고, 세이렌은 객체가 되었으며, 개념들은 그 의미와 구별되기에 이르렀다. 하지만 그렇기 때문에 계몽과 신화의 구별 자체도 계몽의 산물, 즉 차이의 사유를 도입한 결과인 것이다. 기호를 읽고 간파할 줄 아는 계몽된 주체는 비로소 세계를 자기 자신의 역사와 구별하고, 자기 자신을 객체와 맞서는 주체로 정립한다. 신화는 이러한 차이가 존재하지 않았던 시대의 산물이라고 선을 긋는 것도 계몽된 이성의 관점을 표현한 것이다.

　마지막으로 세이렌 이야기는 아도르노와 호르크하이머의 비판 이론이 탄생하게 된 경위를 보여주는 신화로 이해할 수 있다. 아도르노와 호르크하이머는 세이렌 이야기를 통해 그들 자신의 이론이 탄생한 조건과 그 발전사를 이야기하고 있기 때문이다. 그들은 변증법을 통해 주체와 객체의 분리에 대응하는데, 호메로스의 세이렌 이야기는 그러한 주체와 객체의 분리를 보여주는 원형적 장면이다. 아도르노와 호르크하이머는 자신들이 이야기하는 역사의 일부이다. 다시 말해 그들 역시 자신들이 비판하는 사유에 빚지고 있는 것이다. '비판이론'이라는 개념 자체가 이미 그것을 말해준다. 여기서 '비판'이라 함은 한편으로는 '이론에 대한 비판'을 뜻하고, 다른 한편으로는 '비판적' 이론이라는 의미로 이론적 담론의 특성을 가리키는 것으로 이해할 수 있다. 이 두 측면은 서로의 조건이 된다. 다시 말해 이론에 대한 비판은 언제나 비판을 추구하는 이론이기도 한 것이다. 아도르노와 호르크하이머는 스스로를 계몽의 옹호자로 이해한다. 그렇지만 도구적 이성과 그 역사에 대한 그들의 비판은 히틀러 치하에서 자행된 조직적인 유대인 대학살 역시 계몽의 결과로 이해한다. 1947년 암스테르담에서 처음 출간된 『계몽의 변증법』에서 그들이 고심한 문제는 일찍이 계몽을 대변했던 나라에서 어째서 유대인 대학살을 저지하지 못했는가 하는 것이다. 그들이 주장한 테제는, 설사 계몽이 성숙한 시민을 길러낸다는 목표를 추구했다 하더라도 이성적인 계산이 없이는 국가사회주의자들에 의한 체계적인 대학살은 불가능했을 것이라는 것이다. 계몽을 비판하는 『계몽의 변증법』은 비판이론의 형태로 이성의 발전을 도모하려고 한 시도이다. 역사의 바깥에서는 비판의 입지를 확보할 수 없다. 그러므로 철학은 철학의 준거가 되는 이성의 역사를 성찰할 수밖에 없고, 이성을 비판하기 위해서는 이성을 활용할 수밖에 없는 것이다.

다른 저작에서도 아도르노는 자신의 전형적인 논증모델의 하나인 차이에 관한 사유를 이끌어가는 중요한 것으로 주체와 객체의 관계를 부각한다. 이 문제에 대한 아도르노의 기본입장을 단적으로 보여주는 「형식으로서의 에세이」(Der Essay als Form, 1958)는 일종의 철학적 시학이다. 이 글에서 아도르노는 자신의 관점을 철학적으로 규명한다. 이 글은 에세이에 대한 에세이, 비평에 대한 비평, 비평의 형식에 대한 성찰이라고 할 수 있지만, 그렇다고 아도르노가 메타이론을 전개하고 있는 것은 아니다. 이 글에서 아도르노는 학문적(그리고 철학적) 논술과 문학적 에세이의 엄밀한 구별을 극복하고자 하면서도 그 자신의 글이 문학적 형식의 철학이 되는 것은 피하고자 한다. 아도르노에 따르면 에세이는 문학이 아니며, 어떤 형태의 범주로도 분류되지 않는다. 에세이는 문학과 과학의 구별에 선행하는 형식이기 때문이다. 에세이는 개념어에 반대하는

데, 개념어가 『계몽의 변증법』에서 언급한 주체와 객체의 분리를 표현한 것이기 때문이다. 에세이는 문학적 형태가 되어서도 안된다. 에세이가 단순히 장식적 형식이 되는 경우에는 비판의 내용과 주장이 무효화되기 때문이다. 아도르노에 따르면 성공한 에세이는 선형적(線型的) 논리전개 형식과 개념적 질서에서 벗어난 사유뿐만 아니라 순수한 시적 언어에서 벗어난 사유의 움직임도 표현한다. 일종의 2차 텍스트인 에세이는 다루는 대상의 용어를 의식적으로 받아들이면서도 변증법이란 수단을 통해 그 용어의 의미에 의문을 던진다. 구체적으로 말하면 모든 명제는 반대명제를 수반하며, 아도르노는 모든 논리적 표현을 다시 철회한다. 에세이는 개념이 어떻게 형성되는가를 추적하여 도구적 이성의 작동기제를 밝혀냄과 동시에 목적 지향적인 언어사용에 저항하는 형식을 개진하는 방식으로 사유를 분석한다.

에세이는 견해를, 자신의 출발점을 이루는 견해마저, 해소해버리는 경향이 있다. 에세이는 애초부터 특별한 비판형식이다. 에세이는 정신적 형성물에 대한 내재적 비판이며, 개념으로 이루어진 정신의 산물과 대치하는 이데올로기 비판이다.[6]

---

6 Theodor Adorno, "Der Essay als Form," in: *Noten zur Literatur*, Frankfurt a. M.: Suhrkamp 1991, S. 27.

이러한 에세이적 글쓰기 전략을 보여주는 탁월한 사례는 대개는 축소된 형태로만 인용되는 아도르노의 「문화비판과 사회」(Kulturkritik und Gesellschaft, 1951)에 나오는 다음 대목이다.

문화비판은 문화와 야만의 변증법의 마지막 단계에 이르렀다. 아우슈비츠 이후 시를 쓴다는 것은 야만적이다. 그리고 이러한 사태는 오늘날 시를 쓰는 것이 어째서 불가능한가를 말하는 인식까지도 집어삼킨다.[7]

이 대목은 대개는 "아우슈비츠 이후 시를 쓴다는 것은 야만적이다"라는 문장만 인용되어 마치 시 창작을 금지하는 주장처럼 단순화되었다. 하지만 그 뒤에 이어진 문장을 보지 않으면 아도르노의 생각은 불완전하게 전달될 것이다. 뒤에 나오는 문장은 앞 문장의 진술 역시 '야만적'이라고 말하고 있기 때문이다. 역사의 바깥에서는 비판의 입지를 확보할 수 없으며, 이성은 이 사실을 인정하고 받아들일 때에만 이성 자체를 비판적으로 성찰할 수 있다. 도구적 이성에 대한 비판은 절대적 확신을 단념하는 어떤 형식을 발견할 때에만 도구적 이성을 극복할 수 있다는 점을 부단히 자각해야 한다. 에세이는 이러한 비판적 비평이 스스로를 표현할 수 있는 형

---

7 Theodor Adorno, "Kulturkritik und Gesellschaft," in: *Prismen: Kulturkritik und Gesellschaft*, Frankfurt a. M.: Suhrkamp 1992, S. 31.

식이다. 말과 사물의 분리, 주체와 사회계급과 예술의 분리는 역사의 시작 때부터 존재하며, 에세이는 바로 이러한 분리에 의한 차이를 간단히 극복하거나 무시하려고 하지 않는다. 그 반대로 에세이는 대립을 작동시키며, 개념을 통해 대립을 일정한 틀에 가두는 것이 사태를 축소하는 일임을 드러내고자 한다. 아도르노에 따르면 에세이는 어떤 주장을 특정한 테제 또는 결론으로 수렴하는 일을 단념하지 않으면 안된다. 그렇게 한다면 에세이는 스스로 극복하고자 했던 학문적 논증의 논리로 되돌아가기 때문이다.

아도르노는 『문학에 관한 노트』(*Noten zur Literatur*, 1958)의 서두에 자신의 기본입장을 밝히는 글로 수록한 「형식으로서의 에세이」에서 문학을 읽는 방식도 밝히고 있다. 문학비평은 도구적 이성에 의한 개념적 단순화로 향할 위험으로부터 자유롭지 않다. 어떤 텍스트에서 작가가 의도한 내용에 관심을 기울인다면 이미 작가의 계획적이고 고의적인 표현을 전제하는 것이며, 따라서 아도르노가 그의 미학으로 허물어뜨리고자 한 이성의 질서를 전제하는 것이 된다. 예술작품은 단순한 주관성을 뛰어넘어 보편적인 것을 표현할 때 비로소 예술작품이 된다. 문학텍스트의 형식으로 특정한 의도를 옹호하고 메시지를 표명하려는 시도는 아도르노가 제거하려고 한 것을 재생산할 따름이다. 그런 이유에서 아도르노는 「시와 사회에 대한 강연」(Rede über Lyrik und Gesellschaft, 1957)에서 그 어떤 메시지의 진술이나 현실지시적 관련도 배제한 순수한 주관적 예술의 이상을 이렇게 말한다.

> 따라서 최고의 시적 창작물(Gebilde)은 주체가 한낱 소재로 등
> 장한 흔적도 남기지 않고 온전히 언어 속에서 울려 마침내 언어
> 자체가 목소리를 내도록 하는 것이다. 언어의 객관적 실상에 온전
> 히 자신을 내맡기는 주체의 자기망각, 그리고 주체 표현의 직접성
> 과 무의식성은 동일한 것이다. 이런 방식으로 언어는 시와 사회를
> 가장 내밀하게 매개한다. 따라서 시는 사회가 하는 말을 따라 하
> 지 않고, 어떤 메시지도 전달하지 않으며, 언어가 본래 바라는 대
> 로 주체가 언어 자체에 부응하는 표현에 성공할 때 비로소 가장
> 깊은 차원에서 사회성을 담보하게 된다.[8]

에세이스트가 자신이 비판하는 이론에 맞서서 반대입장을 내세
우지 않듯이(만약 반대입장을 주장하면 오히려 틀린 이론을 지지
하고 강화시켜주는 결과에 이를 것이다), 문학텍스트는 자신의 선
의를 배신하지 않으려면 특정한 이념적 입장을 옹호하지 말아야
한다. 그런 이유에서 아도르노는 역설적이게도 문학텍스트가 명확
한 입장의 진술을 유보할 때 오히려 가장 강력한 진술이 된다고 본
다. 카프카(Kafka)와 베케트(Beckett)의 문학이 바로 그런 대표적

---

8 Theodor Adorno, "Rede über Lyrik und Gesellschaft," in: *Noten zur Literatur*, S. 56.

사례이다. 아도르노에 따르면 문학이 '주관적'으로 되고 고유한 주관성에 집중할수록, 그만큼 더 진정성 있게 보편적인 것을 표현하게 된다. 그렇기 때문에 베케트의 산문은 다른 방식으로는 표현할 수 없는 소외상태를 보여준다. 이 경우에도 아도르노의 사유는 변증법적이다. 어떤 대상에 대한 표현은 그것의 부정을 통해야 성공하고, 소외된 사회는 직접적으로 묘사될 수 없다. 하지만 세계와의 직접적 관련성을 거부하는 시는 이러한 소외를 언어로 표현할 수 있다. 따라서 문학텍스트는 '중층적 해석'(Überinterpretation)을 필요로 한다. 왜냐하면 문학텍스트에 대한 해석은 텍스트의 명시적 진술을 지침으로 삼을 수 없기 때문이다. 작가의 의도를 캐묻는 것은 그 자체로 이미 도구적 이성에 물든 의도에 대한 표현을 낳기 십상이다. 그런 이유에서 아도르노는 텍스트가 사회 및 역사와 만나는, 그러나 직접적으로 드러나지는 않는 접점을 읽어내기 위해 텍스트의 진술을 넘어서는 접근방식을 취한다. 아도르노의 해석은 그런 의미에서 일정한 목적을 지닌 '중층적 해석'이며, 그 논리전개 방식 역시 언제나 동일한 모델을 따른다. 다시 말해 극단적 주관성은 곧 객관적 상황에 대한 표현이 되는 것이다.

아도르노는 무엇보다 기호이론을 염두에 두고 문학텍스트를 해석하기 때문에 텍스트와 사회의 연관성을 밝혀낸다. 아도르노에 따르면 문학텍스트는 텍스트 바깥의 그 무엇도 지시하지 않으며, 오로지 텍스트가 표현하는 언어 자체에 집중할 따름이다. 그 언어에는 사회적·역사적 경험이 응축되어 있다. 아도르노의 문학적 이상에 따르면, 문학작품은 그 발생 터전인 사회와 어느정도 대립할 때에만 자신의 역할을 하며, 그런 대립은 문학작품이 스스로를 성찰하면서 모든 형태의 지시적 관련성과는 비판적 거리를 두게 한다. 문학은 사회에 대한 자기성찰적 저항이다. 성공한 문학작품은 주의·주장과 당파적 입장을 앞세우지 않으며, 현실의 투쟁에 가담하지 않는다. 성공한 문학작품의 언어는 의사소통 수단이나 메시지의 전달매체가 아니라 그 자체가 표현대상이다. 문학작품은 언어가 자본주의 상품세계의 대상들처럼 교환 가능하면서 유통되는 기호에 의존한다는 점을 상기시킨다. 그런 기호에 의존하는 언어는 본래의 의미망을 상실하게 된다. 이런 의미에서도 아도르노는 호메로스의 『오디세이아』가 하나의 시발점에 해당되는 텍스트라고 본다. 『오디세이아』는 원래의 구전(口傳) 전통을 있는 그대로 보존하지는 못하는 문자 기록에 의해서만 문학이 존재한다는 것을 보여주기 때문이다. 또한 카프카와 베케트의 문학은 문학이 의미로부터 분리된 기호에 의존하고 있음을 상기시켜준다.

그렇지만 기호와 기호의 역사에 대한 아도르노의 생각을 기호학적 언어모형과 혼동해서는 안된다. 아도르노는 기표와 기의를 구별하지 않으며, 단지 언어기호가 그 지시대상으로부터 분리되는 것을 역사의 단절로 파악할 따름이다. 아도르노의 이론에는 초기 해석학의 언어모형에 견줄 만한 언어모형이 그 바탕에 깔려 있다. 이는 특히 아도르노의 논지전개가 언제나 주체와 객체의 대립에 초점을 맞추고 있기 때문이다. 오디세우스의 책략에서 드러난 바 있는 이 근원적 분리는 지금까지 서구의 사고를 특징지어왔다. 주관적 예술이 객관적 사회상황을 반영하는 것은 사회의 모순을 직접 묘사하기 때문이 아니라, 주위세계로부터 소원해진 개인의 소외를 언어 자체에서 드러내기 때문이다. 아도르노에 따르면 문학의 언어는 일체의 지시적 관련성을 거부하고 오로지 언어 자체에 집중할 때 객관적 사회상황을 가장 진정성 있게 표현할 수 있다. 그렇지만 아도르노 자신의 이론 역시 텍스트 바깥의 맥락을 끌어들이는 '중층적 해석'이라는 점에서는 지시적 관련성의 표현이라고 할 수 있다. 왜냐하면 사회현실과의 직접적 관련성을 거부하고 스스로를 성찰하는 언어를 아도르노는 다시 추상적으로 사회 전체의 맥락과 관련짓기 때문이다. 아도르노의 해석방식에서 개별 작품은 현실의 객관적 맥락을 직접 묘사하지는 않지만 그럼에도 언제나 현실의 객관적 맥락과 연관되어 있다. 비록 아도르노가 참여문학을 반대하긴 하지만, 텍스트 바깥의 현실적 맥락을 끌어들이는 그의 중층적 해석은 그 나름의 방식으로 참여적이다. 왜냐하면 문학작품은 정치적 담론이나 사회비판적 담론에 의도적으로 참여하지는 않는 경우에도 사회와의 관련성을 탐색하기 때문이다. 아도르노의 이론에서 문학작품은 언제나 객관적 사회현실의 주관적 표현으로 암시된다.

사회이론에 초점을 맞춘 두번째 사례로 여기서 소개하는 니클라스 루만의 체계이론에서는 예술과 사회의 대립이 지양된다.

아도르노에 대한 반대입장에서 말하면 (⋯) 문제는 예술이 '사회에 맞서서 자립하는' 것이 아니라 사회 내에서 **자립한다**는 것이다. 우리는 예술의 사회성을 예술이 사회에 대립하는 부정성으로 이해하지 않는데, 예술이 자유롭게 특수한 기능을 수행할 수 있는 것은 **사회의 작동**으로서만 가능하다고 본다. 그렇게 보면 근대에 와서 확보된 예술의 자율성 역시 사회에 대한 의존성과 모순되지 않는다. 다시 말해 예술은 자율적인 체계의 수립을 추구한다는 점에서 현대 사회의 전반적인 발전 추세와 일치한다.[9]

루만은 아도르노와 전혀 다른 개념적 패러다임을 바탕으로 해서 사회이론을 수립한다. 루만에 따르면 주체와 객체, 개별과 보편의 구별은 그의 체계이론이 결별하고자 하는 역사적 의미론에 속한다. 루만의 체계이론에서 사회는 개인과 행위자의 집합체로 구성되지 않고, 오로지 의사소통(커뮤니케이션)만으로 존재한다. 이로써 아도르노의 이론에서 여전히 큰 비중을 차지하는 인간학적 전제 내지 인본주의적 전제는 철회된다. 의사소통은 주체에 얽매

---

9 Niklas Luhmann, "Das Kunstwerk und die Selbstproduktion der Kunst," in: *Schriften zu Kunst und Literatur*, Frankfurt a. M.: Suhrkamp 2008, S. 142.

이지 않기 때문이다. 의사소통 행위가 없으면 사회는 존재할 수 없다. 사회는 체계로 이해되어야 하며, 그 체계는 다시 역사적으로 부분체계들로 분화된다. 예술은 사회체계 안에 존재하는 하나의 체계이다. 따라서 예술은 사회와 대립하지 않으며, 오히려 분화된 체계의 한 형태로 이해되어야 한다. 루만과 아도르노의 차이점은 내용보다는 형식과 관련된다. 루만의 체계이론은 아도르노의 미학을 관찰할 수 있는 메타이론에 해당한다. 아도르노는 주체와 객체의 구별 및 대립을 설정한 바탕 위에서 논의를 전개한다. 반면에 루만은 아도르노의 그러한 구별을 관찰하고 설명할 수 있는 관점을 탐구한다. 아도르노는 자신의 미학과 『계몽의 변증법』을 계몽의 기획으로 이해한다. 반면에 루만은 현대의 인본주의는 이미 역사적 시효를 상실했으며 현대 사회를 설명하기에 충분치 않다고 본다. 예술은 사회의 부분체계이므로 사회 자체와 다르지 않게 기능한다.

루만이 「형식으로서의 기호」에서 이미 시사한 바 있듯 체계는 구별에 기초하여 성립되지만, 관찰의 토대가 되는 그러한 구별을 관찰하지 못한다. 체계가 구별을 관찰하기 위해서는 1차 질서의 관찰에서 관찰자가 보지 못한 맹점을 다시 구별해서 관찰대상으로 삼는 2차 질서의 관찰자가 필요하다. 그리고 2차 질서의 관찰을 위해 적용된 구별은 다시 3차 질서의 관찰자에게 비로소 가시적으로 드러나게 된다. 이것을 예술의 역사에 적용해보면 다음과 같이 말할 수 있다. 전근대 예술은 1차 질서의 관찰에 기초하여 성립된다. 다시 말해 전근대 예술은 세계와 대상을 관찰한 그대로 모방하는 경향이 두드러진다. 이와 달리 1800년경 낭만주의 시대에 이르러 근현대 예술로의 이행은 2차 질서의 관찰로 이행하는 양상을 보여준다. 우리에게 친숙한 전통적 용어로 바꾸어 말하면, 전근대의 미메시스적 예술은 내용에 주안점을 두는 반면에 낭만주의 예술은 '무엇을' 묘사하는가 하는 문제보다는 '어떻게' 묘사하는가 하는 형식의 문제에 주안점을 둔다고 할 수 있다. 다시 말해 낭만주의 예술은 세계를 재현하기보다는 예술 자체와 예술의 지각방식을 주제화하기 시작한다. 루만은 「세계예술」(Weltkunst, 1990)이라는 글에서 역설적으로 이러한 이행과정을 무엇보다 세계의 통일성 상실이라고 말한다.[10] 예술이 사물에 대한 직접적 관찰에서 벗어나 예술 자체를 숙고하기 시작하면서 세계는 예술의 전제조건이 된다. 예술이 자율적 체계로서 구별될 수 있는 것은 예술이 자신을 인접한 환경 즉 세계와 구별함으로써만 가능하다. 1차 질서의 관찰 차원에서 보면 세계는 예술의 표현대상이지만, 2차 질서의 관찰 차원에서 보면 세계는 구별, 즉 예술과 구별되는 환경이며, 따라서 순전히 기능적으로 규

---

10 〔역주〕 전근대의 미메시스적 예술이 세계를 우주적 질서의 총체로 이해했다면, 낭만주의 예술은 예술 고유의 인지방식에 의해 관찰되고 구성되는 세계만을 포착하고 그 바깥의 세계는 차이로만 인지하기 때문에 결과적으로 세계의 통일성은 붕괴된다.

정된다.[11]

루만은 기호를 형식으로 설명함으로써 그것을 기호학과 비교 가능한 방식으로 표현한다. 기호학의 질서를 도입하면 지시소(指示素: Referent)와 실제 대상을 구별하는 것이 필수적이다. 그리고 세계는 체계 바깥에서는 접근할 수도 관찰할 수도 없으며, 다른 무엇보다도 기호가 구성하는 경계를 넘는 것은 불가능하다. 그렇기 때문에 지시소는 실제 대상이 아니라 단지 지시기능으로 이해되어야 한다. 따라서 지시소를 실제 대상으로 관찰할 가능성은 없으며, 오로지 어떤 체계 안에서만 자기 지시성과 타자 지시성을 구별할 수 있다. 루만의 체계이론 역시 환경과 구별되는 경계, 즉 지시소 및 규정 불가능한 바깥세계와 구별되는 경계 안에 있다. 비록 세계가 내적 완결성을 지닌 예술체계의 전제조건이긴 하지만 말이다. '세계예술'은 (세계를) 재현하지 않으며, 그 자체가 하나의 세계 정립 (Setzung)이다.(같은 글 213면)

루만에 따르면 예술의 자율성은 1차 질서의 관찰과 2차 질서의 관찰을 중첩시킨 덕분에 확보된다.

예술의 자율성은 하나의 관점에서 또다른 관점으로 이동할 수 있는 가능성을 구현하고[12] 그 과정에서 생겨나는 차이를 구현함으

---

11 Niklas Luhmann, "Weltkunst," in: *Schriften zu Kunst und Literatur*, Frankfurt a. M.: Suhrkamp 2008, S. 190f.

로써 확보된다. 그렇게 함으로써만 예술은 세계와 사회에 대한 의존에서 벗어나 이러한 구별에 의해 자신의 세계를 구축할 수 있게 된다. (같은 글 220면)

예술은 자기 고유의 인지경험을 관찰하기 시작하더라도, 이와 동시에 미메시스적 세계 관찰의 차원도 여전히 이용할 수 있다. 예컨대 소설에서 화자가 뒷전으로 물러나 작중인물들에게 사건 진행을 내맡길 수는 있지만, 그래도 여전히 사건 진행은 화자가 설정한 구도와 질서를 표현하게 된다. 하지만 이러한 구별은 문학작품 안에서 이루어진다. 소설에서 화자의 자기관찰 기술과 방식을 파악하려면, 예컨대 미학이론의 차원에서 예술양식을 역사적으로 비교할 때처럼, 3차 질서의 구별이 필요하다.(같은 글 221면) 아니면 예술사에서 특정한 시대에 예술이 이른바 '새로움'을 미적 판단의 준거로 삼아 기존 작품과 구별되는 독창적인 작품만 예술로 인지하는 양상을 3차 질서의 관찰로 서술할 수도 있을 것이다. 이밖에도 3차 질서의 관찰이 구별의 기준으로 삼는 또다른 구별도 생각해볼 수 있다. 바로 그런 구별이 체계이론의 특징이라고 할 수 있다. 다시 말해 체계이론은 다양한 형태의 관찰을 포괄하기 때문에 '새로움'

---

12 〔역주〕 예컨대 도자기를 그릇이라는 실용적 관점에서 관찰하지 않고 아름다움이라는 심미적 관점에서 관찰할 때 실용성에 의존하지 않는 예술적 자율성이 확보된다.

을 준거로 삼는 관찰방식은 결코 유일한 대안이 될 수는 없다.

　아도르노의 비판이론에는 이런 형태의 개념적 추상화가 없다. 아도르노의 비판이론은 언제나 유사한 구별을 적용하는 방식으로 전개되며, 아도르노는 그런 구별이 다른 방식의 구별과 어떤 관계에 있는지 문제삼지 않는다. 따라서 아도르노는 언제나 하나의 특정한 태도로 문학과 예술을 논한다. 그의 해석은 특정한 경향과 비판적 의도를 따른다. 이와 달리 루만의 체계이론에서 관찰자는 문학의 그러한 비판적 기능에 대해 거리를 두며, 다른 한편으로 비판은 문학의 기능으로서 관찰된다. 이 점을 루만은 더 엄밀하게 다음과 같이 말한다.

　　이상의 모든 논의를 종합해볼 때 예술이 여타의 관찰방식, 예컨대 학문적 관찰방식보다 세계를 더 잘 관찰할 수 있다는 식의 견해는 예술의 본질적인 문제와 관련이 없다. 그런 견해는 예컨대 논리적 차원과 미적 차원이라는 양가적 도식으로 관찰된 현존세계를 절대화하는 결과에 이를 것이다. (…) 우리가 이해하는 '세계예술'은 다른 관찰방식보다 더 우월한 방식으로 세계를 재현하는 그런 예술이 아니라, 관찰된 세계를 관찰하여 관찰될 수 있는 것과 관찰될 수 없는 것을 판별하는 준거가 되는 구별에 주목하는 예술이다. 그렇게 함으로써만 예술의 허구성은 독자적인 객관성을 주장할 권리를 확보할 수 있으며, 실재하는 현실과 대등하게

여타의 세계도 또다른 현실성을 확보할 수 있을 것이다. (같은 글 238면 이하)

문학이 현실의 지시대상을 가치의 준거로 삼지 않고 실제 대상의 환경으로부터 문학을 구분해주는 구별을 가치의 준거로 삼을 때에만 이러한 기능을 충족할 수 있다. 따라서 루만의 체계이론에서 지시대상의 소멸은 손실이 아니라 구별을 도입하고 관찰할 수 있기 위한 전제조건이 된다. 이와 달리 아도르노의 이론을 보면 기호가 지시대상에서 분리될 때 그의 논증이 늘 의존하는 단절이 발생한다. 아도르노의 이론이 문학의 비판적 기능에 초점을 맞추는 것은 언제나 그러한 단절로 인한 차이를 끌어들이기 때문이다. 반면에 루만의 이론에서는 문학을 그것을 산출하는 사회와 다르지 않게 작동하는 체계로 설명할 수 있다.

2. 문화: 클로드 레비스트로스의 구조주의 인류학, 클리퍼드 기어츠의 해석학적 인류학

이 책의 1부와 2부에서 다루었던 해석학과 구조주의 이론은 인류학의 방법론에도 결정적인 영향을 주었다. 해석학이 인류학에 영향을 주었다는 사실은 해석학의 역사에 비추어볼 때 그다지 놀라운 일이 아니다. 해석학은 시야를 확장하면서 늘 새로운 환경을 규명해왔기 때문이다. 해석학이 인류학의 방법에도 시사점을 제공해준 것은 해석학의 텍스트 개념이 문화 전체에도 적용될 수 있기 때문이다. 대화, 감정이입, 지평 등과 같은 비유는 해석학적 인류학에서 훨씬 더 구체적인 의미로 사용된다. 그렇지만 해석학적 인류학이 이런 개념적 도구를 가지고 다른 문화들까지 이해할 수 있을지는 의문이다. 적어도 여기서 소개하는 해석학적 인류학은 미지의 낯선 문화보다는 자기 문화를 집중적으로 탐구하며, 타자의 문화를 자신의 이해지평 안으로 끌어들일 수 있는 방법을 모색한다. 이 개념들에는 지시대상이 포함될 여지가 있어 보이지만 실제로 지시대상은 중요하게 고려되지 않는다.

구조주의 인류학의 경우도 양상은 다르지 않다. 예컨대 구조주의 인류학의 가장 중요한 대표자인 클로드 레비스트로스(Claude Lévi-Strauss, 1908~2009)는 무엇보다도 다른 문화권의 신화텍스트를 연구할 때 자신의 방법론적 패러다임에 맞추어 문화 개념을 정의한다. 레비스트로스는 인류학에서의 구조 개념을 이렇게 정의한다. "근본원리는 사회구조 개념이 경험현실과 관련된 것이 아니라 경험현실에 기초해 만들어진 모형과 관련된다는 것이다."[1] 예컨대 레비스트로스는 수집된 신화와 같은 풍부한 경험적 자료를 구조모형(Strukturmodell)에 의거하여 그 공통점과 차이점을 탐구한다. 현장조사 및 '순수한 기록'과 달리 구조주의 인류학은 개별 사례에 대한 관찰에 근거하여 보편적 이론을 이끌어내는 귀납적 방법이 아닌 연역적 방법을 사용한다. 다시 말해 미리 설계된 구조모형이 경험적 사례를 설명하기 위한 기초가 된다. 따라서 많은 비판자들이 지적하듯이 레비스트로스에게 구체적인 현장조사는 그다지 중요하지 않다. 『슬픈 열대』(*Tristes Tropiques*, 1955)의 서두에서 그는

---

1 Claude Lévi-Strauss, *Strukturale Anthropologie I*, Frankfurt a. M.: Suhrkamp 1977, S. 301.

이렇게 말한다.

 나는 여행과 현장답사 탐험가들을 싫어한다. 인류학자의 소명
은 모험과 무관하다. 인류학자에게 모험은 억지로 부과되는 강제
일 뿐이다. 현장답사의 모험은 몇주일 몇달씩 고생을 시켜서 작업
을 저해할 뿐이다. 정보 제공자가 슬그머니 사라지면 수많은 시간
을 무료하게 허비해야 한다. 굶주림과 피로, 때로는 질병까지 감
수해야 한다. 거의 언제나 온갖 고초를 겪으며 무의미한 나날을
보내야 하고, 원시림에서 지내는 위험한 생활은 일종의 군대생활
처럼 되어버린다.[2]

 레비스트로스는 아마존과 티베트와 아프리카 등지의 이국적 풍
물을 소개하는 화보집과 여행기가 '서점의 서가에 넘칠 정도로' 진
열되어 '인기'를 노리고 있다고 말한다. 이처럼 레비스트로스는 인
류학 연구보고서의 문학화와는 비판적 거리를 두는 것 같지만, 정
작 그의 저서 『슬픈 열대』는 문학성이 짙은 책이다. 이 책에서 그는
연구방법을 서술형식과 밀접하게 결합하고 있다. 어쨌든 클리퍼드
기어츠(Clifford Geertz, 1926~2006)는 레비스트로스의 저서가 상징
주의의 영향을 받았으며 인류학 텍스트 『슬픈 열대』는 일종의 소

---

2 Claude Lévi-Strauss, *Traurige Tropen*, Frankfurt a. M.: Suhrkamp 1998, S. 9f.

설 형식을 취하고 있다고 본다.[3]

해석학적 인류학의 경우에도 대개는 낯선 문화를 접하는 경험 자체보다 서술형식을 더 중시하는 것으로 보인다. 인류학이 문화에 관한 서술을 고려할 때 염두에 두는 것은 자신의 서술형식일 뿐이며 지시대상 자체는 중요하게 고려되지 않는다. 기어츠는 자신의 인류학적 서술형식을 '촘촘한 서술'(thick description)이라 일컫는데, 그의 해석학적 서술형식은 두 사람의 모범을 따르고 있다. 즉 그는 빌헬름 딜타이와 폴 리쾨르를 원용하여 자신의 서술모형을 한편으로는 경험이론으로 정의하고, 다른 한편으로는 구체적인 텍스트 모형으로 정의한다. 그렇지만 그는 딜타이의 심리적 감정이입과는 거리를 둔다.

사물을 원주민의 관점에서 고찰해야 한다 — 나는 마땅히 그래야 한다고 생각한다 — 는 요구를 엄격히 고수할 경우, 만약 우리가 심리적으로 원주민의 관점에 가까이 접근할 수 없고 문화적 정체성을 초월해 탐구대상과 동화될 수 없다면 우리 자신의 입장을

---

3 Clifford Geertz, "The World in a Text: How to Read *Tristes Tropiques*," in: *Works and Lives: The Anthropologist as Author*, Stanford: Stanford University Press 1988. 〔역주〕기어츠는 『슬픈 열대』가 "다분히 의도적인 상징주의 문학텍스트"로서 레비스트로스는 "보들레르, 말라르메, 랭보, 특히 프루스트가 만든 문학적 전통 속에 자리잡고자 한다"고 말한다.(클리퍼드 기어츠 『저자로서의 인류학자』, 김병화 옮김, 문학동네 2014, 57면 이하 참조)

과연 어떻게 서술할 수 있겠는가? 감정이입이 불가능하다면 과연 어떤 이해가 가능하겠는가?[4]

기어츠는 원주민의 입장에 서서 서술하려고 시도하지만 관찰대상의 마음속으로 들어가는 심리적 감정이입의 방식은 배제한다. 이해의 기초는 문화를 텍스트 개념으로 정의하는 것이다. 기어츠는 그러한 개념 정의를 '기호학적' 정의라고 말한다. 그에 따르면 문화라는 것은 '스스로 짠 의미의 직조물'이며, 그 연구방법은 문화의 이런 특성에 부합해야 한다. 문화 연구방법은 "법칙을 추구하는 실험과학이 아니라 의미를 탐구하는 해석학이다. 내가 추구하는 것은 처음에는 수수께끼처럼 보이는 사회적 표현형식을 해명하고 해석하는 것이다."(같은 책 9면)

기어츠가 딜타이와 리쾨르의 해석학을 동시에 준거로 삼을 수 있었던 것은 딜타이의 심리적 감정이입을 포기하는 한편 리쾨르의 텍스트 모형을 단순화했기 때문에 가능한 일이었다. 기어츠는 텍스트 개념과 의미생산에 대해 상세히 설명하지는 않았다. 그가 문화는 텍스트와 같다고 말할 때 이는 그가 대상에 투사한 은유적 표현에 가깝다. 문화적 직조물의 기호는 "상징적 행위들 또는 상징적 행위들의 집합체"(같은 책 37면)이며, 문화적 텍스트는 아직 기표

---

4 Clifford Geertz, *Dichte Beschreibung: Beiträge zum Verstehen kultureller Systeme*, Frankfurt a. M.: Suhrkamp 1987, S. 290.

와 기의로 분화되지 않은 의미들로 구성된다. 따라서 엄밀히 말하면 기어츠의 문화 개념은 기호학적 개념이 아니다. 기어츠는 기호와 의미의 단순한 대립관계에 근거하여 논의를 전개하는데, 이러한 이원적 모형에서는 결국 지시대상에 관한 문제는 논외로 밀려나게 된다. 의미는 기어츠가 본래 분석하려는 대상인데, 그것이 현실세계를 대체하기 때문이다. 기어츠에게 현실은 의미들의 세계로 존재한다.

기어츠가 원주민의 관점을 취하는 것은 낯선 개인들의 마음속으로 감정이입을 하기 위함이 아니라, 원주민이 상징을 어떻게 활용하고 있는가를 이해하기 위함이다. 문화는 개개인의 의도로 구성되는 것이 아니라, 문화 자신이 자기를 표현한 해석모델들로 구성된다. 인류학자의 "자료는 실제로 다른 문화권의 사람들이 그들 자신의 행위와 동료 구성원들의 행위를 어떻게 해석했는가에 대한 우리의 해석인 것이다."(같은 책 14면)

기어츠의 탐구는 관찰이 아니라 해석에 기초하며, 그런 이유에서 '해석적 전회'(interpretive turn)라고 일컬어지기도 한다.[5] 기어츠의 인류학은 해석하는 것이며, 그 해석의 대상 또한 해석이다. "인류학적 탐구의 전 과정에서 요지부동의 확고한 기반(그런 게 있기나 한다면 말이다)과 같은 사실을 접할 때에도 우리는 설명

---

5 Doris Bachmann-Medick, *Cultural Turns: Neuorientierungen in den Kulturwissenschaften*, Reinbek: Rowohlt 2006, S. 59.

해야 하며, 더욱 고약한 것은 설명을 설명해야 한다는 것이다."[6] 이와 관련하여 기어츠가 언급한 사례 중 가장 빈번히 인용되는 사례를 살펴보자. 세명의 소년이 함께 서서 재빠르게 눈을 깜박인다. 얼핏 보면 그들이 눈을 깜박이는 행위는 서로 아무런 차이가 없는 듯싶지만 사실은 제각기 다른 뜻을 지닌다. 한 소년은 그저 생리적 조건반사로 눈을 깜박인다. 둘째 소년은 뭔가 신호를 보내려고 눈을 깜박인다. 셋째 소년은 그저 앞의 두 소년을 따라하고 있을 뿐이다. 눈을 깜박이는 행위는 그 자체로 고정된 의미를 갖지 않는다. 그런데 관찰자는 눈의 움직임을 포착하여 그 의미의 차이를 해명하려고 시도할 수 있다. 기어츠의 인류학은 그러한 해명을 시도하며, 문화적 행위가 지닌 의미와 기호의 내포적 의미를 탐구한다. 그런데 구조주의와 달리 기어츠는 기호의 명확한 문자적 의미, 즉 외연적 의미에 근거하여 기호를 탐구하지 않고 언제나 기호복합체를 탐구대상으로 삼는다. 따라서 기어츠의 문화기호학(Kultursemiotik)에서는 기표와 기의 간의 관계가 중요하게 부각되지 않는다. 기어츠는 의미의 생성과 구조를 기술하지 않고 의미를 이미 주어진 자료로 다루는데, 그 자료의 의미는 해석자에 의해 해석될 수밖에 없다.

의미있는 기호사용이 이해되는 맥락을 규명하기 위해서는 문화

---

[6] Clifford Geertz, *Dichte Beschreibung*, S. 14f.

에 관한 '촘촘한 서술'이 필수적이다. 리쾨르와 비교하여 말해보자. 리쾨르의 경우에는 어떤 텍스트를 해석할 때 은유의 의미가 텍스트의 범위 안에서 이해될 수 있는 데 비해 기어츠가 인류학자로서 관찰한 상징의 의미를 해석하기 위해서는 촘촘한 서술을 통해 문화적 맥락을 복구해야 한다. 개별 상징의 의미를 규명하는 전체 해석학적 순환은 인류학자에게 미리 주어져 있지 않다. 인류학자는 해석을 다시 해석하며, 2차 해석이나 3차 해석을 도출한다. 따라서 문화를 해석한다는 것은 어떤 문화의 자기이해와 내부적 소통을 기술할 수 있다는 뜻이다. 인류학자의 탐구대상은 전형적인 상황에서 관찰되는 의미인 것이다. 레비스트로스와 달리 ─ 그리고 리쾨르와 유사하게 ─ 해석학적 인류학은 '파롤'(parole)의 해석에 주안점을 둔다.

1부에서 자세히 살펴본 대로 이해이론으로부터 어떤 구체적 방법을 이끌어낼 수 있는지는 해석학의 역사에서 좀처럼 분명히 드러나지 않는다. 기어츠는 텍스트 모형을 비언어적 현상에까지 확장한다. 이러한 시도는 명확한 입장을 설정하고 있는 것처럼 보이지만, 오히려 그럼으로써 해석의 기반을 상실할 위험에 노출된다. 이는 리쾨르가 은유이론으로 해석학을 공고히 한 것과 대비된다. 기어츠가 텍스트 모형을 비언어적 현상으로 확장할수록 자신의 입장을 정하기 위하여 더 자주 유추에 의존한다는 사실이 관찰된다. 문학은 기어츠가 선호한 사례이다. 예컨대 기어츠는 그의 사례연구 중에서 아마도 가장 유명할 발리 섬의 닭싸움을 하나의 '예술형식'이라고 보는데(같은 책 246면), 그것의 기능을 서구문화의 셰익스피어 희곡에 견준다.[7] 인류학적 해석은 '문학작품에 대한 몰입'을 분석하는 것과 흡사하며, 문화는 여러 텍스트들의 '몽타주'와 다르지 않다.(같은 책 255면)

원주민(이 위험한 용어를 다시 한번 사용하자면)의 마음속에서 일어난 일을 이해하는 것은 신비로운 의사소통보다는 오히려 어떤 격언이나 암시 또는 위트를 제대로 파악하는 것과 유사하며, 이미 내가 제안한 대로 한편의 시를 읽는 것과 흡사하다. (같은 책 309면)

이처럼 기어츠는 확실히 문학작품에 대한 해석을 인류학적 해석의 모델로 삼고 있다.

그런데 문학에서 유추한 '텍스트로서의 문화' 개념이 인류학 현장의 방법론을 설명하기에 충분할지는 의문이다. 왜냐하면 문학적 은유를 통해 기어츠는 탐구대상과의 거리를 좁히려 하지만, 결국 그렇게 함으로써 순전한 타자를 자신의 문화적 지평의 영역 안에

---

7 〔역주〕 기어츠는 발리 섬의 닭싸움을 남성들의 인정투쟁, 승리와 패배, 자부심, 분노, 은총과 행복 등의 주제를 상징하는 유희로 파악하면서 셰익스피어의 『리어 왕』 『맥베스』에 견준다.

편입된 낯선 존재로 만들어버리기 때문이다. 따라서 기어츠의 인류학에서는 인류학자의 자기서술, 타자에 대한 지식의 산출방식에 대한 성찰, 더 정확히 말하면 서술방식에 관한 이론이 더더욱 중요성을 띤다. 기어츠에 따르면 인류학적 서술의 '특징'은 그 서술이 "해석적이라는 것"인데, "이는 (⋯) 사회적 담론의 순환을 뜻한다." 인류학적 해석은 "언표된 것을 덧없이 사라지는 순간으로부터 구해내려는" 시도이다.(같은 책 30면) 기어츠가 이러한 설명을 통해 말하려 하는 것은 대상에 대한 일정한 의미를 가지는 인류학 텍스트의 구체적 서술이다. 인류학적 서술에 대한 그의 이론은 인류학을 어떤 문화에 관한 서술로 간주한다는 점에서 문학적 성격을 띤다. 그가 말하는 '촘촘한 서술'은 인류학적 현상을 설명하기보다는 오히려 의미 해석을 다루는 2차적인 인류학 텍스트를 만들어낸다. 그렇게 함으로써 대상이 되는 문화를 해석한다.

요컨대 인류학 문헌은 그 자체가 곧 해석이며, 2차 질서의 해석, 3차 질서의 해석이다. (오직 '원주민'만이 1차 질서의 정보를 제공하며, 그것은 원주민의 문화이다.) 그러한 해석은 '만들어진 것'이고 '가공된 것'이라는 의미에서 픽션이다. 해석은 본래 '만들어내다'라는 뜻을 지닌 'fictio'의 본래적 의미를 구현한 것으로, 사실과 부합하지 않는 가짜라거나 그저 이런저런 추측을 해보는 사고실험을 뜻하지는 않는다. (같은 책 22면 이하)

딜타이의 해석학은 해석자와 저자 사이의 동등한 관계를 강조하며, 해석자가 작품 속으로 감정이입을 해 작품을 모방하는 방식의 해석을 추구한다. 리쾨르와 기어츠의 해석학은 그러한 천재적 공감 이론에서 벗어나 의미를 오로지 텍스트에 근거하여 이해하려고 한다. 그렇지만 결과적으로 기어츠의 경우는 해석자 자신의 텍스트가 더 중요하게 부각된다. 특히 해석자가 해석하려는 문화가 비언어적 기호로 표현된 의미로 존재하기 때문에 더더욱 그러하다. 인류학자의 일은 그러한 문화를 기술하는 과정에서 비로소 온전히 드러난다. 따라서 기어츠의 글에서 인류학적 현상을 예로 든 글은 그의 이론적 에세이에 못지않게 중요하다. 심하게 말하면 기어츠가 서술한 예들은 방법론의 빈틈을 메우는 역할을 한다. 낯선 문화에 대한 연구에서 이루어진 해석학의 맥락화는 지시대상에 관한 이론으로 귀결되지 않고 글쓰기 방식과 서술형식에 관한 이론으로 귀결된다.

그런 이유에서 인류학 이론들은 문학적 글이 된다. 제임스 클리퍼드(James Clifford)에 따르면 인류학 텍스트는 항상 "알레고리적 특성을 띤다. 문화와 각 문화의 역사에 관해 서술하는 내용의 측면에서도 그렇고, 텍스트를 만들어내는 글쓰기 형식의 측면에서도 그러하다."[8] 그에 따르면 인류학에서 가장 두드러진 글쓰기 표본은 '구제(Rettung)의 알레고리'이다. 다시 말해 인류학자는 자신의 글로 사멸해가는 해당 문화의 기억을 보존하기 위해 해당 문화의 마지막 목격자로 등장하는 내러티브를 제시한다.(같은 책 223면) 기어츠의 텍스트는 주로 낯선 문화와 접촉한 개인적 경험이나 모험적 체험을 보고하는데, 이러한 것들은 그 나름의 방식으로 인류학 자료가 된다. 그렇지만 이런 경우에도 낯선 문화에 대한 서술은 다른 문화에 대한 해석을 정당화하고 명확하게 드러내기 위한 방법의 일환임을 알 수 있다. 따라서 그런 전제조건에서 인류학 텍스트들이 ─2차 질서의 해석 또는 3차 질서의 해석으로서─ '한편의 시'나 문학작품처럼 해석될 수 있다고 하더라도 그리 이상할 것은 없다. 인류학에서 '성찰적 전회'(reflexive turn) 또는 '문학적 전회'(literary turn)라고 일컬어지기도 하는 이른바 '글쓰기 문화 논쟁'(Writing-Culture-Debatte)에서 바로 그런 일이 일어나고 있다.[9] 다시 말해 인류학적 경험에 대한 보고서들은 그 글의 서술전략이나 저자의 구상에 근거하여 읽히는 것이다. 그런 점에서 '글쓰기 문화 논쟁'은 해석방법에 대한 해석학으로서 일종의 메타담론의 성격을 띤다.

지금까지 간략히 살펴본 대로 인류학은 방법론적 기초를 확보하기 위해 문학이론을 준거로 삼는다. 거꾸로 문학이론 또한 인류학

---

8 James Clifford und George E. Marcus (Hg.), *Writing Culture: The Poetics and Politics of Ethnography*, Berkerly et al.: University of California Press 1986, S. 201.
9 Doris Bachmann-Medick, *Cultural Turns*, S. 144f.

담론을 수용하여 인류학자의 사례를 가지고 문학방법론의 과제를 설정한다. 문학이론은 인류학이라는 우회로를 거쳐서 기존의 해석방법이나 작품해석과는 비판적 거리를 둔다. 바꾸어 말하면 아주 익숙해 보이는 기존의 의미 해석방법으로는 해석대상과 해석방법을 확실히 확보할 수 없다는 사실이 인류학 사례를 통해 관찰된 것이다. 그런 점에서 해석학적 인류학은 해석학에 대한 비판이기도 하다. 물론 해석학적 인류학이 해석학을 보편이론으로 확장하려는 성향을 띠는 것도 사실이고, 인류학적 지식 산출과 문화에 대한 서술에 주안점을 둠으로써 탐구대상을 텍스트로 만들어내는 한편 자신의 서술방식에 맞추어 낯선 문화를 관찰하는 것도 사실이다. 그렇지만 문화는 간단히 관찰할 수 있는 대상이 아니다. 다시 말해 해석학적 인류학은 해석자의 주권을 침해할 수 있는 요소, 즉 지시대상인 타자의 침입을 막기 위해 텍스트 개념을 확장한 것이다.

3. 역사: 미셸 푸코의 담론분석,
스티븐 그린블랫의 신역사주의

미셸 푸코(Michel Foucault, 1926~1984)는 1970년 12월 2일 콜레주 드 프랑스[1] 석좌교수 취임강연을 할 당시에 이미 철학 및 심리학 분야에서 여러개의 교수직을 가지고 있었다. 콜레주 드 프랑스에서는 이처럼 여러 분야를 아우르는 학제적 연구와 교육이 제도화되어 있었고, 푸코는 '사고체계의 역사' 담당 교수직을 맡게 되었다. 취임강연 「담론의 질서」(L'ordre du discours)는 푸코의 저작에 대한 입문으로 읽기에 적합한데, 이 강연에서 그는 자신이 연구해온 기본방향과 입장을 밝히고 있다. 『광기의 역사』(*Histoire*

---

1 〔역주〕 파리 과학인문대학.

de la folie à l'âge classique, 1961), 『임상의학의 탄생』(*Naissance de la clinique*, 1963), 『말과 사물』(*Les mots et les choses*, 1966), 『지식의 고고학』(*L'Archéologie du savoir*, 1969) 등 당시에 출간된 그의 저서들은 흔히 방법론 면에서 부족하다는 비판을 받곤 했다. 하지만 이 취임강연에서 푸코는 그가 담당할 강좌 연구과제의 방법론적 기초를 주로 밝힌다. 또한 이 취임강연에서 푸코는 자신이 수행해온 연구의 개요를 소개하면서 자신의 이론을 일종의 퍼포먼스처럼 개진한다. 강연 서두에서 푸코는 다름 아니라 이 강연을 어떻게 시작해야 할지 어려움을 토로하는데, 이러한 발언은 담론분석에 대한 그의 첫 논평인 셈이다.

내가 오늘 말해야 할 담론 속으로, 그리고 앞으로 수년간 여기서 다루어야 할 담론 속으로 될 수 있으면 남몰래 슬쩍 들어가고 싶습니다. 내가 말을 꺼내기보다는 말이 나를 살짝 현혹시켜서 말을 시작하는 절차를 비켜가면 좋겠습니다. 내가 말하는 동안 언제나 내 말보다 앞서가는 이름 없는 목소리를 듣기를 바랐습니다. 그럴 수만 있다면 그 목소리가 들려주는 말을 계속 따라가는 것으로 만족할 것입니다. 그러면 그 목소리가 들려주는 말의 리듬에 살그머니 깃들이고, 그 목소리가 한순간 멈추면 나에게 어떤 신호를 보내는 식이 되겠지요. 그러면 굳이 일부러 말을 시작할 필요도 없을 것입니다. 그러면 나는 담론의 제창자가 될 필요도 없고,

담론이 진행되는 우연한 순간에 나는 그저 보잘것없는 빈틈이 되고 아마 담론의 끝이 될 것입니다.[2]

첫 문장을 보면 담론은 '말해야' 하는 어떤 것이다. 다시 말해 담론은 말인 것이다. 그런데 단락의 끝으로 가면서 주어의 문법적 배치가 바뀌어 발언자는 자신이 담론 '속에' 들어가 있는 것처럼 상상하면서 발언자의 발언권 내지 주체적 지위를 부정하려고 한다. 담론이 말이라는 것은 전통적인 개념 정의이다. 하지만 푸코는 담론을 주체를 에워싸고 있는 구성물로 묘사함으로써 자신의 담론 개념에 접근한다. 담론은 말을 이끌어가며, 담론 안에서 주체는 사라진다. 소쉬르의 용어로 말해 담론을 말로 이해하면 '파롤'(parole)이 되고, 담론을 규칙체계로 이해하면 '랑그'(langue)가 된다. 그렇지만 담론이 언어법칙처럼 시간을 초월해 효력을 가지는 것은 아니다. 담론은 말을 하기 전부터 이미 시작되었으며, 무엇보다도 역사적 차원에서 전개된다. 푸코가 관심을 기울이는 것은 한편으로는 담론을 주체의 바깥에 있는 조건으로 설명하는 일이고, 다른 한편으로는 담론의 역사를 규명하는 일이다. 바꾸어 말하면 푸코의 관심사는 역사를 담론분석으로 정의하는 것이다.

담론 개념은 흔히 푸코와 결부되지만 정작 푸코 자신은 담론 개

---

2 Michel Foucault, *Die Ordnung des Diskurses*, Frankfurt a. M.: Fischer 1996, S. 9.

념을 비교적 드물게 사용한다. 예컨대『말과 사물』에서는 담론이라는 말 대신에 '에피스테메'(épistémè)라는 말을 사용한다. 그 책에서 푸코는 에피스테메를 르네상스 시대와 고전주의 시대 그리고 19세기의 특정 사고체계를 가리키는 말로 사용한다. 푸코는 기호형태의 역사와 기호실행의 역사에 근거하여 그러한 사고체계를 재구성한다.[3] 푸코는 1969년에 출간한『지식의 고고학』에서 비로소 지금까지의 자기 저작에 관한 방법론적·이론적 성찰을 개진하면서 자신의 담론이론을 보편적 관점에서 설명하고자 시도했다. 그리고 마침내 1970년 취임강연에서 그는 담론이론의 핵심을 다음과 같이 정리한다.

내가 전제하는 것은 어느 사회에서나 담론 생산이 통제되고, 선별되고, 조직되고, 일정한 방향으로 유도된다는 것이다. 이런 과정은 담론의 힘과 위험을 제어하고, 예측 불허의 사태를 방지하며, 심각한 위험요소를 피하기 위해 일정한 프로세스를 거치게 된

---

3 〔역주〕『말과 사물』1부에서는 르네상스 시대와 고전주의 시대의 사고체계를, 2부에서는 19세기 이후부터 구조주의에 이르기까지의 사고체계를 다룬다. 도식화해서 말하면 르네상스 시대에는 '유사성'에 주목하는 사고체계가 주류를 이루었고, 데카르트(Descartes)에서 라이프니츠(Leibniz)에 이르는 고전주의 시대에는 유사성의 에피스테메를 비이성적인 것으로 간주하고 차이에 주목하는 분석적 사고체계가 득세한다. 19세기 이래로 현대의 사고체계에서는 인간 주체 중심의 역사적 사고체계가 부각된다.

다. 예컨대 오늘날 우리 사회에서 배척의 프로세스는 익히 알려져 있다. 가장 가시적이고 익히 알려진 프로세스는 금지이다. 우리는 무엇이든 다 말할 권리가 없다는 것을 익히 알고 있다. 어떤 경우에도 모든 것을 다 말할 수는 없고, 임의의 사람 모두가 발언권을 가질 수는 없다. 어떤 대상을 터부시하고, 어떤 상황에 의식(儀式)의 성격을 부여하고, 어떤 발언주체를 선호하거나 배제하는 법률적 장치를 마련하는 것 ― 이것이 금지를 작동하게 하는 세가지 유형이다. 이 세가지 유형은 서로 겹치기도 하고 서로를 강화하거나 상쇄하기도 하는데, 그렇게 해서 항상 변화해가는 복합적인 네트워크를 형성한다. (같은 책 10면 이하)

담론은 그 어떤 주체에 의해서도 규정되지 않으며, 역으로 주체를 종속시키고, 심지어 주체성에 대한 생각까지도 만들어내는 통제기제이다. 푸코에 따르면 이런 담론에 대한 분석이 지금까지는 이루어지지 않았다. 담론은 누가 어떤 발언을 할 수 있는가를 통제할 뿐만 아니라 이러한 제어기능을 발설하는 것까지도 저지한다. 우리는 이러한 담론의 장에서 빠져나올 수 없다. 그 점을 보여주기 위해 푸코는 취임강연의 서두에서 빙빙 돌려 말한 것이다. 푸코는 한편으로는 담론을 분석하려고 하지만, 다른 한편으로는 그 자신도 미처 알지 못하는 담론의 규칙에 과연 얼마만큼 말려들지 않고 담론을 분석할 수 있는가 하는 문제가 그에게 제기된다. 푸코가 콜레주 드 프랑스라는 교육기관에 들어가려면 그 역시 취임 강연이라는 의식(儀式)을 거쳐야 한다. 그런데 푸코의 논제는 담론이 훨씬 더 근본적으로 자신의 권력을 행사한다는 것이다. 푸코는 자신의 초기 저작을 언급하면서 예컨대 이성과 광기가 담론분석에서 새롭게 사고되어야 한다고 말한다. '배척의 체계' 내지 배제의 형식으로 작동하는 이성은 자연스럽지도 '이성적'이지도 않으며, 역사적으로 늘 모습을 달리한다. 이성과 광기에 대한 정의에는 사회의 권력구조가 투영되어 있다. 푸코가 또 니체의 「비도덕적 의미에서의 진리와 거짓에 관하여」(Über Wahrheit und Lüge im aussermoralischen Sinne)를 인용하여 말한 바처럼, '참된 것과 거짓 사이의 대립'을 설정할 때에도 마찬가지로 사회의 권력구조가 작용한다. 문학이론과 관련하여 더 중요한 푸코의 가설은 문학작품에 대한 해석 역시 담론에 의해 통제되는 형식을 취한다는 것이다. 우연적 요소들과 규칙에서 벗어난 요소들을 배제하고 무수한 전승(傳承)으로부터 의미를 확보하기 위하여 해석전략과 연구문헌이 독립적인 장르로 발전해왔다고 보는 것이다.

문학작품에 대한 해석은 이미 과거에 누군가가 말했던 내용을 마치 새로운 것처럼 말하고 또 본래는 과거에 한번도 말한 적이 없는 내용을 부단히 반복해야 한다. 해석자는 이러한 역설(Paradox)을 늘 지연시키지만 결코 이 역설에서 벗어날 수 없고 이 역설을 따라야 한다. 수없이 난무하는 해석들은 예외 없이 이러한 위장전술을 반복하기를 꿈꾼다. 해석자의 시야에 들어오는 것은 오직 해석의 출발점에서 수행한 작업의 반복, 즉 선행 해석을 다시 읊조리는 것일 뿐이다. (같은 책 19면 이하)

푸코는 작품의 통일성과 의미를 담보하는 저자를 판단의 근거로 삼는 해석학과 모든 해석전략을 신랄하게 비판한다. "저자는 불안을 유발하는 문학적 허구의 언어에 통일성과 일정한 맥락을 부여하고 그것이 현실에 순응하도록 하는 존재이다."(같은 책 21면) 확실히 이러한 단순화는 해석학 이론을 부당하게 곡해한 것이다. 이 책의 1부에서 살펴본 대로 해석에서 저자가 불가침의 배후로 전제되는 것은 결코 아니기 때문이다. 롤랑 바르트의 경우와 마찬가지로 푸코의 신랄한 비판이 겨냥한 표적은 제도화된 해석관행과 문학교육이었다. 푸코가 정의하는 담론은 병원이나 감옥처럼 권력관계가 두드러지게 작동하는 사회영역에만 해당되는 것은 아니다. 푸코는 인문사회 분야에서의 교육이나 그 자신이 속해 있는 교육기관 내부에서의 의사소통 방식까지도 담론의 맥락에서 이해한다. 구조적인 관점에서 보면 문학비평과 역사서술은 사법기관의 담론통제와 구별되지 않는다.

바로 그렇기 때문에 담론통제 의식(儀式)을 단순히 변주하거나 되풀이하지 않는 서술형식을 찾는 문제가 푸코에겐 절박한 과제가 된다. 담론분석은 독자적인 서술이론에 기반을 둘 때에만 설득력을 가진다. 푸코가 취임강연을 어렵게 시작한 데서 알 수 있듯이 담론분석의 시작상황은 매우 역설적인데, 담론분석의 시작 자체가 이미 기존의 학문적 담론질서 안에 들어 있을 공산이 큰 상황에서 담론에 대한 담론을 말해야 하고 담론분석을 시작해야 하는 것이다. 그렇다면 어떻게 자가당착에 빠지지 않으면서 여러 학문분야 및 담론에 대한 분석의 근거를 확보하고 이론화할 수 있을까? 푸코에 따르면 이 문제를 해결하려면 우선 세가지 결단을 해야 한다. 첫째, 우리 자신이 '진리에 대한 의지'를 갖고 있는지 따져보아야 한다. 둘째, 담론이 '사건'[4]으로 드러나게 해야 한다. 셋째, '기표의 권위'[5]를 깨뜨려야 한다.(같은 책 33면) 푸코는 이러한 이론적 지침에 따라 네가지 방법론적 원칙을 설정한다. 첫째, 푸코는 '전복' (Umkehrung)의 원칙을 제시하는데, 이 원칙은 배경과 근거를 따져보지 않았던 범주들을 전통 속에서 재검토하는 데 기여한다. 예컨대 '작가란 무엇인가? 출처란 무엇인가?'와 같은 질문을 통해 통념적으로 굳어진 '작가'나 '출처'의 개념을 뒤집어보는 것이다. 둘

---

4 〔역주〕 푸코는 역사를 특정한 '기원'이나 '전통', 유기적 '연속성'과 '발전' 및 '통일성' 속에서 파악하려는 관점을 비판하고, 그 대신 불연속, 비약, 시대의 교차경계, 변환, 극한 등의 계기에 주목하는데, 후자에 해당되는 것이 '사건' (événement)이라고 할 수 있다. 여기서 '불연속'은 단순히 단절을 뜻하는 게 아니라 새로운 담론형성의 규칙들이 출현하는 것을 뜻한다.

5 〔역주〕 글로 기록된 것을 무조건 존중하는 태도를 가리킨다.

째, 담론을 불연속적인 실행으로 이해해야 하며, 일관된 맥락을 의미산출의 형식으로 추구해서는 안된다. 셋째, '특수성의 원칙'에 주목해야 한다. 다시 말해 담론을 그것에 선행하는 다른 의미의 필연적 결과로 일반화하는 것을 포기해야 한다. 넷째, 푸코는 '외재성(Äußerlichkeit)의 원칙'을 다음과 같이 설명한다.

담론 내부의 감추어진 핵심을 찾으려고 해서는 안되며, 담론에서 드러나는 의미나 사고의 중심을 찾으려고 해서도 안된다. 오히려 담론 자체를, 담론의 현상방식과 규칙성을 출발점으로 삼아 담론이 작동할 수 있는 조건을 탐색해야 한다. 그리고 사건으로 드러나는 일련의 우연적 현상들을 고려하고 그 범위를 설정하여 탐구해야 한다. (같은 책 35면)

이 모든 규칙을 통해 푸코는 해석학적인 텍스트 해석뿐만 아니라 전통적인 역사서술 방식까지도 신랄하게 비판한다. 푸코는 작가를 해석의 준거로 삼는 방식에 문제를 제기한다. 그리고 일련의 사건들을 일관된 이야기로 엮는 역사서술 방식, 일련의 사건들을 다른 사건들과 인과관계로 연결하는 방식, 담론에 특정한 의미를 부여하려는 시도를 모두 문제삼는다. 그렇지만 해석학적 주석에 대해 비판적 거리를 두는 것만으로는 '역사가의 진정한 과제'를 제대로 감당할 수 없다. '기표의 왕국'과 그 '지배'에 대한 비판에서 알 수 있듯이 푸코는 구조주의에 대해서도 비판적 거리를 둔다.(같은 책 44면) 푸코의 담론분석은 언어학적 기호모형을 분석의 기초로 삼지 않으며 기호학을 방법론적 지침으로 삼기를 포기한다. 이런 점에서 푸코의 담론분석은 구조주의와 구별되며, 포스트구조주의적 사고의 한 형태를 보여준다. 소쉬르의 설명과 달리 담론의 물질성은 기호나 기표와 동일시될 수 없다. 담론이 언어로 구체화하는 것은 사실이지만, 담론 개념은 언어학적 기호 개념보다 훨씬 더 포괄적이다. 담론분석은 기표와 기의의 구별을 넘어선 서술이론을 발전시키며, 특히 지시대상의 기능을 새롭게 설정하고자 한다.

취임강연에서는 짧게 축약한 담론분석의 방법론을 푸코는 이미 그보다 한해 전인 1969년에 『지식의 고고학』에서 상세히 개진한 바 있다.[6] 여기서도 푸코는 해석학적 주석과 알레고리적 해석을 신랄하게 비판한다.[7] 그는 '배제'의 기제인 '저자' 개념과 '작품' 개념에 반대한다. 그런 범주들에 갇혀 있는 사고를 극복하기 위해서는 '부정적 작업'이 필요하다.(같은 책 33면)[8] 또한 언어학과 기호학

---

6 〔역주〕 푸코는 담론형성과 담론분석의 요건을 대상의 형성, 언표양태의 형성, 개념의 형성, 전략의 형성 등 네가지 범주로 설명한다. 이에 대해서는 미셸 푸코 『지식의 고고학』, 이정우 옮김, 민음사 1992의 제2장 '담론의 규칙성'을 참조하기 바란다.

7 Michel Foucault, *Archäologie des Wissens*, Frankfurt a. M.: Suhrkamp 1981, S. 43.

8 〔역주〕 푸코는 '전통' '영향' '발전과 진화' '정신과 의식구조' '학문의 분류체계' 등에 대한 비판적 부정의 필요성을 강조한다.(이정우 옮김 『지식의 고고학』 43면 이하 참조)

모델에 의존하지 않고 담론을 실증적 방식으로 서술하려는 푸코의 시도 역시 이에 못지않게 도전적이다. 이는 용어사용에서도 분명히 드러난다. 푸코는 구조주의가 선호하는 용어를 거의 사용하지 않으며, 그 대신 '우연'이나 '사건' 또는 '분산'[9]이나 '기능'과 같은 용어를 빈번히 사용한다. 푸코는 텍스트 분석보다는 역사를 준거로 삼으며, 그런 점에서 지시대상과 관련이 있는 지식형태에 초점을 맞춘다. 롤랑 바르트와 달리 푸코는 담론을 기호나 텍스트에서 유추하여 분석하지 않고 역사서술의 한 형식으로 분석한다. 이러한 분석은 텍스트 분석과는 전혀 다른 데이터에 의존할 수밖에 없으며, 데이터의 구성과 분산을 보여줄 수 있는 이론을 필요로 한다. 텍스트에서 담론의 효과를 관찰할 수는 있지만 담론이 텍스트의 구성물인 것은 아니다.

담론은 (내용과 재현을 지칭하는 의미전달 요소인) 기호들의 총체로 다루어질 것이 아니라 언급하는 대상들을 체계적으로 만

---

9 〔역주〕담론형성의 규칙들이 새롭게 출현해 수정되거나 교체되는 과정은 보편적 법칙으로 수렴되는 것이 아니라 '차이'와 '분산'의 원리에 따른다. 동일한 현상이 상이한 담론체계에서 다루어지거나 동일한 담론이 상이한 영역들에서 다루어지는 것도 분산에 해당된다. 예컨대 화폐의 유통이 부의 축적의 관점에서 설명되는 것과 정치경제학의 맥락에서 설명되는 것은 전자에 해당되고, 광기가 의학, 종교의 교의, 도덕규범 등에서 동시에 다루어지는 것은 후자에 해당된다.(이정우 옮김 『지식의 고고학』 240면 이하 참조)

들어내는 실천적 실행으로 다루어져야 한다. 담론은 기호들로 구성되긴 하지만 단지 어떤 사태를 지칭하는 것 이상의 어떤 목적을 위해 이 기호들을 사용한다. 이 이상의 어떤 것 때문에 담론은 단지 발언이나 언어로 환원될 수 없다. 이 이상의 어떤 것을 분명히 드러내고 기술해야 한다. (같은 책 74면)

그런데 이 '이상의 어떤 것'은 문자 그대로 이해되어야 한다. 다시 말해 이것은 기호 자체에는 기술되어 있지 않은 어떤 것이지만, 그렇다고 해석학이 분석하려는 텍스트의 의미있는 잉여가치와 혼동해서도 안된다. 그런 맥락에서 푸코는 텍스트에 대한 알레고리적 해석을 신랄하게 비판한다. 담론은 결코 문자 그대로의 의미로 서술되지 않으며, 텍스트 분석으로는 담론을 해독할 수 없는 것이다. 담론분석은 해석학적 의미를 분석하지 않으면서 언표된 것을 넘어서야 한다. 해석학은 언제나 의미를 언어로 표현하려고 하지만, 그와 달리 담론에서의 '의미'는 푸코에 따르면 지시관계의 기능에 해당한다. 담론은 '언술'(énoncé)로 이루어져 있지만, 언술의 논리나 언어학이 지닌 의미에서가 아니라, 나름의 방식으로 뭔가를 만들어내고 구성하는 기능의 형식에서 그러하다.

하나의 언술은 — 하나의 명제가 특정한 지시대상을 가리키거나 가리키지 않는 것과 같이, 또는 하나의 고유명사가 특정한 개인을 가리키거나 아무도 가리키지 않는 것과 같이—그 언술에 일대일로 상응하는 대상의 존재 또는 부재를 나타내지는 않는다.[10] 언술은 '지시관계'와 결부되어 있으며, 지시관계는 '사물' '사실' '실재' 또는 '존재'로 구성되어 있는 것이 아니라, 언술을 통해 호명되고 지칭되거나 묘사되는 대상들이 작동하기 위한, 언술을 통해 강화되거나 부정되는 관계들이 작동하기 위한 가능성의 법칙과 실존의 규칙으로 구성되어 있다. 언술의 지시관계는 언술을 통해 작동하는 개인들이나 대상들, 상황이나 사물들, 관계들이 출현하는 장소와 조건과 장(場), 분화의 심급 등을 형성하며, 언술된 문장에 의미를 부여하고 진술내용에 진리가치를 부여하는 기능을 작동하거나 배제할 수 있는 가능성을 규정한다. (같은 책 133면)

다시 말해 언술은 재현의 기능을 수행하지 않는다. 언술은 그 자체의 대상을 만들어내고, 그 대상이 효과적으로 작동되도록 한다. 장치(dispositif)[11]는 언술이 어떻게 형성될 수 있는가를 규정하며,

---

10 〔역주〕 언술은 담론의 기본단위로서, 푸코는 언술을 이름과 지시대상의 상응관계, 기표와 기의의 대응관계, 명제와 지시대상의 대응관계와 혼동해서는 안된다고 강조한다. 예컨대 "캘리포니아에는 황금산이 있다"라는 표현을 명제로 이해하면 실제 지시대상을 갖지 않기 때문에 거짓이 되지만, 푸코가 말하는 언술로 이해하면 (예컨대 소설에서는) 의미를 가질 수도 있다.(이정우 옮김 『지식의 고고학』 131면 이하 참조)

지시대상의 구성이 어떤 규칙에 따라 성공적으로 작동할 수 있는 지도 규정한다.(같은 책 171면) 푸코는 지시관계를 만들어낼 수 있는 조건을 담론이라고 정의한다. 담론분석은 기존의 학문이나 제도화된 주제영역이 아닌 지식산출의 형식을 분석한다. 따라서 지시기능은 담론분석의 가장 중요한 이론적 토대가 된다. 푸코는 자신의 독자들이 지시관계를 이미 주어진 현실이나 실재하는 대상으로 이해하지 않도록 지시관계를 뭔가를 만들어내는 **창조적** 힘으로 설명한다. 담론분석은 그 힘이 작동하는 규칙을 명확하게 드러내야만 한다.(같은 책 126~33면)

푸코는 담론분석에서 기의와 기표의 구별을 기호와 지시대상의 대비와 마찬가지로 제외한다. 그래야만 담론의 지시적 관련성을 이미 존재하는 의미나 대상과의 관련성으로 이해하지 않고 대상들을 생성시키는 형식으로 이해하는 것이 가능해진다. 예컨대 기호가 그 지시대상과 '사실상' 부합한다고 간주하는 말도 대상을 생성시키는 형식 중 하나이다. 바꾸어 말하면 이른바 '사실'에 기초하고 있는 역사학 같은 학문도 푸코의 관점에서 보면 일정한 역사적 맥락에서 작동하는 담론의 한 형태로 파악된다. 따라서 시간을 초월

---

11 〔역주〕 푸코는 『감시와 처벌』(*Surveiller et punir*, 1975)에서 분석도구로 활용한 담론, 법 제도, 교도소, 행정조치, 지식, 도덕규범 등이 망라된 네트워크와 그것의 전략적 작동체계 및 기능을 '장치'라고 일컫는다. 원래 공학에서 'dispositif'는 제어장치·연동장치와 같이 기계를 작동시키는 '장치'를 뜻한다.

한 주어진 자료에만 의존해서는 더이상 정당성을 주장할 수 없다. 오히려 지시대상이 실재하는 대상을 가리킨다고 가정하는 것도 담론의 한 형태이며, 보편적 지시기능의 한 특수한 표현이다. 이렇게 푸코는 전통적인 역사서술을 역사화하며, 그의 담론분석은 역사성을 새롭게 사고하기 위한 방법론이 된다. 인식 가능한 사물과 대상, 사실과 자료를 생성해서 현실을 작동하는 힘을 밝혀내는 과정을 푸코는 담론적 실천이라고 설명한다. 담론적 실천의 규칙들은 역사적으로 형성되며 따라서 가변적이다. 푸코가 제안하는 담론분석 역시 언젠가 독자들에게 특정한 역사적 맥락에서 형성된 방법론으로 간주될 것이다.

그런데 이 모든 논의에서 문학은 어떤 역할을 하는 걸까? 서두에서 말한 대로 푸코의 초기 저작은 여기서 재구성한 담론분석의 방법론적 엄밀함을 보여주지는 않는다. 푸코가 담론 개념을 다양한 의미로 사용하며 새롭게 정의하듯이 그의 저작에서 문학의 위상은 계속 바뀐다. 우선 주목할 것은 푸코가 초기 저작에서 문학을 다룰 때에는 구조주의 용어를 사용하지만, 정작 다른 글들에서는 구조주의를 극복하려고 한다는 점이다. 무엇보다도 푸코는 문학텍스트가 문학의 자기성찰적 특성을 어떻게 나타내는가 하는 것에 관심을 기울인다. 이와 관련하여 푸코는 특히 프리드리히 슐레겔(Friedrich Schlegel)이 『아테네움 단상』(*Athenäumsfragmente*) 116번의 글에서 사용한 은유를 언급하고 있다.[12] 예컨대 소설은 소설이 무엇인가를 비추는 거울이며, 소설은 이러한 투영관계를 다시 거울로 비추듯 성찰하고, 그리하여 이 두개의 거울 사이에는 무한한 공간이 열린다는 것이다. 슐레겔은 그런 은유를 사용하여 선험문학(Transzendentalpoesie)을 정의했다. 즉 문학은 독창적인 세계를 창조할 뿐 아니라, 창조성이 가능한 자신의 조건을 다시 문학론의 차원에서 성찰하는 일도 수행한다. 푸코에게도 문학은 무엇보다도 기호의 실행과 언어에 대한 성찰의 매체인 것처럼 보인다. 예컨대『말과 사물』에서 푸코는 지식의 역사에서 기호에 대한 이해가 새롭게 바뀌는 과도기에 이를 때면 늘 문학을 거론한다. 세르반테스(Cervantes)의『돈 키호테』(*Don Quijote*)에서 좌충우돌 모험을 겪는 돈 키호테는 여전히 르네상스 시대의 기호논리를 따른다. 돈 키호테는 말과 사물 사이의 유사성을 찾으려고 애쓰지만, 그의 시도는 모험적인 것이 된다. 그 이유는 이 소설이 르네상스 시대의 인간형이 이해하지 못하는 변화된 세계를 동시에 보여주고 있기 때문이다. 그 변화된 세계란 기호가 사물을 대체하는 세계이다. 여기서 기호는 단지 사물을 대리하는 기능만을 가진다. 그래서 돈 키호테는 좀처럼 그런 세계에 적응하지 못한다. 이 소설은 언어와 기

---

12 〔역주〕 푸코가 언급한 내용은 다음과 같다. "낭만주의 문학은 일체의 현실적 관심사와 이상적 관심사로부터 자유로운 상태에서 시적 성찰의 날개를 달고 표현된 것과 표현하는 주체 사이에서 최대한 그 중간에 떠다닐 수 있으며, 이러한 성찰을 거듭 강화하여 마치 끝없이 마주 세운 거울로 비추듯이 중첩할 수 있다."

호에 대한 이해를 주제로 삼기 때문에 이처럼 에피스테메[13]의 단절을 묘사할 수 있는 것이다. 푸코에게 문학텍스트는 인식기능을 가진 것이다. 문학작품은 시대의 격변의 징후를 보여주며, 나아가 푸코 자신이 작품분석을 통해 입증했듯이 기호분석 모형을 내포하고 있다. 문학작품은 에피스테메의 언어를 거울로 비추듯 성찰할 수 있다는 점에서 '대항담론'이라고 할 수 있다.[14]

이처럼 문학이 자기관찰을 할 수 있는 능력을 푸코는 프랑스의 초현실주의 작가 레이몽 루셀(Raymond Roussel, 1877~1933)의 작품을 통해 설명하고 있다. 루셀은 죽기 얼마 전에『나는 어떻게 내 작품을 썼는가』(*Comment j'ai écrit certains de mes livres*)라는 책을 집필한 바 있다. 루셀은 자신의 창작론을 서술한 이 책에서 작가가 자신의 작품과 자신의 역사를 과연 어떤 관점에서 관찰할 수 있을까 하는 방법론의 문제를 제기한다. 자신의 저작에 관한 작가의 글도 과연 독자적인 작품으로 간주될 수 있을까? 이런 경우 작가가 자기 자신에 대해 거리를 두고 외부의 관점을 선택한다는 것이 과연 가능할까? 푸코에게 이런 질문이 결정적인 중요성을 갖는 이유는 그 질문이 메타이론의 가능성을 고민하는 이론가는 과연 어떤

---

13 〔역주〕특정 시대의 지배적인 인식체계.

14 〔역주〕푸코는 초기 저작에서 문학이 기성 담론을 비판적으로 성찰하는 대항담론의 성격을 지닌다고 보았지만, 후기 저작에서는 문학 역시 기성 담론의 형성에 관여한다고 보았다.

입장을 취할 수 있는가 하는 문제와 직결되기 때문이다. 문학에서 그런 자기관찰이 가능한 근거는 문학이 언어라는 매체와 기호의 실행에 전적으로 의존하기 때문이다. 푸코는 「끝없이 말하기」(Le langage à l'infini)라는 짧은 글에서 이러한 논제를 동일한 개념으로 압축적으로 서술하고 있다.

서구문화에서 글쓰기라는 것은 애초부터 글쓰기 자체를 성찰하는 자기묘사의 가상공간에 들어선다는 것을 뜻한다. 글이 사물이 아닌 말을 뜻한다면 언어로 서술된 작품은 결국 끝없이 자기 자신을 되비추는 과정 속으로 점점 더 깊이 들어갈 수밖에 없을 것이고, 이런 중첩된 자기관찰을 글로 계속 써나갈 수밖에 없을 것이다. 글쓰기는 가능성과 불가능성이 교차하는 이 무한한 과정을 드러내야 하고, 목표도 없이 말을 계속 쫓아가야 하며, 말의 침묵을 선고하는 죽음 너머로까지 이 과정을 감당해야 하고, 샘물처럼 끝없이 흘러내리는 이 중얼거림을 방류해야 한다.[15]

문자매체로 기록되는 문학작품은 음성 요소가 의미를 산출하는 기호의 기능과 결합되어 있다는 점에서 어느정도 자연스럽게 이미 중복의 기능을 수행한다. 다시 말해 글쓰기는 본래 언어를 다루는

---

15 Michel Foucault, "Das unendliche Sprechen," in: *Schriften zur Literatur*, Frankfurt a. M.: Suhrkamp 1991, S. 92.

것으로 여겨진다. 물론 언어를 다루는 방식은 다양하다. 롤랑 바르트가 글쓰기 방식의 역사를 다루었다면, 푸코는 이에 견줄 만한 방식으로 「끝없이 말하기」에서 문학적 기호산출의 '존재론'을 ─ 즉 글쓰기 자체를 성찰하는 다양한 형태의 글쓰기의 역사를 ─ 다루고 있다. 푸코의 초기 저작에서 문학은 재현의 기호적 실행을 가시적으로 보여줄 수 있기 때문에 비판적 대항담론의 기능을 수행하는 것으로 여겨진다. 푸코가 문학을 대항담론으로 규정한 또다른 이유는 그가 아직 구조주의 기호모형에 의존하고 있었기 때문이다. 그래서 푸코는 문학텍스트의 자기성찰적 특성을 설명하기 위해 구조주의와 동일한 용어를 사용했다. 문학이 문학으로 존립할 수 있는 주된 근거가 무엇보다도 기호의 실행에 의존하기 때문이라면, 그 경우 문학은 언어학에서 정당하고도 필수적인 어떤 설명모형을 가져오게 된다.

이와 반대로 『지식의 고고학』에서 푸코는 언어학적 기호이론에 대해 거리를 두는데, 이러한 변화는 문학을 설명하는 방식에서도 드러난다. 푸코의 이론에서 문학의 특수한 위상 자체는 변하지 않지만, 문학의 특성은 이제 기호의 자기지시적 성격에 의해 설명되지 않고 문학의 **창조적** 힘, 즉 지시기능에 의해 설명된다. 푸코는 "캘리포니아에는 황금산이 있다"라는 문장을 예로 들면서 언어적 진술이 반드시 실재하는 대상을 필요로 하는 것은 아니며, 아주 다양한 영역에서 다양한 방식으로 의미를 산출할 수 있다는 점을 생생히 보여준다.[16] 언어적 진술은 자신의 대상영역을 특정한 규칙, 그리고 이에 뒤따르는 특정한 창작원리에 따라 구성한다. 푸코는 『지식의 고고학』에서 따로 문학작품을 논하지는 않지만 그럼에도 문학은 그의 담론 설명에서 하나의 모델이 된다. 문학텍스트는 언어적 진술이 실제 지시대상을 갖지 않더라도 지시적 기능을 수행할 수 있음을 보여준다. 여기서 언어적 진술은 역사적으로 규정될 수 있는 특정한 문학적 규칙을 따른다.

하지만 이는 문학이 더이상 대항담론이 아니라는 뜻이 된다. 문학은 자신의 고유한 창작방식을 통해 지식을 구성하는 과정에 참여한다. 요제프 포글(Joseph Vogl)이 푸코에 대해 설명했듯이 '지식의 창작원리'는 문학텍스트와 학문적 저술을 구별하지 않고 지식산출의 형태를 재구성한다.

여기서 말하는 '창작원리'(Poetologie)란 여러 형태의 지식을 만들어내는 방법론, 지식의 장르와 표현수단에 관한 방법론으로 이해할 수 있을 것이다. 이러한 방법론을 통해 장르 개념을 예컨대 통계 그래프, 도표, 수식, 곡선 등 다양한 형태로 확장해서 다양한 영역의 지식을 조직하기 위한 특정한 규칙체계를 인식하게 된다. 각각의 에피스테메에 관한 해명은 미적 판단과 결합된다.[17]

---

16 Michel Foucault, *Archäologie des Wissens*, S. 132.

학문과 문학은 똑같이 지식의 형태이다. 거꾸로 말하면 푸코의 담론분석 이래 지식은 다양한 영역에서 출현할 수 있는 언어적 진술의 집합체로, 바로 그렇기 때문에 제도화된 특정 전문분야의 경계를 넘어설 수 있게 된다.

역사를 새롭게 사고하려는 또다른 유형으로 특히 스티븐 그린블랫(Stephen Greenblatt, 1943~)으로 대표되는 미국의 신역사주의(New Historicism)를 꼽을 수 있다. 1970년대 초반 푸코가 버클리 대학에 객원교수로 체류한 이후 신역사주의는 푸코의 기본 가설 중 일부를 수용하면서도 동시에 그 가설을 분명하게 변형했는데, 이는 무엇보다도 그린블랫 등이 클리퍼드 기어츠의 문화 개념에 영향을 받았기 때문이다. 신역사주의는 기어츠의 해석학과 푸코의 담론분석이라는 대립적인 패러다임을 원용한다. 그렇지만 신역사주의는 엄밀한 개념을 개발하여 독자적인 이론을 구축하지는 못한 채 특정한 해석방법들에 수정을 가하는 실용적 입장만을 취한다. 그 명칭에서 알 수 있듯이 신역사주의는 1940년대 이래 영미권에서 신비평(New Criticism)이 대변해온 작품 내재적 해석방법

---

17 Joseph Vogl, *Kalkül und Leidenschaft: Poetik des ökonomischen Menschen*, Berlin und Zürich: Diaphanes 2004, S. 13; Joseph Vogl (Hg.), *Poetologien des Wissens um 1800*, München: Fink 1999.

에 맞서 문학연구에서 역사의 가치를 새롭게 평가하려는 시도라고 할 수 있다.

그린블랫이 역사로 돌아가려는 것은 소박한 역사주의의 반복은 결코 아니다. 푸코의 생각과 유사하게 그린블랫은 역사를 메타서사에 의해 단순화할 수 없는 복합적인 담론 구성물로 간주한다. 또한 푸코의 경우와 마찬가지로 역사는 해석의 배경으로 끌어올 수 있는 주어진 사실이 아니며 우선 생성되어야 하는 것이다. 이로써 역사는 문학적 해석의 구성요소가 된다. 역사는 문학과 마찬가지로 신역사주의가 재구성하려는 복합적 구성물의 일부이다. 역사는 다양한 사건의 가닥들이 교차하는 복합적인 텍스트이기 때문에 통일성이나 총체성으로는 설명되지 않는다. 역사는 지엽적인 사건 속에서, 그리고 사건의 단면과 파편 속에서 진행된다. 비평가의 과제는 그런 부분들이 서로 결합해 형성한 텍스트를 문학텍스트로 재구성하는 것이다. 그래서 신역사주의는 스스로를 독자적인 이론이라기보다는 '문학이론적 실천'으로 이해한다.[18] 이런 암시에서 알 수 있듯이 역사적 텍스트에 대한 신역사주의의 정의에서는 푸코의 엄밀한 담론분석보다 클리퍼드 기어츠의 문화 개념이 더 중요하게 부각된다.

---

18 Stephen Greenblatt, "Die Formen der Macht und die Macht der Formen in der englischen Renaissance," in: Moritz Baßler (Hg.), *New Historicism*, Tübingen und Basel: Francke 2001, S. 33.

담론분석과 달리 텍스트를 토대로 삼아 문학이론적 실천을 지향하는 신역사주의는 우선 문학작품에 대한 구체적 해석을 시도한다. 신역사주의는 특정한 모티프의 복합체나 에피소드에 대한 분석에서 출발하며, 그러한 묘사가 원래의 역사적 맥락에서 어떤 의미를 지닐 수 있는지 설명하고자 한다.

이 세상은 텍스트로 가득한데, 대부분의 텍스트는 그 직접적인 맥락에서 떼어놓고 보면 사실상 이해되지 않는다. 그런 텍스트의 의미를 밝혀내 지혜를 얻기 위해서는 텍스트가 만들어진 당시의 상황을 재구성해야만 한다.[19]

담론분석은 신역사주의와 달리 텍스트의 의미에 관해서는 묻지 않는다. 그린블랫의 신역사주의는 클리퍼드 기어츠가 발전시킨 인류학적 문화 개념을 수용해 역사 해석에 적용한 해석학의 변형된 형태로 이해하는 것이 적절할 것이다. 그린블랫을 해석학 전통에 포함하는 것이 타당하다는 사실은 그가 예술가에게 부여한 특별한 지위에서도 확인된다.

모든 문화에는 인간의 욕망과 두려움과 공격성 등을 유발하는

---

19 Stephen Greenblatt, "Kultur," in: Moritz Baßler (Hg.), *New Historicism*, S. 51.

수많은 기호로 이루어진 보편적 상징체계가 존재한다. 문학예술인들은 인상적인 이야기를 지어내는 능력, 효과적인 비유를 구사하는 능력, 그리고 무엇보다도 모든 문화에 내재한 집단적 창조성을 발휘하는 언어적 감수성 등에 힘입어 그러한 상징체계를 만들어낼 수 있다. 그들은 특정한 문화권에서 상징적 소재를 차용하여 다른 문화권으로 이동시키고, 상징적 소재의 정서적 영향력을 증폭해 그 의미를 변화시키며, 그것을 다른 분야의 폭넓은 자료와 결합하고, 여러 분야를 아우르는 포괄적인 사회적 맥락 안에서 그것의 위상을 변화시킨다. (같은 글 51면 이하)

반면에 담론분석은 예술가와 문학작품의 이러한 특별한 지위를 인정하지 않는다. 푸코의 후기 저작에서 문학과 다른 지식영역 사이의 경계는 모호해진다. 담론분석이 언어적 진술을 분석한다면 신역사주의는 의미를 분석한다. 담론분석이 언어적 진술을 가능하게 해주는 규칙을 탐구한다면 신역사주의는 상징이 특정한 문화권에서 다른 문화권으로 어떻게 전이되는가를 탐구한다. 담론분석이 지시기능이 생성되는 양상을 관찰하는 데 비해 신역사주의는 역사를 의미가 충만한 텍스트로 정의하여 해석학을 역사의 지평으로 확장한다.

4. 육체: 쥘리아 크리스테바의 세미오틱 이론,
주디스 버틀러의 젠더이론

자크 라캉은 「자아기능을 형성하는 거울 단계」(Le Stade du miroir comme formateur de la fonction du Je, 1949)라는 짧은 글에서 생후 6개월부터 8개월 사이의 유아가 거울에 비친 자기 모습을 보고 '환호하면서 몰입하기' 시작한다고 말한다. 이 시기의 유아는 "아직 타자와의 관계 속에서 자신을 객관화하지 못하며, 언어를 통해 주체를 형성하는 기능이 생겨나기 이전의 상태"에 있다.[1] 아직 말을 하지도 못하고 몸을 마음대로 움직이지도 못하는 '유아'는 거

---

1 Jacques Lacan, "Das Spiegelstadium als Bildner der Ichfunktion, wie sie uns in der psychoanalytischen Erfahrung erscheint," in: Norbert Haas (Hg.), *Schriften I*, Weinheim und Berlin: Walter und Quadriga 1996, S. 64.

울 속에 비친 자신을 점차 인식하기 시작하여 처음에는 자신을 이미지로 발견하는데, 이는 라캉에 따르면 주체의 형성에 결정적인 영향을 미친다. 자신을 독립된 주체로 인식할 능력도 없고 하물며 자신의 몸을 온전히 관찰할 수도 없는 상태에서 유아는 자신에 관한 첫 이미지를 거울에 투영하며, 그 이미지는 훗날까지도 상상적 이상(Ideal)으로서 마음속에 생생히 보존된다. 이 시기에 거울에 투영된 이미지가 중요한 이유는 그 이미지가 본래 자아분열의 한 형태를 나타내기 때문이다. '자아'(je)가 '자기 자신'(moi)을 관찰한다는 것은 본래 자아가 자아의 이상과 동일하지 않다는 것을 뜻한다. 라캉에 따르면 거울 단계는 유아가 자신에 관한 이미지를 객관세계와의 구별 속에서 획득해 자신을 구별하는 법을 배우는 단계이다. 그렇게 형성된 주체의 정체성은 분열에 기초한다. 라캉에 따르면 바로 이러한 분열과 지속적인 차이는 상징계와 언어의 기본 특징을 이룬다. 거울 단계는 자아기능의 '형성자' 역할을 한다. 바꾸어 말하면 순수한 자아, 즉 언어와 무관한 주체는 존재하지 않는다. 거울 단계는 언어에 입문하는 통과의례 서사라고 할 수 있으며, 라캉이 전적으로 언어학에 의거하여 설명하고 있는 구조주의 정신분석의 기초가 된다. 언어를 습득하면서부터 어머니와 아이의 본래적인 공생관계는 해소되고, 어머니와의 상상적 동일시는 주체가 늘 준수해야 할 언어법칙을 대변하는 아버지와의 상징적 동일시에 자리를 내주게 된다. 이로써 라캉은 프로이트가 말한 오이디푸스 이야기를 다른 형태로 재구성한다. 다시 말해 아버지의 등장은 어머니와의 공생관계를 금지하며, 상징계 내에서 어머니와의 직접적인 관계는 다시 회복될 수 없다는 것이다.

이러한 라캉의 상징계 서사에 대한 수많은 비판 중 하나는 쥘리아 크리스테바(Julia Kristeva, 1941~)에 의해 제기된다. 크리스테바는 1960년대에 자크 라캉과 롤랑 바르트의 제자였다(롤랑 바르트는 크리스테바에게서 깊은 인상을 받아 얼마 후 그녀를 자신의 스승이라고 일컫기도 했다). 크리스테바의 가장 중요한 저작은 『시적 언어의 혁명』(*La révolution du langage poétique*, 1974)으로, 이 책의 제목은 중의성을 띤다. 즉 이 책은 한편으로는 시적 언어에 의한 **혁명**을 다루고, 다른 한편으로는 **시적인 것**의 **혁명**을 다룬다. 프랑스 구조주의 이론의 비판적 계승자인 크리스테바는 시적 언어를 예로 들면서 더이상 상징계에 국한되지 않는 대안적 언어모형을 발전시킨다. 크리스테바는 라캉의 이론을 수용하여 거울 단계를 상징계에 진입하는 단계로 간주하면서도 라캉의 이론을 보완하여 상징계를 오이디푸스 콤플렉스가 형성되기 이전 시기로까지 확장한다. 이 시기의 아동은 아직 언어를 배우기 이전 단계로 어머니와 긴밀한 공생관계를 유지한다. 그 공생관계는 아직 상징계의 질서를 명확히 인지하지 못하지만 그럼에도 불구하고 기호학적 구조를 가진다. 크리스테바의 테제는 시적 언어가 이러한 세미오틱(le sémiotique)[2]을 탁월하게 표현할 수 있다는 것이다.

크리스테바에 따르면 상징계에 대한 이러한 보완의 결과 이제 언어학만으로는 무의식의 구조를 설명하기에 충분하지 않다. 크리스테바의 개념 선택에서 알 수 있듯이 상징계는 언어학으로 설명될 수 있는 영역이지만, 기호의 영역은 그 개념상 언어의 차원이나 언어의 질서보다 더 포괄적이다. 라캉이나 데리다와 마찬가지로 크리스테바 역시 상징계가 성립할 수 있는 조건을 탐구한다. 크리스테바의 정신분석학적 접근에 따르면 유아기의 체험에서 이미 비언어적 경험을 가공하며, 유아 역시 신체적 경험과 사회적·경제적 경험을 조절한다. 라캉은 그의 분석 대상과 수단이 전적으로 언어학적 구조이기 때문에 상징계 이전 단계에 대한 일체의 사변적 사고를 자제했지만, 크리스테바는 이 모델의 확장을 위해 새로운 방법론적 도전을 수행해야만 했다. 여기서 크리스테바는 아직 언어화되지 않은 경험을 어떻게 언어로 표현할 수 있는가 하는 문제에 직면하게 되었다. 비언어적 경험을 어떻게 방법론적으로 구체화할 수 있는가? 육체가 비언어적 경험을 받아들이는 방식을 어떻게 설명할 수 있는가?

주의 깊은 독자라면 크리스테바가 언어의 혁명에 대해 말하고

---

2 〔역주〕 오이디푸스 콤플렉스가 형성되기 이전 단계의 '기억의 흔적들'이 아직 명확한 언어적 구조를 취하지 않은 채 음향, 리듬, 몸짓, 색깔 등으로 지각되면서 언어습득과 의미부여 과정에 관여하는 상태. 크리스테바는 그리스어 'semeion'이 뜻하는 변별적 부호, 흔적, 지표, 전조적 기호, 증거의 의미를 수용하고 있다.(쥘리아 크리스테바 『시적 언어의 혁명』, 김인환 옮김, 동문선 2000, 25면 참조)

있지만 실제로는 이론의 언어인 개념을 근본적으로 수정하지는 않는다는 점을 알아차릴 것이다. 실제로 기호학과 언어학은 서로 깊이 연관되어 있으며, 크리스테바의 포스트구조주의 이론 역시 구조주의의 지배적인 모든 개념과 비유, 특히 수직축과 수평축, 개념들의 이원적 대립관계 등을 받아들이고 있다. 크리스테바는 라캉의 상징계에 대한 설명에 견줄 만한 방식으로 기호의 영역을 설명한다.

크리스테바는 멜라니 클라인(Melanie Klein, 1882~1960)의 정신분석을 원용하여 유아기를 어머니와 아이의 공생관계로 설명한다. 이 시기에 유아는 자신을 독립된 주체로 인식하지 못하며, 따라서 주위환경을 객관세계로 구조화해서 인식할 수 없다. 어머니와의 공생관계에서 특히 영양분의 섭취는 어머니와 맺는 관계의 지속성을 담보한다. 유아는 영양분을 공급받지만, 지속적이고 신뢰할 만한 영양분 공급이 방해받거나 중단될 경우 저항하거나 좌절을 겪기도 한다. 크리스테바는 플라톤의 개념을 원용하여 어머니와의 이런 공생상태를 '코라'(chora)라고 일컫는데,[3] 코라는 욕망과 욕망 억제를 통해 형성된 언어화되지 않은 총체를 가리킨다. 여기서 세미오틱은 리듬을 형성하고, 욕망의 수평적(시간적) 흐름은 상이한 국면들로 분절된다. 다시 말해 욕망의 구조 안에서 이미 차이와

---

3 〔역주〕 원래 플라톤이 말한 코라는 남성과 여성이 분화되기 이전의 상태를 가리킨다. 고대 그리스어로 'chora'는 '빈 공간'이라는 뜻이다.

불연속성이 생겨나고, 이는 나중에 언어체계가 수평적 차원에서만이 아니라 수직적으로도 구조화되는 토대가 된다.[4]

욕망의 충전은 생리적 구조나 사회적 구조의 압박에 의해 억제되거나 정체상태에 빠질 수 있다. 그럴 경우 욕망의 순환은 일시적으로 중지되고, 기호화할 수 있는 소재인 음성·몸짓·색깔 등에서 이러한 방식으로 불연속성이 생겨난다. 이러한 음성 단위(나중에는 음소 단위), 운동 단위 그리고 색채 단위 내지 차이는 그러한 욕망의 정체상태를 표시한다. 이러한 표시가 누적되면 서로 결합해서 일정한 기능을 수행하는데, 그 기능들은 욕망에 의해 수용되어 유사성과 대립관계에 따라 전위(轉位)와 압축의 방식으로 표현된다. 그러므로 이는 환유 및 은유의 원리와 관련이 있으며, 환유와 은유는 그 바탕이 되는 욕망의 포괄적 관리와 불가분의 관계에 있다.[5]

아직 언어로 표현할 수 없는 상태를 과연 어떻게 설명할 것인가? 크리스테바는 구조주의의 텍스트 분석 개념들을 언어 이전의 구조

---

4 〔역주〕 욕망 억제로 인해 불연속성이 생겨나면 그 불연속성으로 인해 언어의 수평적 결합은 장애를 일으키고, 따라서 수직축에서 언어의 대체와 교환이 생겨나게 된다.

5 Julia Kristeva, *Die Revolution der poetischen Sprache*, Frankfurt a. M.: Suhrkamp 1978, S. 39.

에 투사함으로써 언어 이전의 상태와 관련해 자신의 이론이 봉착한 방법론적 딜레마를 해결하는 것처럼 보인다. 앞의 인용문을 보면 크리스테바가 비언어적 경험들을 어떤 방식으로 세미오틱 이론을 통해 설명하려고 하는지 엿볼 수 있다. 사회적 경험과 경제적 경험이 경험으로 인지될 수 있는 까닭은 그런 경험 자체가 구조화하는 힘이 있고 세미오틱의 육체적 차원에 직접적인 영향을 주기 때문이다. 여기서 크리스테바가 말하는 육체는 언제나 두가지의 의미를 지니는데, 그 하나는 아직 주체로 자립하지 못한 어린아이의 육체이고, 다른 하나는 아직 상징계에 진입하지 못한 언어의 육체, 즉 순수한 기표를 가리킨다. 기호의 이러한 물질성 측면이 세미오틱 단계에서 형성되기 시작한다. 또한 이러한 순수한 육체성에 대한 경험에 힘입어 나중에 차이와 욕망 억제에 기초한 기표와 기의의 구별이 이루어지고, 그럼으로써 의미로 충만한 기호화가 가능해진다.

그렇게 보면 세미오틱의 운동성이 정립될 때 타자의 출현공간이 생겨나고, 타자의 출현은 곧 의미생성의 전제조건, 즉 언어의 정립을 위한 전제조건이 된다. 세미오틱의 운동성 정립은 서로 이질적인 두 영역, 즉 세미오틱과 상징계 사이의 유동적인 경계를 나타낸다. 상징계는 세미오틱의 일부를 포함하며, 양자 사이의 분열은 이제부터 기표와 기의의 단절로 드러난다. 상징계라는 용어는 단절을 통해 형성되고 단절 없이는 존재할 수 없는, 항상 분열 상태에 있는 이러한 통합을 적절히 나타내는 말인 것 같다. (같은 책 58면)

세미오틱은 아직 주체와 타자의 구별을 명확하게 인식하지 못한 채 단지 구별의 조건을 욕망 충전의 리듬화 속에서 전개하지만, 상징계의 관점에서 보면 이러한 경험은 비록 은폐된 방식을 통해서이긴 하나 언제나 생생히 포착된다. 기호가 기표와 기의로 분할되는 것은 언어에 입문하는 과정에서 어머니와의 공생관계가 단절되었던 경험을 상기시키는 한편 유아기의 육체적 경험을 기표의 차원에서 간직하는 것이다. 상징계의 언어는 주체의 정립과 비유적 표현의 언어로 정의되지만, 그럼에도 이는 상징계 이전 단계에서의 주체의 경험을 저장하는 기표에 근거하여 수행된다. 따라서 겉보기와는 달리 상징계는 결코 순수하게 상징적 질서만으로 짜여 있지 않다. 시적 언어는 바로 이 점을 보여준다. "예술의 실천에서는 세미오틱이 상징계 성립의 조건일 뿐만 아니라 상징적 질서에 대한 공격자라는 것도 드러난다. 그런 점에서 예술은 세미오틱의 기능방식을 해명해준다."(같은 책 59면)

크리스테바의 발상은 문자 그대로 혁명적인데, 그 이유는 상징적 질서에 동화되지 않은 언어의 저변 층위가 상징적 질서를 교란하며 시적 언어에서 그런 양상이 두드러지기 때문이다. 문학은 그 자체로는 세미오틱의 원리를 따르지 않지만, 스테판 말라르메(Stephane Mallarmé), 로트레아몽(Lautréamont), 앙토냉 아르토(Antonin Artaud), 제임스 조이스(James Joyce) 등의 혁명적인 언어는 전혀 그렇지 않다. 문학텍스트는 리듬을 강조하거나 통사구조를 교란함으로써 상징계의 의미를 무력화할 수도 있다. 문학텍스트가 완전히 다른 언어로 말하기 위해 상징적 질서를 따르지 않는 경우에도 그것은 가능하다. 그렇지만 문학텍스트는 기호의 통사적 구조를 끌어들여서 상징계의 의미기능을 잠식하고 새로운 내포적 의미를 생성할 수도 있다. 문학텍스트는 주체 자신의 기획까지도 무력화할 수 있다. 크리스테바는 상징적 질서에 대한 이러한 저항을 프로이트가 말한 꿈 작업, 즉 압축과 전위 그리고 묘사 가능성에 대한 고려 등과 견준다. 문학텍스트가 의미를 생성하고 가공하는 작업을 하며 통사구조를 교란한다고 해서 언어의 본질 자체를 완전히 파기하지는 못한다. 크리스테바는 프로이트가 말한 '2차 가공'에 상응하는 현상을 "하나의 기호체계에서 다른 기호체계로의 변환"이라고 일컫는다.

다른 기호체계로의 변환을 실행하기 위해 전위와 압축이 결합하여 상호작용을 하는 것은 사실이지만, 이것만으로 기호체계 변환의 전 과정이 온전히 설명되지는 않는다. 여기에 추가하여 정립의 변환이 일어난다. 다시 말해 이전의 낡은 정립상(像)이 해체되고 새로운 정립상이 형성되는 것이다. 새로운 기호체계는 동일한 기호재료 속에서 산출될 수 있다. 예를 들면 언어로 쓴 이야기가 다른 형태의 텍스트로 변환될 수 있다. 그런가 하면 다른 기호재료를 차용하여 변환될 수도 있다. 예컨대 카니발의 장면이 언어텍스트로 변환될 수도 있는 것이다. (…) 상호텍스트성이라는 용어는 이처럼 하나의(또는 여러개의) 기호체계가 다른 기호체계로 변환되는 것을 가리킨다. (같은 책 69면)

다시 말해 시적 실천은 (프로이트의 꿈 작업에서 꿈의 무의식을 묘사 가능한 형태로 다시 가공하는 '2차 가공'과 유사하게) 2차적 기호체계로 서술하는 것이며, 텍스트의 의미를 다시 가공하여 텍스트의 구조를 새롭게 배열하는 것이다. 그런 작업을 실행하는 시적 언어는 다른 형태의 모든 기호체계 또는 다른 형태의 모든 언어와 관련을 맺는다. 크리스테바의 스승이자 제자인 롤랑 바르트 역시 이와 유사하게 텍스트를 규정한 바 있다. 즉 롤랑 바르트는 텍스트를 의미를 전위시키고 새롭게 설정하는 2차적 언어체계로 보았던 것이다. 크리스테바 자신은 이러한 상호텍스트성에 대한 설명에서 러시아의 문학이론가 미하일 바흐친(Mikhail Bakhtin, 1895~1975)을 원용한다. 크리스테바는 「바흐친, 말, 대화 그리고 소설」(Bakhtine, le mot, le dialogue et le roman, 1967)이라는 논문에서 다음과 같이 말하고 있다.

바흐친은 문학작품에 대한 정태적 분석을 새로운 모델로 대체한 최초의 이론가 중 한 사람이다. 그의 텍스트 분석 모델에서 문학작품의 구조는 정태적으로 고정되어 있지 않고 다른 구조와의 관계 속에서 비로소 새롭게 창출된다. 구조주의를 역동적으로 탈바꿈시킨 이러한 해석에서 '문학작품이 표현하는 말'은 고정된 점(즉 고정된 의미)이 아닌 다양한 텍스트 층위들의 중첩, 즉 다양한 글쓰기 방식들의 상호대화로 이루어진다. 다시 말해 작가의 글쓰기, 독자의 글쓰기, 작중인물들의 글쓰기, 현재적 맥락에서의 글쓰기 또는 역사적 맥락에서의 글쓰기 등이 어우러진 대화인 것이다. (…) 모든 텍스트는 다른 텍스트의 흡수와 변형이다. 이로써 상호텍스트성 개념이 상호주관성 개념을 대체하게 된다.[6]

크리스테바는 다시 『시적 언어의 혁명』에서 상호텍스트성이라는 개념을 '전위'(轉位: transposition)라는 개념으로 대체하는데, 이는 바흐친의 언어모형을 프로이트의 정신분석과 결합하기 위함이다. 바흐친이 엄격한 형식주의에 대해 비판적 거리를 두고 자신

---

6 Julia Kristeva, "Bachtin, das Wort, der Dialog und der Roman," in: Jens Ihwe (Hg.), *Literaturwissenschaft und Linguistik: Ergebnisse und Perspektiven, Bd. 3: Zur linguistischen Basis der Literaturwissenschaft*, Frankfurt a. M.: Athenäum 1972, S. 346.

의 대화성(Dialogizität) 개념을 개진한 것과 마찬가지로 크리스테바는 경직된 형식을 고수하는 일방적 구조주의 이론을 비판하기 위하여 상호텍스트성 개념을 도입한다. 크리스테바는 바흐친의 상호텍스트성 개념을 수용하여 포스트구조주의 이론에, 특히 그녀의 스승 롤랑 바르트에게 결정적인 슬로건을 제공한다. 그렇지만 크리스테바 역시 비록 포스트구조주의를 표방하긴 하지만 구조주의에 대한 비판과 수정 때 여전히 구조주의에서 유래한 개념들을 차용한다. 즉 크리스테바가 상징계와 세미오틱을 구별할 때에도 압축과 전위, 통합체와 계열체, 수직축과 수평축 등의 구조주의 개념을 사용한다. 덧붙여 말하면 니체가 아폴론적인 것과 디오니소스적인 것을 구별할 때에도 이미 이와 유사한 이원적 개념을 사용한 바 있다. 니체에게 아폴론적인 것은 주체·객체 관계에 의거하여 세계와 거리를 두는 개념적 인식을 뜻하고, 디오니소스적인 것은 개념으로 환원되지 않는 음악적이고 율동적인 구조를 가리킨다. 크리스테바는 이러한 이원적 구조에 착안하여 이와 동일한 모델에 의거하여 자신의 이론을 개진한다.

이러한 공통점에도 불구하고 크리스테바의 저작이 포스트구조주의의 다른 이론모델들과 확실히 구별되는 이유는 그녀의 이론이 다른 맥락에서 전개되고 게다가 정치성을 띠고 있기 때문이다. 라캉의 언어모형에서 상징계에 상응하는 것은 '아버지의 법'이다. 다시 말해 아버지의 등장은 어머니와 아이의 공생관계를 방해하는 한편 아이가 상징계 안에서 명확히 표현해야 할 욕구를 일깨워준다. 그렇지만 이때 아이는 결코 자신의 목표를 성취할 수 없다. 라캉에 따르면 상징계는 아버지의 형상으로 점유되어 있기 때문에 여성은 상징계 안에서 자신의 욕구를 표현할 수 없다. 그리하여 상징계 이전 단계의 유아처럼 여성성은 상징계에서 이탈한다. 크리스테바는 이처럼 남성성의 코드로 조직된 언어모형에 반대되는 모델을 제시한다. 크리스테바는 멜라니 클라인의 정신분석을 원용하여 라캉의 구조주의 정신분석을 보완하는데, 그것은 다름 아닌 어머니와 아이의 관계를 모든 언어 표현의 기본조건으로 설정하는 것이다. 어머니와 아이의 근원적 관계는 아버지의 법보다 더 상위의 질서로서 구속력을 가진다. 이는 비언어적 기호까지 포괄하는 기호학이 언어에 국한된 언어학에 비해 더 보편적인 체계인 것과 같은 원리이다.

그렇지만 이러한 방식으로 과연 시적 언어의 혁명에 성공할 수 있을지는 따져보아야 한다. 크리스테바는 세미오틱 개념을 통해 상징적 질서를 전복하는 힘에 대해 설명하지만, 이와 동시에 세미오틱을 리듬과 음향과 통사구조의 차원으로 한정한다. 하지만 그렇게 해서는 세미오틱을 통한 온전한 혁명은 불가능할 것이며, 크리스테바 자신이 말하듯 결국 언어는 해체되어 심리적 요소로 환원되고 말 것이다. 그렇게 되면 결국 상징계의 우월한 힘을 암묵적으로 인정하는 셈이 되고, 따라서 아버지의 법을 인정하는 결과에 이를 것이다. 그렇다면 여성성으로 코드화된 언어영역은 결국 남성적 질서에 종속되어버리는 것이 아닐까?

크리스테바가 말하는 언어의 혁명 이면에 잠복해 있는 이러한 문제점은 수많은 젠더이론에서도 반복적으로 나타난다. 남성성으로 코드화된 상징체계 내부에서 여성의 몸은 과연 어떻게 재현되는가? 남성적 상징체계에서 통용되는 언어와 동일한 언어를 수단으로 사용해서 여성의 긍정적인 정체성을 구축하는 것이 과연 가능한가? 페미니즘 이론 자체는 자신이 전복시키려 하는 남성적 담론에 제물로 바쳐질 위험에 처해 있지는 않은가? 주디스 버틀러(Judith Butler, 1956~)는 자신의 저서 『젠더 트러블』(*Gender Trouble*, 1990)에서 이러한 난관에서 벗어날 출구를 모색하는 이론 모델을 제시한다. 크리스테바와 마찬가지로 주디스 버틀러는 주로 다른 여성 이론가들에 대한 비판적 해석을 기초로 해서 자신의 젠더이론을 전개하는데, 특히 시몬 드 보부아르(Simone de Beauvoir, 1908~1986), 뤼스 이리가레(Luce Irigaray, 1930~), 모니크 위티그(Monique Wittig, 1935~2003) 등의 저작이 체계적 비판의 대상이 된다. 버틀러가 출발점으로 삼는 논제는 이런 것이다. "페미니즘 주체는 자신이 벗어나고자 하는 정치체제를 통해 담론의 형태로 구성되어 있다."[7] 페미니즘 주체는 자신을 만들어낸 구조에 맞서

---

7 Judith Butler, *Das Unbehagen der Geschlechter*, Frankfurt a. M.: Suhrkamp 1991, S. 17.

저항한다. 바꾸어 말하면 페미니즘 주체는 자신을 만들어낸 구조의 바깥에서 입지를 확보할 수는 없으며, 자신이 저항하는 질서의 일부인 것이다. 젠더이론을 둘러싼 논쟁은 무엇보다도 이러한 내적 모순에 의해 추동된다. 이러한 모순에 직면한 젠더이론은 페미니즘 주체를 표현하기 위해 '남성적 지배담론'에서 차용하지 않은 고유한 언어를 찾고자 시도한다.

　기호 삼각형을 활용해 페미니즘 주체를 언어로 표현한 모델은 세 가지로 요약될 수 있다. 즉 페미니즘 주체는 기의와 표상으로, 그리고 지시대상과 실재하는 주체로, 또 크리스테바의 경우처럼 언어의 몸에 해당하는 기표로 표현될 수 있다. 첫째, 페미니즘 주체를 지시대상으로 다루는 이론은 페미니즘 주체를 자연 사물처럼 존재하는 대상으로 표현하지 않을 수 없고, 그렇게 되면 가부장적 구조를 실체화하는 담론에 휘말려들 위험에 처하게 된다. 둘째, 페미니즘 주체를 기의의 관점에서 다루더라도 사정은 더 호전되지 않을 수 있다. 그럴 경우 페미니즘 주체에 대한 표상은 페미니즘 주체의 재현을 방해하는 상징적 질서에 휘말려들 것이기 때문이다. 이런 이유에서 뤼스 이리가레를 비롯한 수많은 젠더이론가들은 페미니즘 주체가 자기 고유의 질서를 확립하려면 재현의 틀에서 벗어나야 한다고 주장한다. 셋째, 페미니즘 주체는 기표의 차원에서 작동될 수 있다. 크리스테바도 상세히 서술하고 있듯이 기표의 차원에서는 상징적 질서에서 배척당한 육체가 비록 제한된 방식으로나마 언어로 표현될 수 있는 가능성이 열린다. 문제는 기표의 차원에서 여성성을 표현할 때 여성성을 불변의 실체로 설정하는 이데올로기 —— 페미니즘 주체는 원래 이런 이데올로기를 비판하려 한다 —— 를 재생산할 위험을 과연 어떻게 막아낼 수 있는가 하는 것이다. 크리스테바 자신도 특수하게 여성성으로 코드화된 어머니와 아이의 관계를 마치 타고난 자연스러운 모습인 것처럼 실체화하고 있지는 않은가?

이러한 우려 때문에 또다른 이론들은 여성 주체와의 직접적인 관련성을 피하고 그 대신 여성 주체를 리듬과 통사구조의 차원에서 해명하려고 한다. 예컨대 엘렌 식수(Hélène Cixous, 1937~)가 말하는 '여성적 글쓰기'(écriture féminine)는 페미니즘 주체를 이미지로 재현하지 않고, 재현의 언어를 해체하는 열린 텍스트의 통사구조 안에서 인식하게 하는 독특한 여성적 글쓰기를 가리킨다. 그런데 식수는 이러한 '여성적 글쓰기'를 묘사할 때 주로 흐름이나 리듬과 같은 은유를 선호하는데, 그런 은유는 우리에게 친숙한 여성성의 이미지이다.[8] 식수가 말하는 여성적 글쓰기는 육체 속에 그 근원을 두며, 음향구조나 통사구조에 의거하여 수행된다. 하지만 식수 또한 이러한 기표의 영역에 다시 의미를 부여하지 않을 수 없고, 그러면 판에 박힌 여성성의 이미지가 재생산된다.

젠더이론이 추구하는 정치적 목표를 일단 논외로 하면 젠더이론

---

8 Hélène Cixous, *Die unendliche Zirkulation des Begehrens*, Berlin: Merve 1977; Hélène Cixous, *Weiblichkeit in der Schrift*, Berlin: Merve 1980.

의 역동성은 이러한 딜레마에서 유래하는 것처럼 보인다. 이 딜레마는 기호모형의 직접적 결과이자 기호모형에 내재한 난관의 직접적 결과로서 거의 불가피한 것처럼 보인다. 젠더이론은 여성의 자연적인 육체에 대한 표상을 젠더라는 개념으로 대체하는데, '젠더'란 생물학적 의미에서의 성이 아닌 사회적 구성물이다. 그런데 젠더 개념을 기호모형에 의거하여 설명하려 할 때에는 바로 그 사회적 구성물이 문제가 된다. 여성성을 표상이나 기표의 차원에서 다루다보면 본의 아니게 생물학적인 성에 따라 실체화된 여성성의 이미지를 만들어내게 된다. 따라서 젠더이론이 피하고자 하는 어떤 실제 대상에 대한 표상이 생기게 된다. 여성적 주체와 육체를 해방하는 것은 기호모형을 극복할 때 가능할 것이다. 주디스 버틀러는 푸코의 담론분석을 활용하여 이를 추구한다. 버틀러는 페미니즘의 주체를 구성하는 대신에 주체의 담론 자체를 해체한다. 다시 말해 기호모형으로 여성의 몸을 분석하는 대신, 기호모형을 해체하고 크리스테바의 이론이 의거하고 있는 상징체계를 해체한다.

대다수의 페미니즘 이론과 정치는 진정한 성, 차별화된 성적 정체성, 특히 섹슈얼리티 같은 범주들을 확고한 기준점으로 삼는다. 이러한 정체성의 구성물을 인식의 출발점으로 삼아 이론을 만들어내고 정치를 수행한다. 그러면서 페미니즘은 명목상으로 여성의 관점과 권익을 대변하는 정치를 수행한다. 그렇지만 여성의 권익과 여성적 관점을 위한 정치적 실천에 선행하고 그러한 실천을 선취하는 이른바 여성정치의 형태가 과연 존재하는가 하는 의문이 제기된다. 이러한 여성 정체성은 과연 어떤 형태를 띠는가? 그것은 성적으로 규정된 육체의 생리적 구조와 제한성을 문화적 각인의 기반과 외양 또는 활동무대로 설정한 형태화이지는 않은가? 이러한 활동무대가 '여성의 육체'로 제한되는 기준은 무엇인가? '육체' 또는 '성적으로 규정된 육체'가 과연 성적 정체성과 강요된 섹슈얼리티 체계를 작동하게 하는 확고한 기반이 될 수 있는가? 아니면 생리적 성의 특징에 의해 육체가 구속되고 구성되도록 전략을 구사하는 정치세력들이 '육체 자체'를 일정한 형태로 규정하고 있는 것은 아닌가?[9]

버틀러에 따르면 육체는 실제로 문화적 구성물이며, 다양한 젠더이론들 자체가 만들어낸 담론현상이다. 푸코가 담론분석에서 상세히 밝히고 있듯이 정체성과 주체성은 구성물이라는 표시조차 드러나지 않을 정도로 막강하게 작동하는 권력구조의 결과이다. 그래서 주체성과 정체성은 마치 자연스러운 현상처럼 보인다. 그런데 버틀러는 푸코가 그 자신의 원칙을 늘 일관되게 고수하지는 못했다고 지적한다. 푸코는 주체를 담론의 구성물이라고 설명하지

---

9 Judith Butler, *Das Unbehagen der Geschlechter*, S. 190.

만, 그의 저작에서 육체는 흔히 자연적인 산물로, 다시 말해 권력구조가 각인된 실체로 간주된다. 버틀러의 해석에 따르면 푸코의 이론에서 육체는 담론의 구성물이 아닌 일종의 존재론적 잉여처럼 간주된다. 반면에 버틀러 자신은 육체를 담론적 현상으로 파악하며, 육체가 자연적인 산물처럼 여겨지는 것 자체도 문화적 구성물이라고 본다.

버틀러의 주장을 기호 삼각형으로 구체화해보면, 육체는 그 실존 자체가 문화적 상징체계에 의문을 제기하는 무언의 지시대상은 아니다. 오히려 어떤 지시대상이 다양한 형태로 호명되는 것 자체가 버틀러에 따르면 특정 담론의 표현이다. 지시대상 역시 문화적 산물인 것이다. 푸코가 『지식의 고고학』에서 그랬듯이 버틀러는 『의미를 체현하는 육체』(*Bodies That Matter*, 1993)에서 지시대상과 지시기능을 구별한다. "그렇게 이해하면 성적인 측면이 강조된 육체를 지시하는 언어적 능력이 부정되는 것이 아니라 '지시성'의 의미가 변화한 것이다. 철학적으로 말하면 대상을 파악하는 언술은 어느 정도까지는 언제나 수행적(performative)이다."[10] 요컨대 어떤 대상을 끌어들이는 것은 일종의 지시기능으로, 이 기능은 문화적·

---

10 Judith Butler, *Körper von Gewicht: Die diskursiven Grenzen des Geschlechts*, Frankfurt a. M.: Suhrkamp 1997, S. 33f.
〔역주〕 버틀러가 말하는 '수행적' 기능은 일회적 행위의 연출이 아니라 반복적인 호명을 통해 특정한 역할과 행동방식을 산출하는 담론적 실천을 가리킨다.

역사적 담론의 형성물이고, 이를 통해 담론의 계보를 분석할 수 있게 된다. 지시관계를 실제의 대상으로 간주하는 것은 역사적 현상인 것이다. 이처럼 버틀러는 육체의 실존 자체를 부정하지는 않으며, 육체의 실존이 자연적 산물이 아닌 육체담론의 효과로서 일정한 기능을 수행한다고 본다. 자연을 끌어들이고 자연을 문화와 구별하는 것은 역사적으로 조건지어진 문화적 자기이해의 한 형식인 것이다.

젠더이론은 구조주의에 대한 새로운 해석이자 언어학적 모델을 상황에 맞게 재구성하고 언어학적 모델의 딜레마까지도 드러내고자 한 시도라고 할 수 있다. 다른 한편 버틀러의 이론은 포스트구조주의에 대한 새로운 해석으로도 이해할 수 있다. 버틀러는 담론분석에서 육체를 담론현상으로 해석할 뿐만 아니라 푸코의 모델에 정치적 색채를 가미하기도 한다. 육체가 담론의 구성물이고 육체의 실존을 수행적 효과로 이해한다면 거꾸로 육체담론을 수행적으로 허물어뜨리는 것도 가능할 것이다. 성은 패러디될 수 있다. 특히 성을 자연적인 산물로 오해하는 것은 단지 수행적 효과로 생겨난 착각일 뿐이기 때문이다. 버틀러에 따르면 트라베스티(Travestie)[11]는 성적인 특성이 담론현상이라는 점을 극명히 드러내

---

11 〔역주〕 원래 문학에서 내용은 그대로 두고 형식을 우스꽝스럽게 개작한 작품을 가리키는 말인데, 다음 인용문처럼 여기서는 여장한 남성들이 벌이는 트라베스티 쇼를 가리킨다.

는 패러디이다.

트라베스티는 성 정체성을 모방함으로써 성 정체성 자체가 모방의 구조를 갖는 우연적인 것임을 은연중에 드러낸다. 실제로 여장한 남성의 퍼포먼스가 제공하는 아찔한 쾌감은 흔히 자연적이고 필연적인 요인으로 전제되는 본래의 성적 요소들이 생물학적인 성(섹스)과 성 정체성(젠더)의 관계에서 문화적 관습과는 달리 지극히 우연적인 것임을 인식하는 데서 상당부분 유래한다. 성 역할을 바꾸는 그 퍼포먼스에서 우리는 성적 차이를 규정하는 일관된 법칙을 찾아볼 수 없고 그 대신 성과 성 정체성이 탈자연화되는 것을 목격하게 된다. 그 퍼포먼스는 성 정체성의 차이를 인정하면서도 성 정체성의 요소가 인위적으로 만들어지고 고안되는 문화적 작동 방식이라는 것을 무대 위에서 연기로 보여준다. 내가 여기서 옹호하는 젠더 패러디 개념은 이러한 패러디로 연출된 정체성이 모방하는 오리지널, 즉 본래의 자연적 성이 존재한다고 전제하지는 않는다. 오히려 오리지널이라는 개념 자체에 대한 패러디가 더 중요하게 부각된다.[12]

버틀러는 담론분석을 자신의 이론에 적용한다. 그녀는 퍼포먼

---

12 Judith Butler, *Das Unbehagen der Geschlechter*, S. 202f.

스 이론을 도입하여 담론의 현실적 영향력에 대한 푸코의 이론적 토대를 강조하는 한편, 현실화된 구성물이 담론의 효과라는 점을 담론분석으로 밝혀낸다. 버틀러는 다른 성을 구성하지 않을 뿐만 아니라 다른 언어로 성적 특성을 구성하지도 않으며, 오히려 성적 특성이 담론의 구성물임을 입증한다. 이로써 버틀러는 육체를 기호의 지시대상으로 간주하는 관점을 파기하고, 퍼포먼스적 지시 기능을 활용하여 육체를 기호학 담론으로부터 해방한다. '퍼포먼스적 전회'(performative turn)라고 부를 수 있는 버틀러의 퍼포먼스 이론은 기호학 모델에서는 생각할 수 없었던 실재의 형식을 탐구한다.

5. 매체: 프리드리히 키틀러의 매체이론,
장 보드리야르와 가상현실

마지막으로 다룰 매체이론은 20세기 말에 기호학의 인접영역으로 등장한 이론모델이다. 프리드리히 키틀러(Friedrich Kittler, 1943~2011)의 말을 빌리면 "매체는 실제로 존재하는 것을 규정한다. 따라서 매체는 미학의 영역에서 벗어나 있다."[1] 원래 노베르트 볼츠(Nobert Bolz)가 사용했던 '실제로 존재하는 것'이라는 말은 키틀러의 문맥에서 문자 그대로 이해되어야 한다. 키틀러는 『축음기, 영화, 타자기』(*Grammophon, Film, Typewriter*, 1986)의 서문에서 매체는 해석학의 맥락에서는 이해될 수 없으며 다른 이론을 필요

---

1 Friedrich Kittler, *Grammophon, Film, Typewriter*, Berlin: Brinkmann und Bose 1986, S. 10.

로 한다고 말한다.

일찍이 매클루언(MacLuhan)은 『미디어의 이해』라는 책을 썼지만, 아직까지도 매체를 이해한다는 것은 불가능하다. 그 이유는 인간이 매체를 이해하기는커녕 완전히 정반대로 특정한 시대의 지배적인 통신기술이 이해의 전 과정을 원격조종하고 이해에 환상을 불어넣고 있기 때문이다. 그렇긴 하지만 인쇄기든 컴퓨터든 간에 매체의 설계도와 회로도에서 육체라는 이름의 미지의 대상이 역사적으로 어떤 형태로 변천해왔는가를 읽어내는 것은 가능해 보인다. 인간의 흔적 중에서 오로지 매체가 저장하고 전수할 수 있는 것만이 후대에 전승된다. 그런데 중요한 것은 특정한 통신기술이 우세한 시대에 이른바 인간 영혼을 위한 메시지나 내용이 아니라 (매클루언이 말한 것과 똑같은 의미에서) 오로지 통신기술의 접속방식, 즉 인지방식만이 관건이 된다. (같은 책 5면)

일찍이 딜타이는 '이해'라는 개념을 통해 정신과학과 자연과학을 구별하려 했다. 그런데 키틀러는 매체의 접속방식을 분석하고 규명할 뿐만 아니라, 해석학이 '문자'라는 매체의 작용으로 생겨난 것임을 드러내는 식으로 매체의 역사도 서술한다.[2] 매체는 '인간'

---

2 〔역주〕 예컨대 해석학의 원류에 해당되는 성경 해석학은 성경이란 텍스트를 교리 이해의 가장 중요한 준거로 삼았던 문자중심주의의 산물이라고 할 수 있다.

의 지식형태를 규정하는 선험적 원리이자 담론형성의 전제조건이다. 그런데 매체는 '실제로 존재하는' 것을 규정하기 때문에 매체이론은 앞에서 다룬 이론들과는 다른 측면이 있다. 키틀러는 이것을 다음과 같이 설명하고 있다.

최후의 역사학자 또는 최초의 고고학자라고 할 수 있는 푸코는 과거의 기록을 탐구하는 것에 전적으로 의존했다. 모든 권력이 기록의 축적에서 나오고 다시 기록으로 축적된다는 혐의를 적어도 법률, 의학, 신학에서 푸코는 멋지게 입증할 수 있었다. 그것은 역사의 반복, 또는 역사 무덤의 반복이었다. 왜냐하면 이 고고학자가 엄청난 탐사 성과를 거둔 도서관들은 한때 수신자 주소, 보안 등급, 기록의 방식과 기술에 따라 아주 다양한 문서들을 수집하고 분류했기 때문이다. 그런 점에서 푸코가 탐구한 도서관의 수집 문서들은 특정한 통신수단의 엔트로피를 보여준다. 도서관에 입고되기 이전의 기록물 역시 통신매체인데, 푸코는 그런 매체의 기술이 어떠했는지 망각했다. 그렇기 때문에 푸코는 책이 아닌 다른 매체와 통신수단들이 서가를 무력화한 시기 바로 직전에 역사적 분석을 멈춘다. 음향기록 보관소나 영화필름 보관소는 담론분석의 대상이 되지 않았던 것이다. (같은 책 13면)

키틀러는 푸코의 담론분석 자체를 담론분석의 대상으로 삼는다.

푸코는 오로지 책만을 분석대상으로 삼으면서 자기 이론의 매체적 전제조건을 따져보지 않았다. 이와 달리 키틀러가 서술하는 매체의 역사에서 책으로 이루어진 자료는 다양한 매체들 중 하나의 역사적 전제조건일 뿐이다. 키틀러의 논제는 푸코가 책의 시대가 아닌 다른 매체의 시대가 시작되자마자 고고학적 탐구를 중단했다는 것이다. 이는 푸코의 이론에서 20세기가 누락되었다는 역사적 불완전함만을 뜻하지는 않는다. 바로 이 지점에서 푸코는 자기 이론의 한계에 직면하는데, 푸코가 도서관이라는 자신의 고고학 기반을 버리지 못했던 까닭은 자기 이론의 기반 자체를 성찰하지 않았기 때문이다. 키틀러에 이르러 담론분석은 매체이론으로 선회하며, 이 점은 무엇보다 키틀러의 개념 사용에서 분명히 알 수 있다. 매체가 '실제로 존재하는 것'을 규정한다면, 하이데거가 말한 의미에서 매체라는 존재는 탐구대상이 된다.

키틀러의 매체이론에서는 라캉의 구별인 상징계·상상계·실재계 개념도 적지 않은 비중을 차지하는데, 키틀러는 『축음기, 영화, 타자기』에서 라캉의 개념들을 각각의 매체와 연결한다.

상징계는 언어기호를 그 물질성과 기술적 특성으로 포착한다. 다시 말해 언어기호는 일정한 양(量)의 문자와 부호로 구성되며, 철학적으로 상상하는 무한대의 의미는 고려되지 않는다. 중요한 것은 하나의 체계를 구성하는 요소들 사이의 차이 또는 (타자기의 용어로 말하면) 활자들의 배열이다. (…) 반면에 상상계는 어린아이 자신의 육체보다 더 완벽하게 작동하는 것처럼 보이는 육체의 거울상 환영으로서 생겨난다. (…) 마지막으로 실재계에서는 라캉이 주어진 것으로 전제했던 무(無) 이외의 다른 어떤 것도 명시적으로 드러낼 수 없다. 실재계는 상상계의 거울로도 상징계의 격자로도 포착할 수 없는 잔여물 또는 폐기물, 다시 말해 육체의 생리적 우연성, 우발적인 무질서이다. (같은 책 27면 이하)

라캉의 상징계·상상계·실재계 개념은 키틀러의 『축음기, 영화, 타자기』에서 다루는 매체의 기본구조에 상응한다. 축음기는 실재계, 영화는 상상계, 타자기는 상징계에 각각 상응한다. 키틀러에 따르면 이 세가지 매체는 제각기 독특한 방식으로 인간의 지각에 관계한다. 전축의 전신인 축음기는 나팔관 속으로 들어오는 소리를 음파의 형태로 기록한다. 축음기는 의미의 차이를 분간하지 못하며 오로지 음파의 파동과 진폭만을 식별한다. 축음기는 인간의 귀보다 더 많은 것을 듣는다고도 할 수 있는데, 차라리 아무것도 듣지 못한다고 하는 편이 옳을 것이다. 인간의 귀는 소음을 걸러내고 낱낱의 음향을 따로따로 기억해서 의미와 연결하는 반면에, 축음기는 인간의 귀에는 전혀 들리지 않는 소리까지도 기록한다. 축음기는 인간의 지각한계를 바꾸어놓았다. 이와 마찬가지로 실재계는 상징계의 질서로 포착되지 않는다. 청각의 경우를 예로 들면 악

보로 모든 소리를 기록할 수는 없다. 이 사례에서 알 수 있듯이 키틀러의 이론에서 상징계와 언어는 여러 매체 중 하나의 형태일 뿐이다. 축음기가 악보보다 더 많은 소리를 기록할 수 있는 까닭은 축음기가 문자와 다르게 기록하고 저장할 수 있기 때문이다. 여기서 더 추론해보면 키틀러는 문학을 상징계의 한 형태로 역사화하고 있음을 알 수 있다. 키틀러가 「허구와 시뮬레이션」(Fiktion und Simualtion)이라는 글에서 상세히 서술하고 있듯이, 상징계·상상계·실재계 개념은 1900년 무렵 매체들이 분화되는 양상을 공시적으로 보여줄 뿐 아니라, 키틀러는 이 도식을 이용하여 매체의 통시적 역사도 설명하고 있다.

키틀러는 상징계가 알파벳 문자매체의 형태로 득세하던 시대의 문학적 사례로 괴테의 시 「프로메테우스」(Prometheus)를 언급한다. 프로메테우스는 자신의 꿈과 문학적 형상과 이미지를 오직 상징계의 매체를 통해서만 구현하고 상상할 수 있다.

문학적 허구가 만들어지는 모든 실질적 작업은 시를 구성하는 모음과 자음, 강약의 리듬이 시적으로 작동할 수 있는 이러한 상징계의 매체 차원에서 이루어진다. 그렇지만 (펜과 종이에 의한 일체의 수정 가능성까지도 포함하여) 기표들을 자유자재로 구사한다고 해서 기의 또는 심지어 지시대상에까지 자동적인 영향을 주어 인간을 찰흙처럼 빚어낼 수 있는 것은 아니다.[3]

허구적 형상을 만들어내기 위해 문학은 상징계를 조작하지만, 문자의 규칙을 따르는 상징계의 질서에 부합해야 하기 때문에 그만큼 제약을 받는다. 그후 상상계가 득세하기 시작하는 시대가 오면 아날로그 매체는 기존의 예술을 해체하고, 문학적 허구는 시뮬레이션으로 대체된다.[4] 예컨대 전쟁사에서 참모본부 장교들은 가상의 전쟁게임 형태로 전투계획을 세운다.(같은 글 104면) 마지막으로 20세기의 디지털 매체는 매체의 역사에서 최초로 실재계의 조작을 가능하게 한다.

디지털 매체는 일체의 상상계를 피해가면서 우발성에 내맡겨져 있던 실재계를 처음으로 상징화 과정에 편입시키는 길을 열어놓은 접속방식이다. 영화나 음반에서 보듯이 필름 편집자나 음향기술자가 미학적 계획에 의해 원자료를 수정하는 편집기술은 인간의 게으른 손에서 벗어나 초 단위 이하의 미세한 영역까지 속

---

3 Friedrich Kittler, "Fiktion und Simualtion," in: Erhard Schütz (Hg.), *HighTech-LowLit?: Literatur und Technik, Automaten und Computer*, Essen: Klartext 1991, S. 98.

〔역주〕 문자기호를 통해 시인이 원하는 문학적 허구를 만들어낼 수는 있지만, 그런 시적 창조는 문자라는 특정한 매체의 제약을 받는다는 말이다.

4 〔역주〕 문학적 허구가 문자매체를 통한 상징계의 구축이라면, 시뮬레이션은 기술매체를 통한 상상계의 구축이다.

도를 조절할 수 있다. 이처럼 전자편집기에 의해 정교하게 가공된 시간은 실재계의 조작을 가능하게 한다. 전통적 예술이 우세하던 시대에 그런 조작은 상징계에서만 가능했다. (같은 글 105면)

요컨대 매체의 역사는 상징계에서 출발하여 상상계를 거쳐 실재계로 나아가는 이행과정을 보여주며, 이로써 이전에 늘 꿈으로만 품어오던 소망을 마침내 실현하게 된다. 상징계 안에서 문자는 언제나 다른 문자들하고만 관계할 뿐이고, 이미 상징계의 요소가 된 것만을 기술할 뿐이다. 특히 라캉의 이론에서 상징계는 기호들 사이의 교환 가능성으로 정의된다. 기술매체가 등장하면서 처음으로 '자연'도 포함하는 실재계를 저장하고 변환하는 것뿐만 아니라 결국 조작하는 것까지도 가능하게 되었다. 매체의 역사는 상징계에서 출발하여 상징계 안에서 지시관계의 도움으로 불완전하게 암시할 수 있었던 것을 구현하는 단계로 나아간다. 바꾸어 말하면 디지털 매체는 실재하는 지시대상까지도 장악하기에 이른 것이다. 그렇지만 이러한 실재계를 '현실'과 동일시해서는 안된다. 라캉의 이론에서 실재계는 상상적으로나 상징적으로 파악할 수 없는 어떤 것이기 때문이다. 그렇기 때문에 키틀러는 자연으로 돌아가자고 주장하지 않으며, 대상의 재현을 주장하지도 않는다. 실재하는 대상은 실재계와 구별되는 질서의 구성요소이기 때문이다. 실재계는 명확히 분류되지 않는 잉여와 다를 바 없는 것이다.

기호학을 모델로 삼는 매체이론에서는 상징계에서 실재계로 나아가는 이러한 이행양상을 관찰할 수 없는 것처럼 보인다. 예컨대 장 보드리야르(Jean Baudrillard, 1929~2007)의 핵심주장으로 흔히 인용되는 말은 매체의 역사에서 지시대상은 점차 사라진다는 것이다. 보드리야르는 『실재의 종언』(*Agonie des Realen*, 1978)에서 다음과 같이 말한다.

> 지금은 모든 지시대상이 소멸되는 시뮬레이션의 시대이다. 더욱 고약한 것은 지시대상이 그 대상의 의미보다 더 능숙하게 자료를 제공하는 다양한 기호체계를 통해서 인공적으로 재생된다는 점이다. 이러한 인공적 재생은 모든 가능한 등가적 교환체계, 모든 가능한 이원적 대립관계, 온갖 방식의 조합을 가능하게 하는 대수학 등을 이용한다. 이것은 더이상 대상의 모방이나 복제 또는 패러디가 아니다. 이것은 실재의 기호를 통해 실재를 대체하는 것이다.[5]

원래 미메시스를 추구했던 예술은 적어도 실재하는 대상의 환영 정도는 만들어냈다. 이와 달리 디지털 매체에 의해 시뮬레이션의 시대가 오면 지시대상은 제거되고 실재는 사라지게 된다. 기호와

---

5 Jean Baudrillard, *Agonie des Realen*, Berlin: Merve 1978, S. 9.

그 지시대상의 차이는 더이상 식별될 수 없기 때문이다. 보드리야르에 따르면 매체는 매체 자체가 표현하는 것을 만들어낸다. 이런 매체에 의한 시뮬레이션은 지시대상을 생성하는 효과를 발휘한다. 이렇게 보드리야르는 푸코와 버틀러가 (훨씬 더 적극적으로) 제시했던 논지를 다시 반복하는 것처럼 보인다. 즉 매체는 담론의 수행적 효과에 견줄 수 있다는 것이다. 그렇지만 푸코나 버틀러와 달리 보드리야르는 분명히 기호학에 기초하여 자신의 매체이론을 전개한다. 키틀러와 비교해보면 보드리야르가 기호학 모델의 테두리 안에서 매체이론을 전개한다는 사실은 더욱 분명히 드러난다. 매체의 역사에서 지시대상은 사라지고 있다는 보드리야르의 논제는 그의 저작에서 이론적 바탕이 되는 모델의 귀결일 따름이다. 보드리야르가 사라지고 있다고 간주하는 그런 지시대상은 기호학 모델에서는 존재하지 않기 때문이다.

반면에 키틀러의 매체이론에서는 실재계에 관한 논의가 다른 의미를 갖는다. 키틀러는 실재계를 상징계의 관점에서 고찰하지 않고 기술매체의 조건에서 고찰하기 때문이다. 라캉의 상징계·상상계·실재계 도식을 기호 삼각형 및 그 구분방식과 비교해보면 기표는 상징계에, 기의는 상상계에, 지시대상의 영역은 실재계에 상응한다. 그런데 라캉의 도식을 다른 차원에서 보면 그것은 더 보편적인 모델이라고 할 수 있다. 왜냐하면 기호 삼각형은 전적으로 상징계와 관련되기 때문이다. 방법론적 관점에서 보면 기호학이 더 포괄적인 상위 질서의 구성요소라고 할 수 있다. 질 들뢰즈(Gilles Deleuze)에 따르면 구조주의는 이전까지 실재계나 상상계를 준거로 삼았던 다양한 이론의 역사에 상징계를 도입했고,[6] 키틀러의 매체이론은 그 상징계의 한계를 극복하려고 한 시도라고 할 수 있다.

상징계·상상계·실재계의 구별이 역사 서술의 토대가 된다면 문자매체 역시 역사적 맥락에서 설명될 수 있다. 키틀러의 매체이론은 바로 이렇게 역사적 맥락에서 문학을 다룬다. 키틀러가 말한 매체의 역사에 비추어보면, 상징계에 의존하는 문학은 이미 오래전에 새로운 매체에 의해 교체되었다. 따라서 키틀러의 매체이론은 문학에 대해 거리를 두고 있는 셈이다. 물론 그렇다고 해서 오늘날 문학이 시효를 상실했다는 뜻은 아니다. 그렇긴 하지만 문학텍스트와 정신과학은 새로 출현한 다른 매체들을 포괄할 수 없는 그런 매체이다. 이는 문학의 위상에 영향을 미쳤다. 키틀러는 문학이 알파벳, 즉 문자라는 문학 고유의 매체를 주제로 삼는 경우, 또는 문학작품에서 다른 매체들이 관찰대상이 되는 경우에만 문학에 관심을 기울인다. 매체이론의 관점에서 보면 문학텍스트는 해석대상이 아니며, 단지 매체의 역사에 의미있는 자료를 제공할 뿐이다. 그래서 키틀러는 문학작품에서 매체의 효과가 묘사되고 관찰되는 부분

---

6 Gilles Deleuze, *Woran erkennt man den Strukturalismus?*, Berlin: Merve 1992, S. 10f.

만을 주로 인용하는데, 그럴 경우 문학은 단지 매체의 역사를 예시하는 에피소드로만 활용될 뿐이다. 문학적 매체를 그렇게 매체의 역사 속에서 파악할 경우 문학의 문학성 자체는 관심 밖으로 밀려나게 된다.

맺음말

    지난 세기의 '언어학적 전회'(linguistic turn) 이후 문학작품을 순수한 언어적 차원에서 해석하려는 범례를 뛰어넘기 위하여 지난 수십년 동안 수많은 새로운 '전회(轉回)'가 시도되었다. 그중에 '문화적 전회' '퍼포먼스적 전회' '도상적(iconic) 전회' '공간적 전회' '해석적 전회' '성찰적 전회' 등은 이 책에서 부분적으로 언급된 몇 가지 사례에 불과하다. 그런데 이 새로운 방향전환들은 그것들이 표방한 것과 달리 대체로 근본적인 차원의 전환은 아니었다. 따라서 '전회'라는 말을 예컨대 '코페르니쿠스적 전환'과 비슷한 혁명적 전환으로 오해해서는 곤란하다. 오히려 여기서 말하는 '전회'는 새로운 탐구영역을 개척하고, 기호이론의 테두리 안에 갇히지 않은 현실성을 확보하며, 작품분석에 실질적으로 활용할 수 있는 새로운 방법론을 모색하려는 시도라고 할 수 있다. 특히 문학연구가 문화연구로 확장되어 문학텍스트 외의 다른 자료나 상징화 형식들이 수용되면서 그런 새로운 시도는 불가피해졌다. 20세기를 경과하는 동안 문학이론은 해석학이나 구조주의의 작품 내재적 해석에서 출발하여 점차 문학텍스트 바깥에 있는 새로운 대상들을 탐구하는 방향으로 나아갔다. 이것을 다시 기호 삼각형으로 도식화해보면, 해석학과 구조주의는 삼각형의 왼쪽 축에 해당하는 기호와 의미의 관계를 이론의 중심축으로 설정한 반면에 20세기 후반의 이론들은 오른쪽 축의 지시대상에 주목했다고 할 수 있다. 현실세계를 해명하려는 욕구가 점점 강해졌으며, 그만큼 현실세계의 매력이 증대했다. 그리고 후자의 이론들은 해석학과 구조주의에서 멀어질수록 각각의 지시대상 영역에 그만큼 더 가까이 다가가는 양상을 보였다. 예컨대 푸코의 담론분석이나 버틀러의 젠더이론은 퍼포먼스 이론을 도입하여 지시대상을 문화적 산물로, 인위적으로 만들어진 결과로 인식하려고 했다. 이들의 이론에서는 지시대상이 중심으로 부각된다. 하지만 이미 살펴본 대로 이들의 저작에서는 지시대상을 담론적·문화적 구성물이 아닌 자립적 실체로 환원하려는 관점은 배척된다. 여기서 지시대상은 자립적 대상으로 이해되어서는 안되며 담론과 관련된 전체 구조의 구성요소이자 기호의 한 측면으로 이해되어야 하는 것이다. 이런 관점에서 볼 때 지시대상은 더이상 기호의 순전한 타자로 정의되지 않고 기호적 구조의 구성요소로 간주되기 때문에 '납덩이처럼 무거운 부담'을 해소하게 된다.

푸코는 한때 자신의 탐구 방법이자 지침이었던 언어학에 대해 분명한 거리를 두는데, 이때 그가 염두에 둔 언어학은 소쉬르의 사후에 출간된 강의록이었다. 소쉬르의 언어학은 이 책의 서론에서 간략히 설명한 이원적 기호모형으로서, 구조주의의 가장 중요한 이론적 지침으로 부상한다. 그렇지만 이 책의 서론에서 언급한 대로 소쉬르의 강의록은 저자 자신의 검증을 거치지 못한 채 출간되었다. 따라서 소쉬르의 구상이 끼친 막강한 영향의 역사는 반드시 그의 생각과 일치한다고 볼 수는 없다.[1] 최근에 비로소 출간된 소쉬르의 저작을 보면 더이상 그를 구조주의의 창시자라고 단정하기는 어렵다. 이렇게 소쉬르의 원래 생각을 읽으면 기호의 지시성은 결코 그의 이론과 모순되지 않는 것처럼 보인다.

한편 다른 기호학 이론을 원용해 이원적 기호로 단순화된 모형을 보다 복합적인 모형으로 대체하는 방안도 생각해볼 수 있다. 예컨대 찰스 샌더스 퍼스(Charles Sanders Peirce, 1839~1914)는 문학이론의 역사에서 소쉬르만큼 중요하지 않고 그의 영향사는 도저히 소쉬르의 강의록과는 견줄 수 없는 것이 사실이다. 하지만 퍼스의

---

1 Ludwig Jäger, *Ferdinand de Saussure zur Einführung*, Hamburg: Junius 2010.

기호모형을 토대로 삼아 문학이론의 역사를 서술한다면 어떻게 될까 하는 질문을 던져볼 수는 있을 것이다. 퍼스는 항상 기호를 대상과 기호와 해석자의 삼자관계로 정의했고, 그 모형은 결코 이원적 구조로 환원될 수 없는 것이었다. 퍼스의 삼자관계 모형을 기호 삼각형에 대입해볼 수도 있긴 하지만, 그랬다면 이 책의 서론에서 간략히 서술한 논의의 출발점은 근본적으로 달라졌을 것이다. 기호와 지시대상의 분리로 인한 단절을 말하는 대신, 항상 기호의 세 측면을 모두 포괄하는 상호관계와 관련성을 뚜렷이 부각했을 것이다. 그랬다면 기호 삼각형은 더이상 지시대상을 '납덩이처럼 무거운 부담'으로 끌고 가는 낡은 모형으로 간주되지 않았을 것이다. 그리고 그 결과로 이론적 담론들 사이의 긴장관계는 이 책에서 다룬 저작들에서처럼 그렇게 극단적으로 첨예해지지도 않았을 것이다. 20세기 이론에서 기호를 지시대상으로부터 분리하려고 했던 논리가 자체의 동력에 의해 계속 자가발전을 하지 않았더라면 이론은 자신의 입장을 다르게 정의하고 다른 주장을 개진했을 것이다. 그랬더라면 이론은 다른 언어로 말했을 것이고, 다른 사고양식과 비유로 자신의 생각을 전개했을 것이며, 이론 장르가 전체적으로 다른 양상을 띠었을 것이다. 오늘날 이론은 바로 그러한 새로운 방향모색의 국면에 처해 있는 것으로 보인다.

참고문헌

Adorno, Theodor und Horkheimer, Max, *Dialektik der Aufklärung*, Frankfurt a. M.: Fischer 1992.(『계몽의 변증법』, 김유동 옮김, 문학과지성사 2001)

Adorno, Theodor, *Noten zur Literatur*, Frankfurt a. M.: Suhrkamp 1991.

_____, "Kulturkritik und Gesellschaft," in: *Prismen: Kulturkritik und Gesellschaft*, Frankfurt a. M.: Suhrkamp 1992, S. 7~31.(「문화비평과 사회」, 『프리즘』, 홍승용 옮김, 문학동네 2004)

Bachmann-Medick, Doris, *Cultural Turns: Neuorientierungen in den Kulturwissenschaften*, Reinbek: Rowohlt 2006.

Barthes, Roland, *Mythen des Alltags*, Frankfurt a. M.: Suhrkamp 1996.(『현대의 신화』, 이화여대 기호학연구소 옮김, 동문선 1997)

_____, *Kritik und Wahrheit*, Frankfurt a. M.: Suhrkamp 1997.

_____, *Am Nullpunkt der Literatur*, Frankfurt a. M.: Suhrkamp 1985.(『글쓰기의 영도』, 김웅권 옮김, 동문선 2007)

_____, "Einführung in die strukturale Analyse von Erzählungen," in: *Das semiologische Abenteur*, Frankfurt a. M.: Suhrkamp 1988, S. 102~43.

_____, "Der Tod des Autors," in: Fotis Jannidis u. a. (Hg.), *Texte zur Theorie der Autorschaft*, Stuttgart: Philipp Reclam jun 2000, S. 185~93.(「저자의 죽음」, 『텍스트의 즐거움』, 김희영 옮김, 동문선 1997)

_____, *S/Z*, Frankfurt a. M.: Suhrkamp 1998.(『S/Z』, 김웅권 옮김, 동문선 2006)

_____, "Die strukturalistische Tätigkeit," in: Hans Magnus Enzensberger (Hg.), *Kursbuch 5*, Frankfurt a. M.: Suhrkamp 1966, S. 190~96.

Baudrillard, Jean, *Agonie des Realen*, Berlin: Merve 1978.

Butler, Judith, *Das Unbehagen der Geschlechter*, Frankfurt a. M.: Suhrkamp 1991.(『젠더 트러블』, 조현준 옮김, 문학동네 2008)

_____, *Körper von Gewicht: Die diskursiven Grenzen des Geschlechts*, Frankfurt a. M.: Suhrkamp 1997.(『의미를 체현하는 육체』, 김윤상 옮김, 인간사랑 2003)

Cixous, Hélène, *Die unendliche Zirkulation des Begehrens*, Berlin: Merve 1977.

_____, *Weiblichkeit in der Schrift*, Berlin: Merve 1980.

Clifford, James und Marcus, George E. (Hg.), *Writing Culture: The Poetics and Politics of Ethnography*, Berkerly et al.: University of California Press 1986.

Deleuze, Gilles, *Woran erkennt man den Strukturalismus?*, Berlin: Merve 1992.

Derrida, Jacques, "Kraft und Bedeutung," in: *Die Schrift und die Differenz*, Frankfurt a. M.: Suhrkamp 1997, S. 9~53.(「힘과 의미」, 『글쓰기와 차이』, 남수인 옮김, 동문선 2001)

_____, "Die différance," in: *Randgänge der Philosophie*, Wien: Passagen 1988, S. 29~52.(「차연」, 『해체』, 김보현 편역, 문예출판사 1996)

_____, *Préjugés: Vor dem Gesetz*, Wien: Passagen 1999.

Dilthey, Wilhelm, "Die Entstehung der Hermeneutik," in: *Gesammelte Schriften*, Bd. V, Stuttgart: Teubner 1957, S. 317~38.

_____, "Goethe und die dichterische Phantasie," in: *Das Erlebnis und die Dichtung, Gesammelte Schriften*, Bd. XXVI, Göttingen: Vandenhoeck & Ruprecht 2005, S. 113~72.

Eco, Umberto, *Zeichen: Einführung in einen Begriff und seine Geschichte*, Frankfurt a. M.: Suhrkamp 1977.(『기호: 개념과 역사』, 김광현 옮김, 열린책들 2009)

_____, *Einführung in die Semiotik*, München: Fink 2002.

Foucault, Michel, *Die Ordnung der Dinge*, Frankfurt a. M.: Suhrkamp 1994.(『말과 사물』, 이규현 옮김, 민음사 2012)

_____, *Archäologie des Wissens*, Frankfurt a. M.: Suhrkamp 1981.(『지식의 고고학』, 이정우 옮김, 민음사 1992)

_____, *Die Ordnung des Diskurses*, Frankfurt a. M.: Fischer 1996.(『담론의 질서』, 이정우 옮김, 새길 1993)

_____, "Das unendliche Sprechen," in: *Schriften zur Literatur*, Frankfurt a. M.: Suhrkamp 1991, S. 90~103.

Frank, Manfred, *Was ist Neostrukturalismus?*, Frankfurt a. M.: Suhrkamp 1983. (『신구조주의란 무엇인가』 제1, 2권, 김윤상 옮김, 인간사랑 1998, 1999)

Freud, Sigmund, *Die Traumdeutung*, Frankfurt a. M.: Suhrkamp 2000.(『꿈의 해석』, 김인순 옮김, 열린책들 2003)

_____, "Der Dichter und das Phantasieren," in: *Bildende Kunst und Literatur*, Frankfurt a. M.: Suhrkamp 2000, S. 169~79.(「작가와 몽상」, 『예술, 문학, 정신분석』, 정장진 옮김, 열린책들 2003)

_____, "Eine Kindheitserinnerung des Leonardo da Vinci," ebenda (2000), S. 87~159.(「레오나르도 다 빈치의 유년의 기억」, 『예술, 문학, 정신분석』, 정장진 옮김, 열린책들 2003)

Gadamer, Hans-Georg, *Wahrheit und Methode*, Tübingen: Mohr 1990.(『진리와 방법』 제1권, 이길우 외 옮김, 문학동네 2000; 『진리와 방법』 제2권, 임홍배 옮김, 문학동네 2012)

_____, "Text und Interpretation," in: Philippe Forget (Hg.), *Text und Interpretation*, München: Fink 1984, S. 24~55.

Geertz, Clifford, *Dichte Beschreibung: Beiträge zum Verstehen kultureller Systeme*, Frankfurt a. M.: Suhrkamp 1987.

_____, "The World in a Text: How to Read *Tristes Tropiques*," in: *Works and Lives: The Anthropologist as Author*, Stanford: Stanford University Press 1988, S. 25~48.(「텍스트 속의 세계: 『슬픈 열대』를 읽는 방법」, 『저자로서의 인류학자』, 김병화 옮김, 문학동네 2014)

Genette, Gérard, *Die Erzählung*, München: Fink 1998.

Greenblatt, Stephen, "Die Formen der Macht und die Macht der Formen in der englischen Renaissance," in: Moritz Baßler (Hg.), *New Historicism*, Tübingen und Basel: Francke 2001, S. 29~34.

_____, "Kultur," ebenda (2001), S. 48~59.

Heidegger, Martin, "Der Spruch des Anaximander," in: *Holzwege*, Frankfurt a. M.: Suhrkamp 2003, S. 321~73.(「아낙시만드로스의 잠언」, 『숲길』, 신상희

옮김, 나남 2008)

_____, "Die Zeit des Weltbildes," ebenda (2003), S. 75~113.(「세계상의 시대」, 『숲길』, 신상희 옮김, 나남 2008,)

_____, Identität und Differenz, Stuttgart: Klett-Cotta 2008.(『동일성과 차이』, 신상희 옮김, 민음사 2000)

Jäger, Ludwig, Ferdinand de Saussure zur Einführung, Hamburg: Junius 2010.

Jakobson, Roman, "Linguistik und Poetik," in: Poetik, Frankfurt a. M.: Suhrkamp 1987, S. 83~121.

Jauß, Hans Robert, "Literaturgeschichte als Provokation der Literaturwissenschaft," in: Rainer Warning (Hg.), Rezeptionsästhetik: Theorie und Praxis, München: Fink 1975, S. 126~62.(『도전으로서의 문학사』, 장영태 옮김, 문학과지성사 1983)

Kittler, Friedrich, Grammophon, Film, Typewriter, Berlin: Brinkmann und Bose 1986.(『축음기, 영화, 타자기』, 유현주·김남시 옮김, 문학과지성사 2019)

_____, "Fiktion und Simualtion," in: Erhard Schütz (Hg.), HighTech–LowLit?: Literatur und Technik, Automaten und Computer, Essen: Klartext 1991, S. 95~108.

Kolesch, Doris, Roland Barthes, Frankfurt a. M.: Campus 1997.

Kristeva, Julia, Die Revolution der poetischen Sprache, Frankfurt a. M.: Suhrkamp 1978.(『시적 언어의 혁명』, 김인환 옮김, 동문선 2000)

_____, "Bachtin, das Wort, der Dialog und der Roman," in: Jens Ihwe (Hg.), Literaturwissenschaft und Linguistik: Ergebnisse und Perspektiven, Bd. 3: Zur linguistischen Basis der Literaturwissenschaft, Frankfurt a. M.: Athenäum 1972, S. 345~75.

Lacan, Jacques, "Das Drängen des Buchstabens im Unbewußten oder die Vernunft seit Freud," in: Norbert Haas (Hg.), *Schriften II*, Olten und Freiburg: Walter 1975, S. 15~19.(「무의식에 있어 문자가 갖는 권위 또는 프로이트 이후의 이성」, 『욕망 이론』, 권택영 엮음, 문예출판사 2003)

_____, "Das Spiegelstadium als Bildner der Ichfunktion, wie sie uns in der psychoanalytischen Erfahrung erscheint," in: Norbert Haas (Hg.), *Schriften I*, Weinheim und Berlin: Walter und Quadriga 1996, S. 61~70.(「정신분석 경험에서 드러난 주체기능 형성모형으로서의 거울 단계」, 『욕망 이론』, 권택영 엮음, 문예출판사 2003)

Lévi-Strauss, Claude, *Strukturale Anthropologie I*, Frankfurt a. M.: Suhrkamp 1977.(『구조인류학』, 김진욱 옮김, 종로서적 1987)

_____, *Traurige Tropen*, Frankfurt a. M.: Suhrkamp 1998.(『슬픈 열대』, 박옥줄 옮김, 삼성출판사 1987)

Luhmann, Niklas, "Das Kunstwerk und die Selbstproduktion der Kunst," in: *Schriften zu Kunst und Literatur*, Frankfurt a. M.: Suhrkamp 2008, S. 139~88.

_____, "Weltkunst," ebenda (2008), S. 189~245.

_____, "Zeichen als Form," in: Dirk Baecker (Hg.), *Probleme der Form*, Frankfurt a. M.: Suhrkamp 1993, S. 45~69.

Man, Paul de, *Allegorien des Lesens*, Frankfurt a. M.: Suhrkamp 1988.(『독서의 알레고리』, 이창남 옮김, 문학과지성사 2010)

_____, "Der Widerstand gegen die Theorie," in: Volker Bohn (Hg.), *Romantik: Literatur und Philosophie*, Frankfurt a. M.: Suhrkamp 1987, S. 80~106.(「이론에 대한 저항」, 『이론에 대한 저항』, 황성필 옮김, 동문선 2008)

Ricœur, Paul, "Die Metapher und das Hauptproblem der Hermeneutik," in: Anselm Haverkamp (Hg.), *Theorie der Metapher*, Darmstadt: Wissenschaftliche Buchgesellschaft 1983, S. 356~75.

Saussure, Ferdinand de, *Grundfragen der allgemeinen Sprachwissenschaft*, Berlin: Walter de Gruyter 1967.(『일반언어학 강의』, 최승언 옮김, 민음사 2006)

Szondi, Peter, *Einführung in die literarische Hermeneutik*, Frankfurt a. M.: Suhrkamp 1975.(『문학해석학이란 무엇인가』, 이문희 옮김, 아카넷 2004)

Staiger, Emil, *Die Kunst der Interpretation*, München: Deutscher Taschenbuch Verlag 1971.

Titzmann, Michael, *Strukturale Textanalyse: Theorie und Praxis der Interpretation*, München: Fink 1977.

Vogl, Joseph (Hg.), *Poetologien des Wissens um 1800*, München: Fink 1999.

_____, *Kalkül und Leidenschaft: Poetik des ökonomischen Menschen*, Berlin und Zürich: Diaphanes 2004.

찾아보기(인명)

찾아보기(개념)

한권으로 읽는 문학이론
소쉬르부터 버틀러까지

초판 1쇄 발행／2020년 6월 30일
초판 2쇄 발행／2020년 9월 4일

지은이／올리버 지몬스
옮긴이／임홍배
펴낸이／강일우
책임편집／오규원 김성은
조판／전은옥
펴낸곳／(주)창비
등록／1986년 8월 5일 제85호
주소／10881 경기도 파주시 회동길 184
전화／031-955-3333
팩시밀리／영업 031-955-3399 편집 031-955-3400
홈페이지／www.changbi.com
전자우편／lit@changbi.com

한국어판 ⓒ (주)창비 2020
ISBN 978-89-364-7805-6 03850